佐藤青南

白バイガール

フルスロットル

実業之日本社

実業之日本社文庫

白バイガール *The motorcycle police girl*

フルスロットル

contents

白バイガール

フルスロットル

1st GEAR

1

横浜市港南区《こうなん》。低い屋根の連なる住宅街の生活道路を、一台のオートバイが走り抜ける。ホンダCB1300P。真っ白なボディーに赤色灯、サイレン、スピーカー、速度違反取り締まり用の速度計、サイドボックスなどを搭載した一〇〇馬力、総重量三〇〇キロ近い怪物。だがその走りはしなやかそのものだ。すいすいと泳ぐように障害物をかわしていく。

ライダーはスカイブルーの制服の上にライダースジャケットを羽織り、グローブとライダーブーツを身につけている。長身で手足が長いため、ヘルメットをかぶっていると男性に見えるが、そうではない。

川崎潤《かわさきじゅん》はステアリングを握り直した。腹に力をこめて身体を前傾させ、風圧に抵抗しながら、遠くの音に耳を澄ます。

街には音があふれている。無数の排気音や雑踏が渾然《こんぜん》として、もつれた糸のように絡まり合っている。潤の耳はそこから、か細い一本を手繰《たぐ》り寄せた。目的の一台をピックアップする。ライディングテクニックに加えてこの耳の良さが、白バイ乗務員としての潤の大きな武器だ。

ホンダＣＢＸ４００Ｆ。マフラーはカスタム。時速は七〇キロ超。五〇〇メートルほど先の環状二号線を西に向かって走行中。このペースでいけば、ちょうど四十二秒後に捕捉できる。

「よっし」

勢い込んでスロットルを開こうとした、そのときだった。

ふいに左側から小さな影が飛び出してきた。とっさにブレーキをかける。胃が持ち上がり、全身が冷たくなる感覚。白バイは悲鳴のような制動音とともに停止した。

猫だった。顔の上半分が黒く、下半分は白い猫。

道路を左から右へと横断した猫は、つまらなそうにこちらを一瞥《いちべつ》した後で、ひょいと塀を越えて姿を消した。

ふう、と息を吐く。じんわりと指先に血流が戻る。こめかみを伝う汗はこのところ急に夏の匂いを強め始めた気候のせいではない。酷暑の取り締まりで制服の内側は汗みずくになっても、顔にはほとんど汗をかかないのが、潤の小さな自慢だった。おかげで汗が目に入って操作を誤ることはない。

なんだよ。私がブレーキかけなかったら、あんたは死んでたんだぞ。

悠然と歩き去った猫に内心で文句を言いながらも、誰も傷つけずに済んだことへの安《あん》堵《ど》に頬が緩む。こうしてはいられない。潤は白バイを再発進させた。

すぐに環状二号線が見えてきた。と、赤い車影がそこを横切り、顔をしかめる。CBX400F。赤と白のツートンカラーも、無線での報告の通り。狙っている車両で間違いない。順調にいけば、あのバイクに先行して環状二号線に出られるはずだった。

左折で環状二号線に入る。

CBXははるか前方だ。ほかの走行車両の狭間《はざま》から見え隠れしている。

七月に入り、関東地方は梅雨の真っ盛りだ。先ほどまで青い布を広げたようだった空に、いまは重たく黒い雲がたれ込み始めている。ひと雨来るかもしれない。

潤は前方に目を凝らす。だがすぐに舌打ちが漏れた。

さすがにこの距離だと、ナンバーは読み取れない。

木乃美《このみ》がいてくれたら……。

丸い顔、丸い目、丸い体型。黙っていると怒っているように見えるらしい潤とは対照的な容姿の、朗らかな笑顔が浮かんだ。親友であり同僚でありライバルでもある本田《ほんだ》木乃美は、人並みはずれた動体視力を持っている。木乃美ならば、この場所からでもCBXのナンバーを視認できたろう。

甘えるな。ようはやつを捕まえれば済む話だ。

気を取り直して右ステアリング下にあるスイッチを弾《はじ》き、サイレンを鳴らした。緊急走行モードに入る。

先行車両が次々とウィンカーを点滅させ、速度を緩めながら左に寄せる。白バイのための走行路が出現した。

速度を上げてＣＢＸを追う。

みるみるその後ろ姿が近づいてくる。

まだ距離があってナンバーは読み取れない。だがサイレン音はＣＢＸのライダーにも確実に届いている。にもかかわらず、まったく速度を緩める気配がない。しかも、あろうことかライダーはヘルメットすらかぶっていなかった。慌てて逃げ出してきたためだろう。

それにしても危なっかしい運転だ。まったくマシンを制御できていない。ここまで事故を起こさずにやってこられたのが不思議なぐらいだ。

ま、悪運の強いやつってのはいるからな――。

拡声ボタンを押して呼びかける。

「赤白のＣＢＸのライダーさん、止まってください。ノーヘル、危ないよ」

止まるわけない、という投げやりな気持ちが声に表れているのが、自分でもわかる。

案の定、ライダーは軽くこちらに顔をひねるそぶりを見せ、速度を上げた。

潤はため息をつきながら無線交信ボタンを押した。

「交機七四から神奈川本部。手配中の車両と思《おぼ》しきＣＢＸを発見。追尾中――」

言い終わらないうちに、つんのめるような男の声が割り込んでくる。

『本当か！　川崎！』

コールサインすら忘れているようだが、独特の九州訛《なま》りですぐに誰かわかった。

「こんなところで嘘《うそ》ついてどうするんですか。坂巻《さかまき》さん」

坂巻透《とおる》は神奈川県警本部捜査一課所属の刑事だ。年齢は四つ上だが、警察官拝命は潤のほうが一年早い。いわば後輩にあたる存在なのでその必要はないのだが、すっかり薄くなった頭髪とでっぷりと太った体型の醸し出す貫禄《かんろく》のせいで、つい敬語で接してしまう。

『どこにおる？』

「環二です。いま〈中永谷《なかながや》〉の信号を通過……あっ、左に入りました。永谷小学校の前を通過」

『いいか。そいつは三日前に発生した、羽衣町《はごろもちょう》男性暴行事件の被疑者だ』

「知ってます」

だからこそ、取り締まりを中断してまで追跡に加わったのだ。

『ぜったいに逃がすな。おれらが追いつくまで見失うなよ』

「捕り逃がした張本人がそれいいますか」

ぐっ、と言葉を呑《の》み込む気配がして、潤は笑った。

「任せてください。あの相手なら見失うことはまずありません。事故らないように安全運転で来てください。なんなら、途中でお茶してもかまいませんよ」

『ぬかせ』

苦々しげな口調に笑いが混じっていた。

それから潤は、ときおり現在地点を報告しながら逃走車両の追尾を続けた。ＣＢＸは住宅街の四つ辻《つじ》を当てずっぽうに曲がりながら逃げ回る。懸命に白バイを撒《ま》こうとしているようだが、無駄な抵抗だ。

でも――。

早いところ決着をつけないと危ない。サイレンと拡声で周囲に警告しているとはいえ、道幅の狭い住宅街。いつどこから飛び出しがあっても不思議はない。罪のない一般市民を巻きこむような事故だけは、あってはならない。

ふいに、右手の二階建て家屋の玄関から、女性が歩み出ようとしているのが目に入る。

「危ないです！　出ないで！」

拡声の警告に驚いたようにさっと身を引いた女性は、胸に赤ん坊を抱いていた。すっ、と背中に冷たい感触がおりる。

どうする。凶悪犯を逃がすわけにはいかないし、かといって無理な追跡で事故を起こすなんてありえない。

「坂巻さん、まだかよ」

余裕しゃくしゃくで軽口を叩《たた》いたことを忘れて呟《つぶや》いた、そのときだった。

ＣＢＸがＹ字路を右に曲がる。Ｙ字路といっても、左にカーブする道から、細い路地が右に枝分かれするような形状だ。潤の記憶がたしかなら、そこは私道だった。

そして道の先は……。

体重を右に移して車体を傾け、ＣＢＸを追って路地に突入する。

住宅の敷地を囲うフェンスに挟まれた、バイク同士がすれ違うのもやっとという狭い坂道を、ゆっくりとのぼっていく。やがて左側のフェンスが途切れ、竹林が現れる。そして右側のフェンスも途切れたとき――。

「やっぱり」記憶は正しかった。

袋小路だった。住宅と竹林に囲まれた道路の突き当たりは少し開けているものの、潤が通ってきた道以外はどこにも通じていない。逃走車両にとっては万事休すだ。

立ち往生したＣＢＸから、男がおりようとしていた。ソフトモヒカンの短髪にアロハシャツ、デニムパンツ。このところ三十度を超える日もある陽気とはいえ、オートバイの運転をしていたとは思えない軽装だった。万が一転倒したら、脚の一本や二本では済まなかっただろう。

潤は道にたいしてやや斜めにＣＢ１３００Ｐを止めて唯一の逃走経路を塞ぎ、右腰のホルスターから拳銃を引き抜いた。

「動くな！」

警告を受けた男が、両手を上げて立ち止まる。

男は竹林に逃げ込もうとしていた。

『川崎。いまどこな』

無線から坂巻が呼びかけてくる。

「港南区下永谷。先ほど報告した地点から少し進んで右折した私道の突き当たり」

『さっきの地点？　どこなそりゃ。目印は？』

答える余裕はない。

こちらを振り向いた男の鋭い目と、睨《にら》み合っている。

潤の声を聞いた瞬間、男の目つきが変わったのには気づいていた。これまで取り締まりで何度となく経験してきた反応だ。

侮り。

相手が女、しかも一人だとわかり、強気になったらしい。

冗談じゃない。女だと思って舐《な》めてかかったのを後悔させてやる。

潤は銃口を男に真《ま》っ直《す》ぐ向け、狙いを定める。

「お嬢ちゃん。悪いことは言わない。道を空けろ」

男が両手を上げたまま、近づいてくる。

「あなた、自分の立場わかってるの」

「わかってる」

「ならおとなしく捕まっときなさい。怪我《けが》するよ」

「怪我ぁ？」

男がいやらしく語尾を持ち上げた。

「怪我じゃ済まないかもね」

銃口をくいくいと上げてアピールすると、嘲るような笑みが返ってきた。

「撃てないだろ」

「試してみる？」

「人を撃ったことなんかないだろ」

「ってことは、今日は私が初めて悪者を撃った記念日になる」

「いいね。気の強い女は好きだ」

「ごめんなさい。私はあなたが嫌い。ノーヘルで単車に乗るようなバカは」

男が嬉《うれ》しそうに唇の端を吊《つ》り上げ、じり、と黒ずんだスニーカーが地面を擦る。

潤は拳銃をかまえたまま、ゆっくりと白バイからおりた。そのまま男に近づいていく。

互いの距離はおよそ二メートル。男の身長は一七五センチ前後。アロハシャツからのびた腕はたくましく、血管が浮き上がっている。格闘になればまず勝ち目はない。

「もう一度言う。おとなしく道を空けろ」

「こっちももう一度言う。怪我したくなければ、おとなしく捕まりなさい」

「撃てやしない」

撃てやしない、と男がぶつぶつ繰り返す。潤にというより、自らに言い聞かせるような口調だった。

そして刹那《せつな》、男の肩が下がった。

来る――！

潤は右にジャンプして男の突進を避けながら、銃把から離した右手を左腰にあてる。ベルトに取り付けたホルダーから素早く抜き取ったのは、伸縮式の特殊警棒だった。手首のスナップで警棒を伸ばし、倒れ込みながら男の太腿《ふともも》めがけて思い切り振り抜く。

男が情けない悲鳴を上げ、右太腿を押さえて崩れ落ちた。なにが起こったのか理解できないらしく、混乱した顔で視線を泳がせている。

潤は立ち上がり、拳銃をホルスターにしまった。

「警告したのに。怪我するって」

「てっ……てめえっ」

男の顔が真っ赤になる。それと同時に、両手をのばして飛びかかってきた。

潤は後ろに飛び退《の》きながら特殊警棒を振り抜き、今度は男の右腕を打つ。

「なにしやがる！」打たれた場所を押さえながら、男が悶絶《もんぜつ》する。

「気の強い女が好きって言ってなかったっけ」

特殊警棒を振り上げる素振りを見せると、男が自分の頭を両手でかばった。勝負あり。

「うつ伏せになって」

男は素直に従った。身体を回転させ、うつ伏せになる。

が——。

「両手は頭の後ろ」

その指示に応じたのは、左手だけだった。右手はうつ伏せの腹の下に隠したままだ。

「なにして……」

潤が覗《のぞ》き込もうとしたそのとき、男がくるりと身体を反転させて仰向けになった。

今度は潤が混乱する番だった。

男が両手でなにかを握っている。拳銃だ。見ればわかる。銃口を向けられている。だが予想外の展開に、理解が追いつかない。

「なんで」拳銃なんか。

質問への回答は期待できなそうだった。男の右手の甲がわずかに膨らむ。引き金を引こうとする筋肉の動きだ。

潤が地面を蹴って横っ飛びした瞬間、耳をつんざくような破裂音がした。

「嘘……」

本当に、撃った。

慌ててホルスターに手をかけようとするが、ふたたび向けられた銃口に動きを封じられる。

「形勢逆転だな。言う通りにしておけばよかったのに」

「やっぱりバカね。ここで私を撃って、逃げおおせるとでも？」

強がってはみたものの、声がうわずった。

「試してみるか」

先ほどの潤の発言をなぞり、男が嗜虐《しぎゃく》の笑みを浮かべる。

「試す価値もない。わかるよ。仲間が撃たれたら、警察は面子《メンツ》に懸けてなんとしても犯人を捕まえる。あんたみたいなケチなチンピラが逃げ切れるわけがない。そんなことも想像できない――」

「うるせえっ！」

怒声に遮られた。

「このクソアマが！　ペラペラしょうもないことしゃべりやがって！」

「気の強い女が好きって言ってたのに」

「ああ。でもうるさい女は嫌いだ」

「それは残念。相性ぴったりかと――」

「もういい。黙れ黙れ。おしゃべりの時間は終わりだ」

男が鬱陶しそうに顎をしゃくる。

「もっとお話ししていたいのに」

「いまさら色仕掛けしようったって遅い」

「違う。色仕掛けじゃない」

色仕掛けではなくて——。

「時間稼ぎ」

「あ？」

どん、と鈍い音がした。

男が背後から押されたように倒れ込んでくる。

潤は軽く跳んで避けながら、男の右手めがけて特殊警棒を振り抜いた。男の右手から離れた拳銃が宙を舞う。

ガシャッと金属音を響かせて拳銃が地面に落ちたときには、倒れた男の上に、別の男が乗っかっていた。その男は貫禄たっぷりの体型をスーツで包んでいて、頭頂部では薄い頭髪が綿毛のように揺れている。

坂巻透。先ほどまで潤が無線で交信していた、捜査一課の刑事だ。こっそり忍び寄った坂巻が、背後から男を突き飛ばしたのだった。

「確保！　こら！　おとなしくせんか！」

坂巻が抵抗する男を後ろ手に組み伏せ、手錠をかける。

かしゃり、と手錠の嵌《は》まる音がした瞬間、安堵が長い息となって潤の口から漏れた。恐怖を思い出したように、指先が小刻みに震え始める。

「手間かけさせたね」

スーツを着たもう一人の男が歩み寄ってきた。峯省三《みねしょうぞう》。髪の毛も豊かですらりとスタイルもよく、若々しい見た目なので坂巻のほうが年上に見えるが、実際には坂巻の父親といってもおかしくない年齢らしい。坂巻の師匠にあたる大ベテラン刑事だった。

坂巻に引き立てられた男が、睨みつけてくる。

「嵌《は》めやがって」

「なに言うとるか。罪犯して逃げ回っとる男が、嵌めるも嵌められるもあるか」

坂巻に頭を叩かれ、不服そうに振り返る。

「痛《いて》えな。いいのかよ、警察が暴力振るって」

「おまえさんの頭に蚊が止まってたけん、追い払おうとしただけたい」

男を後ろから押して歩かせながら、坂巻がこちらを向いた。

「しかしまあ、川崎にしては苦戦したもんやな。おれらが本当にお茶しとったら、おまえさん、撃ち殺されとったやろ」

「そもそも捜一がヘマしなきゃ、私が出張《でば》る必要もなかったんですけど」

ことの発端は、捜査一課が暴行事件の犯人逮捕に向かったところ、被疑者がオートバイで逃走したという無線連絡だった。赤と白のツートン、ネイキッドタイプのオートバイ、メーカーはホンダという断続的に入ってくる目撃情報から、ホンダCBシリーズが頭に浮かんだ。タイミングよくCBX400Fの排気音が聞こえたので、もしかしたらと追跡に加わることにしたのだった。

潤は地面に転がっている拳銃を見た。「っていうか、あんなもの持ってると思わないし」

「たしかに。こんな三下《さんした》にまでチャカ持たせるなんて、椿山《つばきやま》組は本気で戦争を仕掛けるつもりらしい」

峯が懐から取り出したハンカチで、拳銃を包む。

「それは拾った」

男がふてくされた口調で言い、ふたたび坂巻に頭を叩かれる。

「嘘つけ。こんな物騒なもんが、道端に落ちとるわけないやろうが」

「本当に落ちてたんだ」

「おまえな――」

「まあ待て」

峯が後輩刑事に手の平を向ける。「玩具《おもちゃ》の入手経路については、これからゆっくり聞き出すさ。時間はたっぷりある。な?」

男がぷいと顔を背けた。

ふふっと笑い、峯が潤のほうを向いた。

「そういえば、今日は、彼女は休みなのかい」

誰のことだろうと思ったが、すぐに理解した。

「木乃美ですか」

「そうそう、本田さん。なんとなく、二人でワンセットみたいなイメージがあるから」

そう言われて、以前の自分なら反発したかもしれない。私は私。一人だと半人前みたいな言い方はしないで欲しい。そう思っただろう。

だが、いまは違う。

「ですね。木乃美がいたら、もっと早く捕まえられたのに」

これまで二人でいろんな事件に立ち向かってきた。一人では無理だった。木乃美と手を取り合うことで、そして分隊の仲間たちの協力によって、解決することができた。成長することができた。

「本田はあれですよ、あれ」

坂巻が頭頂部の綿毛のような髪を触る。

「あれってなんだ」

「あれですよ。な？」

具体的な情報をなに一つもたらすことなく、話を振られた。

「合同訓練です。安全運転競技大会の」

峯は合点がいったという顔になった。

「そういえば、今年の神奈川県警代表は本田さんだったね」

「そうです」

自分のことを褒められたようで誇らしい。

「あの本田が代表とはな。神奈川県警、いくらなんでも層薄すぎじゃないか」

坂巻が減らず口を叩く。

「そんなことない。木乃美はすごく成長しました。坂巻さんは最初の頼りないイメージで止まっているから――」

「わかっとる。冗談や。冗談」

坂巻が後ろ手に拘束された被疑者に、「なに見とるとか」と八つ当たりする。

「しかし、合同訓練なんてやってるんだね」

峯はその存在を知らなかったらしい。

「ええ。だいたい月一ぐらいの頻度で」

年に一度、秋に開催される全国白バイ安全運転競技大会には、全国の各都道府県警及び皇宮警察から選抜された白バイ乗務員たちが参加する。各都道府県の代表となった選手は、会場となる茨城県ひたちなか市の自動車安全運転センター安全運転中央研修所まで足を運び、訓練を行うこともあった。

「合同訓練って、どことな？」と坂巻。

「関東七都県です」

東京、神奈川、千葉、埼玉、群馬、栃木、茨城。現地での訓練は、会場に仮想コースを組んで行う。コースの設営や審判役など人手も必要になるため、近隣の県警同士でスケジュールを合わせて合同で実施することが多い。

「ってことは、警視庁も参加しとるわけか」

「おまえにも警視庁アレルギーがあるんだな」

眉をひそめる坂巻の反応が、峯には意外だったようだ。

「違います。警視庁、毎年かなり強いやないですか。本番前に格の違いなんか見せつけられたら、本田のやつが自信をなくしてしまうんじゃないかと思ったとです」

坂巻なりに心配しているらしい。

「その点は心配無用です。かりにそんなことがあったとしても、木乃美なら自信をなくすどころか、すごいライダーと戦えることを単純に喜ぶんじゃないかな」

しばらく虚空を見つめていた坂巻が「たしかに」と同意する。

「言えとる。あいつはそういうやつや」

ははっ、と笑った後で急に真顔に戻り「おまえは笑うな」と被疑者を睨んだ。

2

すごい、すごい。ここまで来るともはや芸術だ。

本田木乃美は口を半開きにし、大きな瞳を潤ませ、うっとりしながら立ち尽くしていた。

木乃美の視線の先にいるのは、ホンダＣＢ１３００Ｐ。木乃美も普段の仕事で使用している白バイだ。だがとても同じとは思えない。

白バイは不規則な間隔で並べられたパイロンの間をするすると走り抜ける。いっさいの無駄を排したライン取り、的確なアクセルワークと体重移動。人がバイクを操っているのではなく、バイクが人を導いているかのようだ。

茨城県ひたちなか市。自動車安全運転センター安全運転中央研修所。

東京ドーム二十個ぶんの広大な敷地内には、十三のトレーニングコースと二百七十室の宿泊設備、附属交通公園がある。木乃美たちがいるのは、そのうちの自由訓練コースエリアだった。全国白バイ安全運転競技大会の会場となるこの場所に、関東七都県から集まった交通機動隊員たちが仮想コースを作り、合同訓練を行っている。

スラロームを抜けたCB1300Pは、ナローコースに進入した。棒状のソフトコーンに挟まれた狭隘路《きょうあいろ》と、途中でくの字に折れ曲がる幅二〇センチほどの一本橋。今回はとくに難易度が高く作られているせいで、これまで挑戦した木乃美を含めた全選手が、地面に足をついたり、コースを逸脱したりして減点されていた。男子選手を含めて、完璧にこなした者はいない。いくらなんでも難しく作りすぎではないかと、選手たちから不平の声も上がっていた。

だがその白バイは、難なくコースをクリアする。シートから腰を浮かせたライダーの上体にはまったくブレがなく、漲《みなぎ》る緊張感が凜《りん》として、武道のかまえのようだ。クラッチワークに無駄がないのは、ほとんど切れ目のない排気音でわかる。

「おっしゃ！　いいぞ！」

コース外の同僚から声援を浴びながら、白バイはナローコースを抜けた。ここまでノーミス。減点なし。

くるりとターンしたCB1300Pが、最後の回避制動エリアのスタート地点で停止する。

回避制動エリアは長い直線の先がY字に分岐しており、二股に分かれたコースの間に信号機が置かれている。選手はまず直線で一定の速度まで加速する。そして分岐の直前に達した時点で信号機が左右どちらに行くべきかを指示するので、素早く回避路を選択し、指定された停止位置ぴったりに止まらなければならない。

ハンドルを握り直したライダーが、自らを落ち着かせるように軽く肩を上下させた。

そして審判役が白いフラッグを振り上げたのを合図に、走り出した。そのまままみるみる加速し、分岐ポイントに近づく。

まだか。信号はまだ点灯しないのか。

木乃美は自分が乗車しているかのような気分で、無意識に奥歯を噛《か》み締めていた。そのせいで信号が点灯すると「左！」と声を出してしまう。

CB1300Pのライダーは左にステアリングを切った。そしてほどなく減速し、停止する。最初からそこに収まるのが決まっていたかのような、スムーズな停止だった。

「すっごい……」

それしか言葉が出ない。見事なライディングの余韻に浸っていると、隣からため息混おじりの呟きが聞こえた。

「ほんと、いい加減にして欲しいよ」

すらっとした痩身のわりにふっくらと丸い頬。ボブヘアの前髪をヘアピンで留め、おでこを出している。スカイブルーの制服に黒いブーツという服装は一見すると木乃美と同じだが、青の色味や素材感、微妙なデザインが異なる。決定的に異なるのが、左肩のワッペンだ。木乃美のが旭日章を中心に、下の部分に『神奈川』、上には第一交通機動隊を表す『1』、さらにオレンジ色の羽根が刺繍《ししゅう》されているのにたいし、彼女のは白いワシが赤い火の玉のような丸い物体を抱き、その下に『交機隊』と刺繍されている。火の玉のように見えるのは勾玉《まがたま》を十六個並べたデザインで、埼玉県の県章らしい。彼女は埼玉県警交通機動隊所属の白バイ乗務員だった。名前は川口咲良《かわぐちさくら》。

咲良はふてくされたように唇を歪《ゆが》め、横目で木乃美を見た。親しみやすい顔立ちなので、そういう表情をしてもどこか愛嬌《あいきょう》がある。

「マジやめて欲しいよね」

まだ二十二歳だというから木乃美より六つも年下だが、咲良は最初からこの調子だ。年下だと誤解されているのかと思っていたが、木乃美の年齢を知っても態度は変わらない。

「なにを?」木乃美は訊《き》き返した。

「だって、あんなとんでもない走りを見せられたら――」

「感動しちゃうよね」

胸の前で手を合わせると、大きな目をぱちくりとされた。

「か、感動……？」

「うん。だってすごくない？　すごく綺麗《きれい》な走り。いつみても感動する」

「あ、ああ……」

困惑顔の咲良の横で、ふふっと肩を揺する女がいた。

宇都宮容子《うつのみやようこ》。細い身体にスクウェアフレームの眼鏡という見た目は、完全に文化系女子だし、話し方も落ち着いて理路整然としている。だが、彼女も栃木県警代表として全国大会に臨む、れっきとした交通機動隊員だった。つい先ほどの訓練走行では、キレのあるライディングを披露して周囲を驚かせていた。

「川口さんは、まだ本田さんという人物を理解できていないようですね」

「そっか。木乃美ちゃんだもんね」

咲良は妙に納得した様子だった。

「それ、どういう意味？」

「ごめん。悪気はないから」

ぺろりと舌を出して誤魔化された。

そのとき、群馬県警所属の館林花織《たてばやしかおり》が近くを通りかかった。長い髪を頭の上でまとめてお団子にしている。髪の毛はほんのり茶色く、綺麗にウェーブがかかっていて、近くを通るといつも甘くて美味《おい》しそうな匂いがする。

「ねえ、花織さん」

花織と木乃美は同い年なのに、咲良はなぜか花織には「さん」付けする。

「なあに。咲良ちゃん」

花織は顔の横に垂れた髪の毛を指で梳《す》きながら振り向いた。

「いまの走り。すごくなかった？」

花織が訓練コースを一瞥する。

「悪くなかったわね。でも私のほうが上手《うま》いと思う」

期待した回答ではなかったらしく、咲良が頭をなにかにぶつけたような動きをした。

「うん。館林さんの走りもすごかった」

「も？」

木乃美が言った「館林さんの走りも」の「も」の部分が引っかかったらしい。花織がてらてらと艶を放つ唇を曲げる。

「も、なの？」

「あ。えっと……」

どう繕うべきか考えていると、

「まあ、いいわ。本田さんだし」

言い方が気になるが、とにかく許してくれるらしい。花織がとってつけたような笑顔になった。

「いくら頑張っても私には勝てないと思うけど、みんなもせいぜい頑張ってね」

ごめんあそばせ、と行儀の良いお辞儀をして去って行く。

ひーっ、と咲良が肩をすくめて花織を見送った。

「こわーい」

「昨年の大会で、館林さんはわずかの差で警視庁の豊島《とよしま》さんに敗れて二位でした。今年こそはと、雪辱に燃えているのでしょう」

容子が眼鏡のつるをつまむ。

「そうだったの？」

「知らなかったのですか」

「知らなかった」

咲良が大きくかぶりを振る。

「今年もあの二人のマッチレースになるというのが、大方の予想です。もちろん、関東以外の道府県警から有力選手が出てくる可能性もじゅうぶんにありますが、関東の警察はただでさえ組織が大きくて選手層が厚い上に、こうやって頻繁に現地で訓練ができます」

「そういえばそうだ。私たちは月に一回合同訓練できるけど、ほかの地方だとこうはいかないよね」

咲良は自身の恵まれた練習環境に、いま初めて気づいたようだった。

「関東の代表選手には、圧倒的な地の利があるのです。必然的に優勝予想も、関東地方にかたよりがちになります。その中でも、豊島さんの評価は圧倒的です。先ほどマッチレースという言い方をしましたが、よほどの天候不良や体調不良でもない限り、豊島さんの優勝だろうという下馬評です」

「だから花織さんはバチバチなんだ。気持ちはわかるけど、もっと楽しく仲良くやればいいのに」

咲良の意見に容子は笑ったが、別の方向から鋭い声が飛んできた。

「バカか。さっきから聞いてりゃ、ぺちゃくちゃくだらない話しやがって。仲良しこよしでどうすんだ」

千葉県警の船橋遥《ふなばしはるか》だった。

細く整えた眉を歪め、肩を怒らせながらがに股で歩く様子は、警察の制服を着ていなかったら街のチンピラにしか見えない。

遥は眉間に皺《しわ》を寄せ、上目遣いで咲良を挑発する。

「これは命を懸けた勝負なんだよ。最初っから勝つ気がないんだったら、さっさと辞退してほかの乗務員を出場させせろ。どうやって代表に選ばれたのかは知らねえけど、埼玉県警だってそんな小さな組織じゃないんだから、あんたよりマシな人材がいるだろ」

「そんなことないもん。県警の大会で優勝したのは私なんだから、埼玉県警に私より優秀な白バイ乗務員はいないもん」

怯《ひる》んだ様子ながらも、咲良が胸を突き出す。

「ほおっ。それが本当なら、埼玉県警さんはよほど層が薄いんだな」

「私はいいけど、県警のことを悪く言わないで」

「たいした職場愛ですこと」

睨み合う遥と咲良の間に、木乃美は割って入った。

「まあまあ。みんなバイク好きの仲間なんだし、仲良くしよう」

「できるか」

遥に即答された。ぎろりと鋭い視線がこちらを向く。

「あんたもあんたで、間抜け面さらして他人のライディングに見とれてんじゃないよ。あたしたちは遊びに来てるんじゃない」

「そうだね。遊びに来てるんじゃない」

そう言って会話に加わってきたのは、茨城県警所属の水戸早苗《みとさなえ》だった。木乃美も遥も無意識に顎が持ち上がってしまう。なにしろ早苗の身長は一八〇センチ近い。柔道でも県警代表として全国大会に出場した経験があるらしく、男性隊員と並んでも体格はまったく見劣りしない。

無表情と棒読み口調のため、早苗は考えが読み取りにくい。遥に加勢したものだと思ったが、逆だったようだ。

「だけど、喧嘩《けんか》しに来てるわけでもない」

早苗はむすっと口角を下げ、威嚇するように遥を見下ろした。

「わ、わかってるよ」

遥も喧嘩する相手を選ぶ賢さはあるようだ。

「次はあなたの番」

早苗に顎をしゃくられてなにかを言い返そうとした遥だったが、結局は不愉快そうに顔を歪めただけで立ち去った。

「超怖かったー」

咲良が自分の胸を撫《な》で下ろし、容子も静かに息を吐く。

「どうもありがとう」

木乃美は礼を言った。

「なんてことない」

表情は変わらないが、早苗の頬はこころなしか赤くなっていた。

そのとき、「お疲れさま」と声がして、四人が一斉に振り返った。

そこにはスカイブルーの制服を着た女性が立っていた。身長は平均的なのに、顔が小さいせいでかなりスタイルがよく見える。ショートカットの前髪を長くのばし、顔の横のほうに流すヘアスタイルが細い顎と涼しげな眼差《まなざ》しにマッチして、宝塚の男役のような印象だ。

「豊島さん！」

木乃美は彼女に駆け寄り、両手を握った。「すごかった！　すごいよかった！」

豊島茜《あかね》。警視庁所属の交機隊員で、先ほど芸術的な訓練走行を披露したライダーだった。

「ありがとう。本田さんもすごかったよ」

「でも私、ナローコースでミスっちゃったし」

一本橋で足をついてしまった上に、定められた標準時間をオーバーしてしまった。

「私もパイロンスラロームでふらついた」

「豊島さんは汗か埃《ほこり》が目に入ったせいでしょう」

「私が目を閉じてたの、見えたの」

目を丸くされ、木乃美は頷《うなず》いた。

「うん。しきりに目を閉じてたから、汗か埃が目に入って見づらいんだろうなって思ってた。パイロンスラロームはスタート直後だから、汗じゃなくて埃？」

「そう……路面が乾いていたせいか埃が舞って」

茜は呆気《あっけ》にとられたようだった。

「っていうか、ここから見えたの？　この距離で？　動いているバイクのライダーの表情が？」

咲良が手でひさしを作り、目を細めてパイロンスラロームエリアを見る。木乃美たちの立っている場所から五〇メートルほど離れているだろうか。

「いまさら驚くことでもないでしょう。本田さんの動体視力については」

容子が唇の片端を持ち上げる。

「そうだけど、なんかへこむ」

咲良ががっくりと肩を落とした。

「どうして?」と茜は不思議そうだ。

「だって、木乃美ちゃんですらこんなにすごいのに、私にはなにもない」

「川口さん、それは失礼です。本田さんは丸くてぬいぐるみみたいでとても警察官に見えないかもしれませんが、れっきとした警察官だし、立派な白バイ乗務員です。それにとても警察官に見えない親しみやすさは、ときに取り締まりでプラスに働くこともあります」

褒められているのかけなされているのか微妙なところだが、容子の言っていることは間違っていない。

茜がふふっと笑い、木乃美を見た。

「ところであれからいろいろ考えたんだけど、ピザがいいな」

「ピザか。わかった。美味しいお店探しとく」

「ピザ? なになに」と咲良が目を輝かせる。

「みんなも誘う?」

茜に訊かれ、「そうだね。人数多いほうが楽しいし」と木乃美は頷いた。

「こんど豊島さんと一緒に横浜で遊ぶことになったの。みんなも来る？」

「えー行く行く。行くに決まってるし」

咲良は即答だった。

「宇都宮さんと水戸さんは？」

二人は唐突な誘いに戸惑ったようだったが、木乃美と咲良の賑《にぎ》やかなプレゼンに押し切られるかたちで、最後は頷いた。

「やった！　超楽しみ！」

咲良と手を取り合って喜んでいると、男の声が飛んでくる。

「おい本田！　なにやってんだ！」

短軀《たんく》ながら肩幅の広いがっしりとした特徴的な体格は、遠くからでも誰かわかる。木乃美の所属するみなとみらい分駐所A分隊の先輩隊員・元口航生《もとぐちこうき》だ。A分隊から木乃美のお目付役として同行した元口は、手に持ったフラッグを振って木乃美を呼んだ。

「続きはお昼休憩のときに」と言い残し、元口に駆け寄る。

「なにやってた」

「ガールズトークです」

「アホか。遊びに来てるんじゃないんだぞ」

「わかってます。すみません。すごい人たちが集まってるから、ついワクワクしちゃって」

「ワクワク……ねえ」

元口は訓練コースのほうをちらりと見た。

いまコースを走っているのは、遥の白バイだった。がさつで攻撃的な言動とは裏腹に、走りは正確そのものだ。さすが県警を代表して全国大会に出場するだけはある。

「わからんでもないけどな」

ふっ、と笑いを漏らし、木乃美にフラッグを手渡してくる。

「ちょっと便所行ってくるから、審判役代わってくれ」

「わかりました」

自分のベルトを両手でずり上げながら、元口が歩き出そうとする。

だがふいに動きを止め、こちらを振り向いた。

「本田」

「はい？」

「おまえもすごいんだよ」

にやりと唇の片端を吊り上げた元口が、親指を立てる。そしてふたたび背を向けて歩き出したものの、躓《つまず》いて転びそうになった。

3

「なんでなんで？　行こうよ」

木乃美が袖を引いて懇願しても、潤が翻意する気配はない。肩をまわしてやんわりと手をほどかれた。

「だって気まずいじゃん」

「なにが？」

「知らない子ばかりなんだもん」

「でもみんな良い子だよ」

「そういう問題じゃない」

書類にボールペンを走らせながら、えーと、あれは一時停止義務違反だったっけ、などと聞こえよがしに呟いているのは、この話はもう終わりにしたいという意思表示だろう。

木乃美は安全運転中央研修所での訓練を終え、みなとみらい分駐所に戻っていた。日中は取り締まりに出ていた当直の隊員たちも全員が帰所し、一日の業務報告を書類にまとめている。

「あのな、本田。全員が全員、おまえみたいに誰とでもすぐ仲良くなれるわけじゃないんだ」

対面のデスクから、元口が会話に参加してきた。もともと地黒の肌が、今日一日の合同訓練でさらに黒くなった。

「そうですよ。本田先輩以外は、初対面の人ばっかりなわけでしょう。メシ食うとか呑むだけとかならまだしも、一日遊ぶなんて、コミュ障の川崎先輩じゃなくてもキツいっす」

元口の隣の席で口を尖《とが》らせるのは、鈴木景虎《すずきかげとら》。ツーブロックの髪形をべったりと撫でつけて背伸びしているが、頬のあたりに少年の面影を残した、A分隊ではもっともキャリアの浅い隊員だった。

潤が、ちっ、と舌打ちをして鈴木を睨む。

「な、なんすか。コミュ障が気に障ったんですか」

「気に障らないやつがいると思うか」

「川崎先輩の味方してるんですよ。ぜんぜん知らないやつが一人とかならまだいいけど、いっきに四人も来るなんて、アウェイもアウェイじゃないですか。一匹狼《おおかみ》とかクールを気取って誤魔化してるけど、実は隠れコミュ障っていう川崎先輩には荷が重い――」

「だから言い方！」潤の厳しいツッコミに反応して愉快そうに肩を揺すったのは、班長の山羽公二朗《やまはこうじろう》だ。笑いを含んだ声で木乃美を諭す。

「本田。おまえには不可解かもしれないが、知らない相手と接するのがストレスになる人間だっているんだ。勘弁してやれ」

「でも良い子たちなのに」

「だからそういう問題じゃないいんだって」

何度も言ってるじゃないか、と潤が唇を曲げる。

「代わりにおれが行ってやってもいいぞ」

唐突な山羽の提案に、「は？」と自分でも驚くほど冷たい声が出た。

「おれはコミュ力高いし、おれのほうが川崎よりも単車転がすの上手いし、なによりイケメンだ。おれが行ったらきっと女性陣は喜ぶぞ。神奈川の一交機にとてつもなく素敵な隊員がいるってな」

おおむね間違っていない。顔立ちは精悍《せいかん》だし、背が高くて筋肉質な体形は三十代後半に差しかかっても崩れる気配がまったくない。だがそれを自分で言ってしまうところが玉に瑕《きず》だ。

「でもコミュ障って言うけど、川崎は、本田が来てから本当に変わったよな。おれも最初のころは川崎のこと、後輩ながら少し怖かったからな。他人にたいしてめちゃくちゃ壁作ってたし、つねになにかと戦ってる感じでさ」

元口がしみじみと頷く。

「それ、いまと同じじゃないですか。いま以上だったたってことですか」

「あ？」潤に睨みつけられ、鈴木が肩をすくめて小さくなる。

そんな鈴木の肩を、元口は笑いながら小突いた。

「そんなこと言ってるおまえだって、ずいぶんと尖ってたぞ」

「そうですか？　そんなことないですよ」

「そんなことあるよ。へったくそなくせにてめえのライテクに自信満々で、人の言うことには耳を貸さないし」

「んなことないですよ。ちゃんとハイハイって素直に返事してたでしょう」

「一番たち悪いタイプだな。ハイハイって返事だけはしっかりしてるけど、実際には聞き流してるっていう」

班長に指摘された気まずさを紛らわすように、鈴木が話題を変えた。

「本田先輩。今日の訓練はどうだったんですか。全国大会では勝てそうですか」

木乃美はしばらく考えてから答えた。

「勝ちたいとは思ってるけど」

「神奈川県警を代表する交機隊員が、そんな頼りないことでどうするんですか」

「あのな」元口がぱしん、と鈴木の頭を叩く。

「勝負は時の運だ。勝とうと思って頑張ってはいても、ぜったいに勝てる、なんてことはありえない。ねえ、班長」

話を振られた山羽が頷く。

「その通りだ。争うレベルが高ければ高いほど、勝負に占める運の要素は大きくなる」

「鈴木、おまえぐらい下手《へた》くそだと百回やって百回負けるっていう実力差はあるかもしれないが、全国大会レベルになるとそうはいかない。その日の天候とか、体調とか、路面のコンディションとか、そういった運の要素が大きく勝敗を分ける」

「おれ、そんな下手くそじゃないっす」

鈴木の抗議は無視された。

「これから本田が臨むフィールドでは、ぜったい、なんてことはない。それぐらいハイレベルな戦いだ。ただ一つだけ言えるのは、さまざまな条件さえ味方してくれれば勝てる可能性はある。本田の技術は、それぐらいのレベルには達している。それだけだ。あとは時の運だな」

あ、でも、と元口が顎を触る。

「警視庁のあいつ、女の白バイ乗り、あいつはすごかった」

「豊島さんのことですね」

木乃美は言った。

「そうそう。豊島。あれはちょっと……驚いた」

元口がいままさに茜の走りを見ているかのように、ぽかんと口を開ける。

「元口にそこまで言わせるとは、見てみたいものだな」

山羽が興味深そうに身を乗り出した。

「そんなに上手かったんですか」

鈴木はお手並み拝見といった上から目線だ。

「上手いなんてものじゃない。芸術だよ、芸術。私なんて、つい見とれてボーッとしちゃったし」

話すうちに木乃美の口調も熱を帯びる。

「いやいや。見とれちゃ駄目でしょう」

鈴木があきれたように顔をかく。

「どうして?」

「だって敵ですよ。十月には全国大会で戦う相手です。そんなやつの走りに見とれるなんて――」

「いいんじゃないかな」と遮ったのは、潤だった。

「ライバルだからって過剰に敵視してピリピリする必要はない。相手のすごさを素直に認めて、その上で自分を高めて相手を上回ろうと努力する。それが木乃美のやり方だし、実際に、これまでそれで結果を出してきたんだ」

山羽がふふっと笑みを漏らした。

「なんですか」

「いや。やっぱり、川崎は変わったなと思って」

そのとき、出入り口の扉が開いて坂巻が顔を覗かせた。

「部長」木乃美が口にしたのは、警察学校の同期の間だけで通用する坂巻の渾名《あだな》だ。貫禄だけはすでに役員クラスという意味で付けられた。

「おう、本田。帰ってきとったか」

事務所に入ってきた坂巻は、横浜銘菓『ありあけハーバー』の紙袋を提げていた。

「ありがとう。珍しく気が利くじゃん」

受け取ろうとした木乃美の手を避けるように、坂巻が紙袋を頭上に掲げる。

「なんでおれが本田に手土産持ってくる必要があるか」

「合同訓練お疲れさま、ってことじゃないの」

「違う。安全運転なんちゃら大会なんて交機の中の話やないか。おれには関係ないのに、いちいち労《ねぎら》う必要もない」

「え。じゃあ……」その『ありあけハーバー』は？

紙袋は潤のもとに運ばれた。

「今日は助かった」

そういうことか。日中の大捕物については、すでに聞いている。逮捕に向かった捜査一課から逃走した暴行事件の被疑者の身柄拘束に、潤が協力したという話だった。

「っていうか、たしか被疑者は武装していて、発砲までしたんだったよね。そんな危険な目に遭わせておきながら、お詫《わ》びが『ありあけハーバー』？」

木乃美の指摘に、鈴木も同調する。

「言えてる。危険見舞いにしちゃ安上がりですね」

「坂巻が持ってくるの、いつもそれだよな。芸がなさ過ぎるっていうか」

元口も乗っかってくる。

「そういうこと言いますか。元口さん、いつも真っ先に飛びついてくるくせに」

「それにしても毎度まいど同じじゃ芸がない」

山羽の指摘にしばらく思案顔をした坂巻が、やがて口を開く。

「わかりました。じゃあ次は『黒船ハーバー』にします」

「『ハーバー』から離れる気はないんかい」

元口のツッコミに笑いが起こった。

「取り調べは、どんな感じですか」

紙袋を受け取りながら、潤が訊いた。

「ああ。まあ……な」

とたんに歯切れが悪くなる。

「被疑者は椿山組の構成員だったんだろう？」

山羽が一転して真面目《まじめ》な顔になった。

「そうとも言えるし、そうでないとも言えるというか……」

ううん、と言葉を選ぶような唸《うな》り声が挟まる。

「猪瀬《いのせ》……今日逮捕した男は猪瀬というんですが、やつは三日前の暴行事件を起こす前に、すでに椿山組を除名されとったとです」

「じゃあ拳銃は？」

元口は詰問口調だ。

「拾った、の一点張りです。警察に届けようか迷ったが、三日前に暴行事件を起こしていたため、捕まると思って届けることができなかった、と」

「そんなの嘘に決まって――」

木乃美が言い終わる前に「わかっとる」と遮られた。

「たまたま拾うただけなのに、警察に追われてとっさの判断であんなふうに拳銃をぶっ放すなんてありえん。見え透いた嘘たい。けどな、猪瀬が除名されとったのは事実らしい。となれば、椿山組とは無関係の人間が起こした事件っちゅうことで、椿山組本体まで追及できない」

「除名といったら、かなり重い処分だよな」

元口が神妙な顔になる。

「ええ。破門ならともかく、除名ですけんね」

「破門と除名ってどう違うの？」

木乃美の疑問に答えたのは、鈴木だった。

「破門も除名も組織からの追放っていう意味では同じですけど、破門の場合、復縁という可能性が残されているんです」

「除名の場合は、その可能性もない？」

話の流れから察するに、そういうことなのだろう。

山羽が唇を引き結ぶ。

「破門の場合には偽装の可能性もある。いったん破門して、ほとぼりが冷めたころに復縁する。組織に捜査の手がのびるのを避けるための策だな。だが除名の場合は、それもできない」

「そうなんです。除名というかたちを取っとる以上、猪瀬は椿山組と無関係やし、今後椿山組に復帰することもない」

坂巻が不本意そうに顔をしかめた。

「でも、それっておかしくない？」と木乃美は食い下がる。

「三日前に猪瀬が暴行した相手は、椿山組が敵対する韓国マフィアの一員だったんでしょう」

ニュースにもなったし、事件の概要は木乃美も知っていた。

三日前の深夜一時ごろ、横浜市中区羽衣町の路地裏で、殴る蹴るの暴行を受けている男性がいると一一〇番通報が入った。警察が駆けつけたときには犯人はすでに立ち去っており、血まみれの被害者が飲料の自動販売機にもたれるようにして倒れていた。救急搬送された被害者は脳に損傷を受けたらしく、いまだ意識が戻っていない。

「猪瀬に襲われた李由仲《イユジュン》は『凶龍《クレイジードラゴン》』の構成員やった」

「最近ヤバいですよね、あそこらへん」

　鈴木が心を鎮めようとするかのように、手で髪の毛をなでつける。

　日ノ出町《ひのでちょう》に事務所をかまえる指定暴力団・椿山組と、福富町《ふくとみちょう》を根城にするコリアンマフィア『凶龍』の間で小競り合いが起きたと最初に報じられたのは、半年ほど前だった。発端は桜木町《さくらぎちょう》一帯の再開発を巡る不動産トラブルだったが、三週間前に椿山組の若頭補佐が『凶龍』のメンバーと見られる数人に襲われ、全治五か月の重傷を負わされてからは、互いの面子を懸けた全面戦争の様相を呈してきた。三日前の羽衣町で発生した暴行事件も、これまでの一連の抗争に関係が深いと見られている。

「襲われたのが『凶龍』で、猪瀬は椿山組だったのに、無関係だっていうの」

　木乃美は頬を膨らませた。到底納得できない。

「あくまで元組員たい。組を除名になってむしゃくしゃしていたので、とにかく誰かをぶん殴りたい気分だった、酒を飲んで絡んだ相手が椿山組と敵対する『凶龍』のメンバーとは知らなかった……猪瀬はそう主張しとる。まあでも、これからきっちり締め上げてやるけん。ちいと待っとれや」

　坂巻が決意を新たにするかのように、自分の手の平を反対のこぶしで打った。

4

「おはようございます」

駆け寄ってくる女性が、木乃美には誰かわからなかった。なにしろいつも顔を合わせる合同訓練ではお互いにスカイブルーの制服姿だし、メイクもしない。

「おはよう」と反射的に答えた後で、ようやく気づいた。

栃木県警の宇都宮容子だ。白いブラウスにデニムパンツ。トレードマークのスクウェアフレームの眼鏡はいつもと同じだが、きっちりメイクを施して顔の印象が格段に華やかになっている。

「どうしてあっちから？」

木乃美は質問しながら、隣に立つ茨城県警の水戸早苗と互いの顔を見合わせた。早苗はプライベートでもメイクをしないらしく、顔立ちの印象は変わらない。その上、背が高いので遠くからでもわかった。

「横浜駅は非常に不親切な構造をしていると思います。もっと動線を意識した設計にしないと、多くの市民に余計な遠回りをさせることになります」

ようするに出口を間違えて道に迷っていたらしい。

「横浜駅広いからね」

木乃美が笑うと、容子は首を縦に振る。

「水戸さんは大丈夫でしたか」

「私は単車」

早苗はメッシュジャケットにライディングパンツという、ツーリング仕様の服装だった。

　茨城から横浜までバイク移動と聞けば普通ならば驚くだろうが、そこは全員が白バイ乗務員だ。

「その手がありました。バイクで来れば駅の中で迷うこともありませんね」

　三人がいるのは、横浜駅西口だった。通勤通学ラッシュの時間帯は過ぎたものの、県内最大のターミナル駅前から人通りが途絶えることはない。

「あと二人」

　早苗がスマートフォンを確認する。集合時刻まであと三分という時間だった。

　電車か、それともバイクか。木乃美は周囲を見回した。

「それにしても、少し意外ではありませんか」

　容子がぽつりと呟く。

「なにが？」木乃美は訊いた。

「豊島さんは、時間に正確そうなイメージでした」

「そうだね」

　木乃美と早苗は頷き合った。

　何度か合同訓練で一緒になっただけなので、互いをよく知るわけではない。それでも茜の正確無比な走りとハキハキした言動からは、すごく几帳面《きちょうめん》な人物という印象を受けた。まだ集合時刻を過ぎてはいないものの、茜なら、集合場所に一番乗りしていてもおかしくない。

そのとき、駅から埼玉県警の川口咲良が出てきた。パーカーにハンドバッグをたすき掛けにして、両手を振りながら駆け寄ってくる。容子と対照的に、合同訓練のときよりも幼く見える。

「お待たせ！　ごめんごめん！　ギリ間に合ったよね」

咲良がスマートフォンで時刻を確認する。

「いえ。十五秒遅刻です」

容子から冷静に告げられ、膝から崩れ落ちそうなおおげさなジェスチャーをした。

「大丈夫だよ。まだ来てない人いるし」

木乃美の言葉に安堵の表情を浮かべた咲良だったが、この場にいないのが誰か、すぐに気づいたらしい。

「え。待って。茜さん、来てないの？　おかしくない？　私、今朝、茜さんとメッセージのやりとりしてたけど、いまからバイクで出発するってメッセージ届いてたよ？」

咲良以外の三人が、互いの顔を見合わせた。

「それはいつのことですか」

容子の質問に、咲良が虚空を見上げる。

「二時間は経《た》ってる」

スマートフォンの履歴を確認し「うん。やっぱり二時間以上前」と頷いた。

「渋滞に巻きこまれてる、とか？」

木乃美の推理に、早苗が異を唱える。

「私、茨城からだけど三時間かかってない」

「茜さんがどこに住んでいるのか知らないけど、東京からなら首都高に乗ればせいぜい三、四十分ってところだよね」

咲良が同意を求めるような視線を向けてくる。

「でも、首都高に乗らずに下道を使っているのかもしれないし」

木乃美は言ってはみたものの、やっぱりしっくりこない。

それは容子も同じだったようだ。

「ぶらっとツーリングに出かけるとかならともかく、集合時間までに目的地に到着しないといけないのに、下道を選ぶのは合理的ではありません」

その通りだ。茜がイメージ通りの几帳面な性格だとすれば、待ち合わせしているのにあえて所要時間のかかるルートは選ばない。

「そのうち来るんじゃないかな。もしかしたらとっくに着いていて、そこらへんで時間を潰しているのかもしれない」

咲良が根拠もなく楽観論を展開する。

「駐輪場を探しているのかもしれない」

早苗がぼそりと言った。

「それならありえます。おそらくそうでしょう」

容子は自分を納得させようとしているかのようだった。

木乃美もほかの三人に同調して安心したかったのだが、なにげなく見たスマートフォンの時刻表示が待ち合わせ時刻を十分も過ぎていて、言葉を呑み込んでしまう。すでに横浜に着いて駐輪場を探しているだけなら、遅れるという連絡の一本ぐらいは入れられる。

「連絡してみたら？」

木乃美は提案した。それが一番だ。この場であれやこれや推理したところで、不安な気持ちが増幅する結果にしかならない。

「そうだね。メッセージ送ってみる」

スマートフォンを操作し始めた咲良に、容子が言う。

「電話のほうがいいでしょう」

うんうん、と早苗も頷いている。

「そうだね。電話してみよう」

咲良はしばらくスマートフォンを顔にあて、かぶりを振った。

「駄目だ。出ない」

「どうしたのでしょう」

容子は本格的に心配になってきたようだ。

「事故とか……」

早苗の発言に、咲良が反応する。

「縁起でもないこと言わないでよ。大丈夫。渋滞に巻きこまれたとか道に迷ったとかで時間食ってるだけだよ」

「そうだね。きっとそうだ」

木乃美が頷く横で、早苗は微妙に納得のいかなそうな顔をしている。

容子が気を取り直すように言った。

「どうしますか。豊島さんは後で合流するとして、私たちだけで先に動きますか」

「そうしよう。着いたら連絡くれるだろうし」

言いながら、いまにも咲良のスマートフォンが振動するのではないかと、木乃美は期待していた。

「ならメッセージ入れとく。先に行っておくから、着いたら電話ください……っと」

咲良は茜にメッセージを送り、スマートフォンをハンドバッグにしまった。

が、直後にハンドバッグから振動音が聞こえてくる。

スマートフォンの液晶画面を確認した咲良が笑顔になった。

「茜さんからだ」

その言葉を聞いて、早苗が安心したように長い息を吐く。

「もしもぉし」

電話に出るときまでは明るかった咲良の表情は、しかしすぐに曇った。

「はあ。はい。そうですけど……はい……はい」

受け答えの声も硬い。漏れ聞こえてくる声も低くて、茜のものとは違う。相手は男性のようだ。

しばらくして通話を終えた咲良が、途方に暮れた様子でスマートフォンを持つ手を力なく落とした。

「どうしたのですか」

心配そうな顔をする容子のほうにゆっくりと視線を動かす。その顔からは血の気も表情も消え失《う》せていた。

「事故ったって」

抑揚のない口調が、実感の薄さを表していた。

「え？」木乃美は訊き返した。

「事故って、救急車で運ばれたって。電話してきたのは、現場検証中の警視庁の人だった」

横浜駅前の喧噪《けんそう》が、いつもより騒々しく感じられた。

5

「マジか」

潤が漏らした呟きに反応して「どうしたの」と隣から男が顔を近づけてきた。

「おい。人のスマホ覗くな」

肩を押して突き放す。

「ごめん。覗くつもりはないんだけど」と弱々しい声を出す男は、高そうなスーツに身を包んでいた。サングラスで顔を隠しているが、ほっそりとして脚も長く、一見して一般人でないオーラをまとっており、周囲の客がちらちらと気にしている。

「覗いてるじゃないか。人のスマホを覗くなんてマジありえないんだけど」

「でも相手は木乃美ちゃんだろ」

「相手が木乃美だったらなんなんだよ。スマホ覗き見してもかまわないっていうのか」

あっちに行け、という感じに手を振って追い払う。

「そういう扱いする？　抱かれたい男ランキング八位、婿にしたい芸能人ランキング十五位、一緒にドライブしたい芸能人ランキング二十七位の超売れっ子俳優にたいして」

「知るかよ。ってか順位微妙だし、よくそんな細かいランキングの下位のほうまでチェックしてるな」

「下位じゃない。日本に男が何人いると思ってるの。人口一億人としても、半分の五千万人。その五千万人の中で十五位とか二十七位なんだよ」

「はいはい。わかった」

ランキングの対象は全国民じゃなくて俳優やアイドルだろうと思うが、面倒くさいので指摘しない。

「あと、チェックしてるのはおれじゃないから。マネージャーにやらせてるから」

「人使いの荒さを自慢するな」

男の名は成瀬博己《なるせひろき》。自己申告通り、世間ではかなり名の知られた人気俳優らしい。交通違反した成瀬を取り締まったのがきっかけで知り合い、なぜだかいたく気に入られてしまった。あまりのしつこさに根負けするかたちで、潤の週休日にはこうして会うこともある。成瀬はデートだと言い張るが、潤は断固として認めていない。

潤と成瀬がいるのは、関内《かんない》駅から南西にのびるイセザキモールにある大型書店だった。二人で昼食を摂《と》った後、イセザキモールを散策している途中でぶらりと立ち寄ったのだ。

「木乃美ちゃん、なんだって？」

「いま東京の病院にいるらしい」

「嘘。なにがあったの。病気？　怪我？」

本気で心配そうだ。けっして悪いやつじゃないんだよなと、潤は思う。

「事故だよ」

「事故？」

「といっても事故ったのは木乃美じゃない。友達が事故ったらしい。今日、木乃美と会う予定だった、警視庁の交機の、えーと、なんだっけ」

「豊島茜さん？」

成瀬の口から即座に名前が出てきてぎょっとする。

「なんであんたが知ってるの」

「木乃美ちゃんとも連絡取り合ってるから。全国大会勝てそう？　って質問したら、すごい人がいっぱいいるからわからないって。そのときに名前が出てきた」

「だからってすぐにフルネームが出てくるなんて、引くんだけど」

「ちゃんとメモしてるからだよ」

「それも引くんだけど」

文字通り潤は軽く身を引いた。

「そんなことより、豊島さん、大丈夫なの？」

「大丈夫ではないと思う。バイクで転んだっていうから」

「単独事故？」

「らしい」

木乃美からのメッセージを読む限り、そう受け取れる。

「全国大会の優勝候補と目されるほどの腕前なのに？」

木乃美から聞いた話をメモしているのは本当らしい。気持ち悪いほどよく知っている。

「熟練のライダーといっても、四六時中気を張ってるわけじゃないからな。ミスすることはある」

「そっか。大会本番までに治るかな」

「それどころか、仕事復帰できるかっていうレベルじゃないか。怪我の程度はわからないけど」

オートバイの事故で救急搬送されるレベルと聞けば、あまり楽観視できない。

大会まであと三か月。ここでの怪我は痛すぎる。だが回復さえすれば、来年も再来年もチャンスは巡ってくる。問題は、そこまでの回復が見込めるかだ。

「やっぱりオートバイってのは怖いんだなあ。おれも気をつけないと」

「よく言うよ。二輪免許持ってないくせに」

成瀬は普通自動車免許しか持っていない。ホンダＮＳＸという真っ青なスポーツカーを乗り回している。価格にして潤の年収数年ぶんという代物だ。

「潤ちゃん。持っていないというのは正確な表現ではない。持っていなかった、だよ」

成瀬がジャケットの胸ポケットから運転免許証を取り出した。

「おお。すごい」と素直に感嘆の声が漏れる。

成瀬の免許の下のほうの『種類』の欄に『普自二』という文字が加わっていた。普通二輪免許を取得したようだ。

「マネージャーから止められているって、言ってなかったっけ」

万が一のことがあってはならないと、二輪免許の取得は事務所から止められている。

そう聞いたことがあった。

「説得には苦労したなあ。ほぼ強引に押し切ったんだけどね」

成瀬の口調は感慨深げだ。

「ん？」潤は違和感を覚え、成瀬の運転免許証を凝視する。

「どうしたの」

「これ、本当に成瀬か」

目鼻立ちはたしかに成瀬だが、どこか違う。

成瀬が恥ずかしそうに髪の毛をかいた。

「写真写りが悪いよね。まわりにバレないように帽子をかぶってたんだけど、写真撮影のときに外すように言われて帽子の癖が残ったままだし、あとはカラコンも外せって言われたから」

「カラコンなんてしてたのか」

目をじっと見つめると、成瀬は顎を引いて二重顎になった。

「色は入っていないんだけど、黒目が大きくなるやつを入れてる」

「だからか」なんとなく、運転免許証の写真はぼんやりとした印象だった。

「私はてっきり、マネージャーに替え玉受験でもさせたんじゃないかと思った」

「いやいや。こんなイケメンのマネージャーいないでしょ」

相変わらずの強烈な自己愛にあきれる。

「だからバイク雑誌を立ち読みしてたんだな」

いつもは潤がバイク雑誌を物色し始めると別のコーナーで時間を潰すのに、今日はずっと隣で立ち読みしていたのだ。

「そういうこと」と成瀬が雑誌を棚に戻した。

「というわけで、こんど記念すべき初めてのバイクを買いに行きたいんだけど、付き合ってくれるかな」

えーっ、と露骨に嫌そうな顔をすると、「ちょっとちょっと」と泣きつかれた。

「いいじゃない。付き合ってよ」

「暇で暇でどうしようもないときがあったらな」

その後もぶらぶらとイセザキモールを歩き回ったり、喫茶店でお茶を飲んだりして過ごすうちに日が傾いてきた。

二人は大通り公園のほうに歩いていた。

潤はJR関内駅近くの駐輪場にオートバイを止めていて、成瀬は大通り公園近くの駐車場にNSXを止めている。イセザキモールで別れてもよかったのだが、成瀬がせめて駐輪場まで送らせて欲しいとしつこいので、大通り公園近くの駐車場まで二人で向かうことにしたのだ。

その途中、潤はふと足を止める。

「どうしたの」

「いや。別になんでもない」

焼き肉店の角を曲がったところの路地に、ショーケースのくすんだ自動販売機が置かれていた。そういえば、羽衣町男性暴行事件の現場はあそこだ。周辺の飲食店はすでに日常を取り戻したようだが、その一角だけ、暗く空気が淀《よど》んでいるような印象を受けた。

しばらく歩いて長者町《ちょうじゃまち》の二階建て駐車場に着いた。一階部分の奥の暗がりにＮＳＸが見える。

駐車場に入り、成瀬がスマートキーを取り出した。ピピッと音がして、ＮＳＸのデイライトが光る。

運転席に向かう成瀬から離れ、助手席側に向かおうとした、そのときだった。

「ひぃぃぃぃっ！」成瀬が悲鳴とともに飛び上がる。スマートキーが地面に落ちる音がした。

「どうした？」

潤は運転席側にまわり込み、息を呑んだ。

誰かいる。

ＮＳＸの運転席の扉に背をもたせかけて座っている。

もしかして死んでいるのかと思ったが、人影はあっさり立ち上がった。金髪の若い男だった。暗がりで顔はよく見えないが、僧帽筋や三角筋はしっかり盛り上がって、かなり筋肉質なのがわかる。

「悪い。寝てた」

男は手刀を立てて、立ち去ろうとする。

「寝てただと？」

怒り口調とは裏腹に、成瀬はさっと身を引いて男の進路を空けた。

だが潤は「待って」男の手首をつかんだ。

男が黒目だけを動かし、潤を睨む。

「どうしたの。その顔」

男は顔の左半分が真っ黒だった。暗がりだから黒く見えるだけで、明るい場所で見ればその部分は赤く見えるだろう。

血だ。額が割れて流れ出たような感じだった。

「なんでもない」

歩き出そうとする男の手首を、潤はふたたび強く引いた。

「なんでもないわけない。どうしたの」

「関係ない」

「そうだよ、潤ちゃん。かかわらないほうがいいって」

成瀬の忠告は無視した。

「やめろ。痛い目見るぞ」

男が前に進もうとし、潤が引き戻す。何度か繰り返しながら睨み合ううちに、男が意外に若いことに気づいた。まだ二十歳そこそこぐらいに見える。

「いい加減にしろよ」

男の舌打ちに反応したのは、潤ではなく成瀬だった。ひっ、と自分の頭を手で覆う。

「その怪我、誰にやられたの。なんでこんなところで寝てたの」

「潤ちゃん。もう行こう」

成瀬が小声で呼びかけてくる。

「おまえ、本気でぶん殴るぞ」

「殴ったら逮捕する」

「あ？」

「私は警察官だから。神奈川県警第一交通機動隊所属。いまはプライベートだから手帳をもっていないけど、疑うなら身分照会してもらってかまわない」

男がついてないな、という顔をした。

「なにしてたの」

「逃げてた」

不承ぶしょうという口調だった。

「誰から」

「ヤクザに絡まれた」

「絡まれたの。あなたが絡んだんじゃなくて？」

けっ、とうんざりしたように舌を鳴らされた。

「信じないならいいよ」

「被害届は」

「そんなもんいちいち出してたらキリがない。どうせ犯人捕まらないし」

ぶんと勢いをつけて手を振り払われた。

男がよたよたと駐車場の出口に向かって歩き出す。

「待ちなさい。いま出て大丈夫なの。あなたを探してるやつに見つかるんじゃないの」

ぴたりと歩みが止まる。

だが引っ込みがつかなくなったらしく、ふたたび歩き始めた。

はあっ、と成瀬の安堵の息が響く。

ところが、男ががくん、と膝から崩れ落ちた。

駆け寄って助け起こしてみると、男の顔は脂汗で光っていた。額に触れてみる。熱い。

「熱がある。救急車」

潤が取り出したスマートフォンを「大丈夫」と男がつかんだ。

「大丈夫だから。本当に。保険証持ってないし」

病院にかかりたくないのは、そういう理由か。

「潤ちゃん。どうする」

成瀬が不安そうに覗き込んでくる。

男は意識が朦朧《もうろう》としているだろうに、わずかに開いた唇から「大丈夫。ほっといてくれ」とうわごとのように繰り返している。

「成瀬。車まで運ぶの、手伝って」

「車って？」

「あんたの車に決まってるだろ」

奥に駐車したNSXを顎でしゃくると、成瀬は目玉が飛び出そうな勢いで目を見開いた。

「NSXは2シーターだよ。乗り切れないよ」

「私は駅まで歩いてバイクを取りに行く」

「嘘だろ。こここ、こいつと二人きりになれって言うの」

声が裏返っていた。

「さすがにいまのこいつと殴り合いになっても負けないだろ」

「そういう問題じゃなくて、助手席には女性しか乗せないって決めてるし、血がシートにつくいちゃうかもしれないし」

「ゴタゴタ言うなら単車は一人で買いに行って」

「そんなぁ……」

渋々といった様子の成瀬と協力して、男をNSXの助手席に乗せる。

「どこに向かえばいいの」

「ちょっと待って。木乃美に電話するから」

「木乃美ちゃんに?」

いまにも泣き出しそうな成瀬をよそに、潤はスマートフォンを耳にあてた。

6

出入り口の扉から入ってきたのは、木乃美だった。

「やあ。木乃美ちゃん」

カウンターの中でグラスを拭いていたオールバックの男が笑顔を浮かべる。男は長妻《ながつま》という名前だった。話に聞いていた通り、元暴走族というのが信じられないほど、穏やかな物腰をしている。

「こんばんは。マスター」

「じゃ、おれはこれで」

成瀬がカウンター席から立ち上がった。

「もう帰っちゃうの」

「秋からのドラマの台詞《せりふ》覚えなきゃいけないし。木乃美ちゃんがいれば安心だから」

「どこの馬の骨ともわからない男と、潤ちゃんを二人きりにはできないって粘ってたのさ」

長妻ににやりと横目を向けられ、潤は鼻に皺を寄せた。

「なるほど。そういうことか」

「そういうこと。木乃美ちゃん、後はよろしく」

「はーい」

木乃美が潤の隣に座り、成瀬が店を出ていく。

石川町《いしかわちょう》のはずれにある隠れ家的な雰囲気のこのバーは、木乃美の行きつけだった。以前にある事件の捜査で訪れて以来、贔屓《ひいき》にしているという。前から一緒に行こうと誘われていたが、タイミングが合わないまま現在に至っていた。

救急搬送をかたくなに拒む男の処遇に困ったとき、まず考えたのが、木乃美から聞いていたこのバーの存在だった。マスターの長妻は山羽の助けによって更生した暴走族の元総長で、いまは補導歴のある少年少女の更生に尽力しているらしい。

木乃美経由で長妻に連絡を取ってもらい、成瀬のＮＳＸで男をここまで運んできた。男はいま、二階の休憩室に寝かせている。

「今日はアルコール大丈夫？」

長妻が木乃美に訊《たず》ねる。

「潤はなに飲んでるの」

「私はジンジャーエール。関内の駐輪場に単車止めてるから。でも気にしないで飲んで」

このバーは木乃美の住む中区湊《みなと》警察署の寮から徒歩十分の近さだ。酔っ払っても歩いて帰ることのできる距離にこんなお店があったら、たしかに嬉しいかもと、初めて訪れて思った。

「じゃあ、遠慮なく」

「なににする？　ビール？」

木乃美はビール、と言いかけて「やっぱりシャンディガフで」と変更した。シャンディガフは、ビールをジンジャーエールで割ったカクテルだ。潤に気を遣ったらしい。

「豊島さんだっけ。どうだった」

木乃美はううん、と唇を曲げる。

「病院まで行ったんだけど、会えなかった。まだ意識が戻ってなくて」

「そんなに大変なの」

やはり軽い怪我では済まなそうだ。

「あ。でも、ここに来る途中でメッセージが届いて、意識は回復したみたい。こんどあらためてお見舞いに行く」

「そうか」

面識がないとはいえ、同じ警察官で同じ白バイ乗務員だ。一刻も早い回復を心から願う。

　長妻がシャンディガフのグラスを木乃美に差し出す。

　二人で軽くグラスを合わせた後で、木乃美が店の奥のほうを覗くような上目遣いをした。

「ところで、例の彼は……」

「さっき見てきたけど、上で寝てるよ」

　長妻が視線を向けた先にある扉の奥には、二階につづく階段がある。

「怪我してたって聞いたけど」

「うん。でも怪我自体はそんなに酷《ひど》くないと思う。私は医者じゃないから、本当のところはわからないけど」

「大丈夫だと思うぜ。たぶん骨まではいってない。発熱は疲労とか風邪《かぜ》かもしれないけど、殴り合いなんかで異常な興奮状態になったのも関係しているかもしれない。よくあるんだよ、喧嘩した後、熱が出たりとか」

「さすが。マスターが言うと説得力あるね」

　木乃美の言葉に、「現役時代はあのくらい、日常茶飯事だったからな」と長妻が得意げに眉を上下させる。

「しかしあれだな、木乃美ちゃんの友達は、みんな木乃美ちゃんに似てお節介なんだな。あんな生意気なガキ、普通は放っておくぞ。せいぜい警察か救急車呼んで終わりだ」

昔からこうじゃなかったんだけどな。誰の影響だかと、潤はちらりと横を見た。その影響の源は「潤ってクールに見えて熱いんだよ」と友人を自慢している。

「っていうか、これからどうするの」

木乃美がカウンターに身を乗り出し、声を落とす。

「どうにもしようがない。病院にはかかりたくないみたいだし、被害届を出す気もないみたいだから、警察としても動きようがない」

潤はカウンターの隅に置いていた長財布を手にした。男のデニムパンツの尻ポケットに入っていたものだ。

長財布を開き、カードホルダーから運転免許証を抜き出す。

「未成年だったら親に連絡しないといけないと思って調べたけど、二十一歳だった」

「なんて読むの？　きょう、かね、やす？」

木乃美が首をかしげる。運転免許証の氏名の欄には姜鐘泰という名前が記載されていた。

「正確な読み方はわからないけど、住所は福富町だから、たぶん在日韓国人か朝鮮人だろう」

福富町は横浜市内でも有数のコリアタウンだ。

「わかった。これたぶん『ガ』って読むんだよ。だってショウガを漢字で書いたら、この字使うじゃん。だから『ガ』。ショウガの『ガ』」

そのとき「違う」と男の声がして、奥の扉が開いた。

男が歩み出てくる。出会ったときと服装が異なるのは、血で汚れた服を長妻の私服に着替えさせたからだ。右手で握った布のかたまりが、もともと着ていた自分の服だろう。

男はよたよたと危なっかしい足取りでカウンターのほうまで来ると、「返せ」と手をのばした。

潤は運転免許証をカードホルダーに戻し、長財布を男の手に載せた。

「勝手に中を見るな」

「おい。それが助けてくれた人にたいする態度か」

長妻が珍しく感情を顕《あら》わにする。

「頼んでねえし」

「潤ちゃんがおまえを放っておいたら、おまえをボコったやつに見つかって殺されてたかもしれないんだろうが」

男は頰を小刻みに痙攣《けいれん》させて長妻を一瞥し、木乃美を見た。

「『ガ』じゃない」

木乃美はきょとんとしている。

「さっきおれの名前を『ガ』だと言っただろう。『ガ』じゃない。カンだ。カンジョンテ。それがおれの名前。朝鮮人じゃなくて韓国人だ」

「そう。姜《カン》くんね。名乗ってくれてありがとう。私はさっきも名乗ったけど、神奈川県警第一交通機動隊の川崎潤。そしてこっちが——」

「同じく第一交通機動隊の本田木乃美です」

警察官らしからぬ屈託ない笑みを向けられ、姜は少し困惑したようだった。

「あんたも警察か」

「なにを飲む。一杯おごるぞ」

長妻の申し出にいらない、という感じで手を振り、姜が出入り口のほうに向かう。

「どこに行くの」

潤の質問にも反応はない。

「ずいぶんだな。断りもなしか」

長妻が呼びかけて、ようやく「帰る」と小声で返ってきた。

「意地張らずにもうちょっと休んでいったほうがいいんじゃないか。ふらついてる。うちなら一晩ぐらいかまわないぞ」

「近いんで」

こちらを見ないまま、ぼそりと答えた。

「姜くん。きみ、仕事はしてるの」

潤の唐突な質問に意表を突かれたらしく、姜がこちらに顔をひねる。

「仕事はしてる？」

もう一度訊いた。

「ああ」

「なんの仕事？」

「……スタンド」

「スタンドってガソリンスタンド？」

軽く肩をすくめるしぐさが返ってきた。

「どこの？」

「なんで」

どうして答えなきゃいけないんだという、反発の色が覗く。

「『凶龍』、知ってるよね。知らないほうがおかしいと思うけど」

雄弁な沈黙だった。

「きみ、『凶龍』にかかわっているの？　もしかしたらすでに加入しているとか？　だから椿山組のチンピラに因縁つけられたんじゃないの」

姜の唇が不自然に歪む。

「福富町で暮らしていて『凶龍』といっさいかかわらないのは難しいかもしれない。でも深入りはしないで。まだ若いんだし――」

「わかってないな」きっ、と睨みつけられた。

「おれたちは生きるのに必死なんだ。そんな綺麗ごと言ってられるのは、あんたらに余裕があるからなんだよ」

吐き捨てるように言い、店を出ていった。

「やれやれ、だな」

長妻があきれたように鼻を鳴らす。

そのとき、潤のスマートフォンが振動した。成瀬からの音声着信だった。

「潤ちゃん？」成瀬の声は、なぜか震えていた。

「どうした」

「あの男。駐車場で拾ったあいつ」

「姜くん、だね」

そういう名前だったんだ、と相槌《あいづち》を打ち、続ける。

「彼はまだ近くにいる？」

「いや。目を覚まして帰ったけど」

「よかった」

ふうっと大きな息が聞こえる。

「どうした」

「さっきニュースで見たんだけど、中区の長者町で男の遺体が見つかったって。その遺体には、暴行された形跡があるって」

「え？」

視界がぐらりと揺れた。

「長者町って、おれがＮＳＸを止めてた駐車場のあるところだよね。潤ちゃん、あいつ、事件になにか関係しているんじゃないの」

その後の成瀬の声は、意味のない音の連なりにしか聞こえなかった。

2nd GEAR

1

覆面パトカーがガソリンスタンドに乗り入れるや、元気の良い「いらっしゃいませ」が輪唱のようにあちこちから聞こえてきた。赤いキャップに赤いシャツという制服姿の店員が、こちらに駆け寄ってくる。

「いるか」

運転席の坂巻が店員の誘導に従ってハンドルを操作しながら訊く。

潤は助手席で視線を動かし、姜の姿を探した。この店にいるだろうか。いたとしても昨日の今日だ。あんな怪我をしていたら、仕事を休んでいるかもしれない。

そう思ったが、いた。姜は敷地の隅に止まったセダンのフロントガラスを拭いている。

「いた。あそこです。洗車してる彼」

「よっしゃ」

坂巻が運転席側のウィンドウを下げる。

「満タンでよろしいですか」

赤いキャップの店員が愛想良く声をかけてきた。まだ若い。姜と同じぐらいの年代だろうか。

「すみません。客じゃないとです」

坂巻が警察手帳を提示するや、店員の顔色が変わった。

「こちらで働いている姜鐘泰さんに、用があるとですが」

「姜さん、なにかしたんですか」

「そういうわけではないとです。ある事件について、なにかご存じかもしれないと思いまして。お話をうかがいたいとです。お時間とらせませんけん」

店員は何度かこちらを振り返りながら、姜のほうに歩いていった。姜の肩を叩き、こちらを指差しながらなにやら話している。

やがて姜がこちらに向かって歩き出した。

運転席でなく、助手席側に歩み寄ってきた。

「なんでここがわかった」

ガソリンスタンドで働いているとしか言ってないのに、なぜ店舗を特定できたのかということらしい。

「財布にガソリンカードが入っていたから」

石油会社のロゴが入った給油カードだったので、働いているのがどのチェーンかはわかった。チェーンさえ絞り込めれば、横浜市内に候補はそれほど多くない。しらみつぶしにまわることにして、三店舗目だった。

「警察ってのは暇なんだな」

「本当に警察が暇になるのが、一番だけど」

潤は自分の額に手を触れる。「もう大丈夫なの」

額の傷はキャップで隠れているが、顔のあちこちに小さな擦り傷が確認できる。

けっ、と鼻を鳴らされた。

「もともとたいしたことはない」

「こんにちは。神奈川県警捜査一課の坂巻です」

坂巻が警察手帳を提示する。

「捜査一課？」

姜は不可解そうに繰り返した。

「昨日、長者町で殺人事件があったの。知らないの」

知らないと顔に書いてあったが、口から出てくる言葉は違った。

「珍しくもない。とくに最近は」

「きみ、事件に関係してないよね」

動揺を示すように、姜の瞳が小さく揺れる。

「なんでおれが」

「被害者の死亡推定時刻は、私たちがきみと出会った前後だった。きみはその時間、遺体発見現場からほど近い二階建て駐車場に隠れていた。しかも頭から血を流して。事件への関連を疑われるのは当然じゃないの」

姜との出会いを、潤は坂巻に報告した。

ただ姜鐘泰《カンジョンテ》という名前、福富町というだいたいの住所はわかっても、詳細な番地までは覚えていない。そういうわけで、姜の顔を覚えている潤が覆面パトカーに同乗し、中区内のガソリンスタンドをまわってみることになったのだった。

「姜さん。店長が、話をするのはかまわないけど、お客さんの邪魔にならないよう移動してくれないかって」

最初に出迎えてくれた店員が、敷地の端のほうを指差す。

覆面パトカーを指示された場所に移動させ、潤と坂巻は車をおりた。

「ここ、バイク乗りが多いの」

潤は訊いた。壁沿いに従業員のものと思しき、三台のオートバイが並んで駐車してある。

「店長が好きだから」

「きみも？」

顎を引くしぐさが返ってきた。

ふうん、と頷きながら「どれ」と訊ねる。奥からインディアンのスカウトボバー、スズキVストローム250、ヤマハFZ1フェザー。総じてごつめのオートバイだった。

「Vストローム」

前方に突き出した大きな『くちばし』が印象的な、黒字に赤いペイントの施されたアドベンチャーツアラーバイクが、姜の愛車らしい。

「私はニンジャ250R」

「そうなんだ」

無関心を装っているが、見えない壁が薄れる実感がある。

「Vストロームの乗り心地は」

「不満はない。発進加速がいいし、なにより乗ってて疲れない。サスがちょっと硬いかな、ってところはあるけど」

そこまで言って、しまったという感じに顔を歪める。好きなものについて訊ねられ、つい雄弁になってしまったという雰囲気だ。

「街乗りだと本領発揮できないいんじゃない。ツーリング行ったりするの」

「たまに」急にそっけない返事になるところが、少しおかしかった。

そろそろ本題に入っていいか、と坂巻が切り出した。

「中村竜聖《なかむらりゅうせい》という名前に心当たりは？　椿山組の構成員なんだが」

「知らない」

姜はかぶりを振った。嘘をついているようには見えない。

ところが坂巻が懐から写真を取り出して見せたとたん、顔色が変わった。写真と坂巻の顔の間で、しきりに視線を往復させる。

「どうやら知っとるごたるな」

しばらく言葉に詰まった様子だった姜が、やがて口を開く。

「でも、本当に知らなかった。おれはやってない」

「どういうことか、説明してちょうだい」

潤は眼差《まなざ》しに力をこめた。

「こいつ、イセザキモールで女の人に因縁をつけてたんだ。歩いてたらぶつかって、女の人が飲んでたタピオカドリンクがスーツにかかったとかなんとか」

女性を助けようと間に入ったところ、中村が暴力を振るってきた。いきなりのことだったので反撃できずに殴られっぱなしになったものの、なんとか隙を見て逃げ出し、駐車場に隠れた。そこで潤に出会った。

姜はそう説明した。だから相手の名前は知らなかったのだと。

「きみは『凶龍《クレイジードラゴン》』の一員なの」

潤は訊いた。中村が姜に暴力を振るったのは、姜が敵対勢力の一員だったからという理由もあったのではないか。

「違う」姜に否定され、少し安心する。

「でもそう思われていたかもしれない」

「そう思われるような理由はあったの？　『凶龍』のメンバーと親しいとか」

「あの街で『凶龍』と無縁な人間なんていてないない」

鼻で笑われた。

その後、坂巻は女性が因縁をつけられていたという詳しい場所と時間、中村から逃げて長者町の駐車場に隠れるまでの逃走ルートを確認した。姜はときおり記憶を辿《たど》るような沈黙を挟みながら、慎重に答えた。

「二十歳超えとるのに反抗期みたいやな。二十一歳ってあんなにガキだったたっけ」

片手でハンドルを操作しながら、坂巻がひと仕事終えたという感じの息をついた。

ルームミラーに映る姜の後ろ姿が遠ざかっていく。

「中村のことは、本当に知らなそうでしたね」

「嘘をついているようには見えんかった。中村から逃げたときの逃走ルートも細かく証言できとるし、心証的にはシロやな。これから帰って付近の防犯カメラを調べれば、はっきりすることやけど……ただ、『凶龍』についての証言は、なんとも曖昧やったな」

潤も同感だった。かかわりはある。だが正式なメンバーではない。メンバーとの交流はある。だがその名前は言えない。

「しゃあないと言えば、しゃあないけどな。マフィアといっても、街に根付いとる部分もあるやろうし。反社会的な組織には違いないが、よそ者から街を守る自警団的な性格も持ち合わせとるわけやし」

「毒をもって毒を制すってことですね」

「現役の刑事がこういうこと言っちゃマズいんだろうが、必要悪ってのはあるんじゃないかと思うときがある。群れを守るために汚れ仕事をやる存在ってのは、必要なのかもしれん。新宿の歌舞伎町《かぶきちょう》だって暴力団を排除したら、半グレやら、中韓マフィアやらが幅を利かせるようになった」

「反社が地下に潜った感じですね」

坂巻が大きく頷く。

「従来の暴力団相手なら、馴《な》れ合いの部分もあった。馴れ合いっていうとネガティブな受け取り方をされがちやけど、そのおかげで事件が起こっても手打ちや幕引きがしやすかった。半グレやら中韓マフィア相手には、それも通用せん。なんせ組織の概要すら把握するのが難しいのやけん、厄介よ」

困ったもんたい、と坂巻が顔をかく。

信号が赤になり、景色の流れが止まった。

「その後、猪瀬は吐いたんですか」

潤も逮捕に協力した、羽衣町暴行事件の被疑者だ。

坂巻が苦いものを飲んだような顔になる。

「進展はなしだ。今回の事件は羽衣町事件にたいする『凶龍』の報復……ってことやろうな。危ない目に遭わせたっちゅうのに、すまん」

「私は別にいいですけど」

「謝りついでに、一つ頼まれてくれんか」

さりげなさを装っている、という感じの口調だった。

「なんですか」

「さっきの姜という男。ちょっと様子見てくれんやろうか。あの男、たぶんなにか隠しとる」

その点については潤も同感だが。

「どうして私が」

「おれよりおまえさんのほうに心を許しとる。なんせおまえは、姜に貸しがある」

「借りがあるなんて、思ってるのかな」

先ほどの態度を思い出すと、甚だ疑わしいが。

「それにあの男、オートバイに乗るみたいやないか」

「そうみたいですけど」

「同じ趣味ってことで、打ち解けやすいだろう」

「同じ趣味ってだけで心を開いてもらえるなら世話ないですよ。木乃美じゃないんだから」

「でも、おまえも本田にだいぶ似てきたやないか」

「似てきたからって」

木乃美と同じことができるわけじゃない。

「分隊長や班長には、おれのほうから口添えしとくけん。頼むわ」

信号が青になり、覆面パトカーはふたたび走り出した。

2

ニンジャ250Rでガソリンスタンドの敷地に乗り入れる。

「いらっしゃいませ」と元気良く駆け寄ってきたのは、前回と同じ若い男だった。「オーライ！　オーライ！」と手を振って誘導してくる。

ひとまず指示に従い、給油位置に停止したところで、潤はヘルメットのシールドを持ち上げた。

「今日は、姜くんはお休み？」

「姜さんの知り合いですか」

男は怪訝《けげん》そうに目を細める。左胸につけた名札を確認すると『えんどう』と平仮名でプリントされていた。

「三日前に話を聞きに来た警察だけど」

「ああ。あのときの」

ニンジャ250Rのライダーが、三日前覆面パトカーの助手席に乗っていた女性警官だと気づいたようだ。

「単車、乗るんですか」

「本職は白バイだから」

「マジですか。かっこいいな」

『えんどう』は潤の跨《また》がるライムグリーンのボディーをしげしげと見つめる。

「姜くんは?」

周囲を見回してみる。ガラス張りの休憩所にも、店長らしき恰幅《かっぷく》の良い男性がいるだけで、姜の姿はない。コンクリート塀のほうを見ても、インディアンのスカウトボバー、ヤマハFZ1フェザーが止まっているだけで、姜の愛車であるスズキVストローム250はなかった。

「たぶん、大さん橋にいるんじゃないですかね」

『えんどう』は言った。

「大さん橋に?」

海外から大型客船が乗り入れる国際客船ターミナルのある、あの大さん橋だろうか。

たしかに近所だが。

「ええ。お昼休憩のときには、たいがいそこに行ってるみたいです」

「なにしに?」

おれに訊かれても困るという感じに首をかしげられた。

「単車で走りたいし、外でメシ食うと気持ちいいからって。いま出たばっかだから、戻ってくるまで一時間近くかかると思うんですけど……電話してみますか」

「大丈夫。行ってみる」

「そうっすか。もし見つからなかったら、おれに言ってくれれば電話かけてみますんで」

『えんどう』の首を突き出すようなお辞儀に見送られ、ガソリンスタンドを後にした。

横浜港大さん橋までは、信号待ちを含めても十分程度の距離だ。

大桟橋通りから〈開港広場前〉の信号を通過し、ふ頭に入る。

海をめがけて真っ直ぐにのびた道が、ふ頭から横浜港大さん橋国際客船ターミナルにつながり、乗降専用ロータリーに向かって緩やかな上り坂になっている。その手前右手に建っているのが、大さん橋ふ頭ビルだ。台形を逆さまにしたような特徴的な建物の前に、駐輪場がある。

オートバイを止めるならおそらくそこだろうと踏んでいたが、当たりだった。鼻先を並べた列の中に、黒のVストローム250を発見した。その隣にニンジャを止め、大さん橋屋上広場を目指した。

『くじらのせなか』と名付けられた広場は、平日の昼間にもかかわらず多くの親子連れやカップルで賑わっていた。向かって左手には、巨大な豪華客船が停泊している。

ウッドデッキの坂道をのぼって広場に出る。姜の姿は豪華客船とは反対側の、比較的人の少ないほうにあった。芝生の上に胡座《あぐら》をかき、弁当を食べているようだ。

背後から近づいていって、体育座りで隣に座った。

まさか知り合いが来たとは思わないようで、姜はちらりとこちらを見て、ふたたび弁当に視線を落とす。

が、驚いたように顔を上げた。

「制服じゃないんだね」

姜は黒いTシャツにカーゴパンツという服装だった。外出のためにわざわざ着替えているのか。

「なんだよ。なんであんたが……」

ぐるりと周囲を見回している。たまたま誰かと一緒に遊びに来て、姜を発見したと思っているようだ。

「一人だよ。さっき職場に行ったら、たぶんここだって『えんどう』くんが」

姜は珍しい生き物を見るような顔をした。

「あんた、ストーカーか」

「どうだろ。暇なのかもね」

けっ、と顔を歪められた。

「自分で作ったの」

弁当箱を覗き込む。正方形のプラスチックケースには、ハムを挟んだ巻き寿司のようなものが詰め込まれていた。

姜がそれを頬張り、遠くを見ながらむしゃむしゃと口を動かす。無視されたと思っていたら、しばらくしてぼそりと答えが返ってきた。

「ハルモニが作ってくれた」

「ハルモニ？」

「婆《ばあ》ちゃん。韓国語では、ハルモニっていう」

ふたたび巻き寿司を口に放り込み、咀嚼《そしゃく》する。口いっぱいに頬張る食べ方が、いかにも男の子という感じだ。

「いつもここに来てるの」

鬱陶しそうに一瞥されたが、姜は軽く首を突き出した。

「海を見ながらランチなんて、意外にロマンチストだね」

またも鬱陶しそうな眼差し。だが無視はされない。姜は顔を横に振る。喉仏を大きく上下させてから、口を開く。

「同じだから」

なにを言わんとしているのかわからない。

「同じだから」と姜が繰り返す。「弁当の中身が毎日同じだって、店長に笑われるから」

だから弁当を食べるためにわざわざ外に出ているらしい。ロマンチストではないが、繊細なのは間違いなさそうだ。笑いそうになるが、ここで笑ったら傷つけてしまうだろう。ぐっと堪《こら》える。

「お弁当のメニュー、変えてもらえばいいじゃない」

姜が小さくかぶりを振る。

「せっかく作ってくれてるのに、そんなこと言えるか」

仏頂面で巻き寿司のようなものを頰張り、機械的に口を動かす。

繊細な上に、やさしい子なんだと思った。

「美味しそうだね」

ちらちらとこちらを窺《うかが》った後で、姜が弁当箱を差し出してきた。

「いいの？」

お言葉に甘えて一ついただく。

「美味しい。これ、スパムか」

ハムにしては分厚いと思っていた。スパムと厚焼きタマゴ、あとはチーズも挟んである。

姜が海を見つめながら言う。

「スパムむすび。韓国の弁当では定番だって」

「そうなんだ。知らなかった」

見た目は巻き寿司だが、呼び名は「むすび」なのか。

いただいたスパムむすびを食べ終わった後は、しばらく海を見つめていた。水面が太陽光を反射して、眩《まぶ》しいぐらいにキラキラと輝いている。ときおり子供たちのはしゃぐ声やカモメの鳴き声が聞こえる。

「なんで来たの。おれ、やってないよ」

姜がおもむろに訊いてきた。

「わかってる」

そこではっきり、首をひねって潤のほうを見た。

「現場付近の防犯カメラを解析した結果、駐車場に逃げ込むきみの姿が捉えられていた。そしてそれよりも後の時間に、別の場所のカメラにきみを探しているらしい被害者の姿が捉えられていた。駐車場に逃げ込んだきみは、その後私たちと出会うまで一度も駐車場から出ていない。というわけでアリバイが完全に成立した。疑ってごめん」

芝生の上に正座し、太腿に手を置いて頭を下げる。

姜は虚を突かれた様子だった。警察官に頭を下げられたのが信じられないようだ。

「わざわざそれを言いに？」

「そんなところ」

坂巻から頼まれたとは、さすがに言えない。

姜が小声でなにかを呟く。その声が聞き取れずに、「なに？」と潤は顔を寄せた。

「おれも……ごめん。助けてもらったのに悪態ついて」

途中から相手の目を見られなくなったらしく、視線が芝生に落ちていた。顔が赤いのは、強い日差しのせいだけではなさそうだ。

潤は右手を差し出した。

姜が戸惑った様子で、その手を見る。

「和解。私もそんなガラじゃないんだ。さっさと済ませよう」

「なんだよ。それ」

姜は小さく笑い、潤の右手を握った。

「バイク。いつから乗ってるの」

——同じ趣味ってことで、打ち解けやすいだろう。

坂巻の発想の通りだなと思い、頬が緩みかける。

少し考える間を置いて、姜が口を開いた。

「六……年前、かな」

ふうん、といったんは流しかけ、ふと考える。

「おかしくない？　きみ、たしか……」

姜がやべっ、という顔になった。

二十一歳の姜にとって六年前は、まだ十五歳だ。自動二輪免許を取得できる年齢に達していない。

「あ。いや。間違った。五年前だ」

「本当に？」

疑わしげに目を細めると、「本当だよ」とむきになったようだった。

「免許取る前から乗ってたね」

「乗ってないって」

「いいけどね。過去の罪について、いまさら追及する気はない」

姜が複雑そうな表情になる。

「あんたは、いつから？」

「私？」潤は芝生を手で弄ぶ。

「私は十八歳」

「本当にかよ」

潤がしたように目を細められた。

「本当だよ。親がそういうの嫌いだったから、原付にも乗ってない」

「そうなのか」

潤は顔を上げ、にっ、と無理やり笑顔をこしらえた。

「本当はオートレーサーになりたかったんだけど猛反対されて、じゃあ白バイと思ったんだけど、それも駄目って言われたから、勝手に受けちゃったんだよね、神奈川県警」

「マジで？」

相当驚いたらしく、これまででもっとも大きな反応だった。

「うん。大学受験のために浪人するって嘘ついて上京して、そのまま警察官になった」

「そんなやついるんだな」

しきりに感心している。

「そのときは両親にめちゃくちゃ怒られて、ほんと最近だよ、父親と話をするようになったの」

口をすぼめて話を聞いていた姜が、意外な感想を口にする。

「でも、それって悪いのは親だよな」

驚いた。この話はこれまで何人かにしているが、そういう反応はなかった。

「そう思う?」

「ああ。だって、子供の人生を思う通りにしようとするから、そういうことになるんじゃないか。オートレーサーにしろ、白バイにしろ、なりたいって言ったときに反対されなきゃ、川崎さんだってそんな強引なこと、しなかっただろ?」

とくん、と潤の心臓が跳ねた。いま姜は初めて潤のことを「川崎さん」と名前で呼んだ。嬉しくて笑いそうだが、表情や言葉にするとふたたび「あんた」呼ばわりに戻りそうな気がして、喜びを胸に留《とど》める。

「そんなこと、初めて言われた」

「だってそうじゃないか。子供ってのは、親の所有物じゃない。子供には子供の人生がある」

「そうだけど」

「そうだけど、じゃない。そう、なんだ。おれはそういうの、許せない。子供の意思を無視して、自分の思い通りにしようとする親」

感情を抑えきれないという雰囲気の口調に、両親となにかあるのかな、と思う。弁当も祖母が作っていると言っていたし、少なくとも良好な関係ではなさそうだ。

姜は我に返ったようだった。感情的になりすぎたと気づいたらしい。

「でもよかったな。いまは白バイ隊員になって、夢を叶《かな》えられたんだから」

「そうだね」

姜の家族との関係が気になったが、訊けない。木乃美なら踏み込めるのだろうか。

「姜くんに、夢はあるの」

「おれ？」

姜が眩しそうな顔で潤を見る。

「うん。なにになりたいとか、どうなりたいとか」

「夢かあっ」

そんなことを考えたこともなかったという感じで、空を見上げる。

そして姜が発した言葉は、やはり意外なものだった。

「もう叶ってるからな」

「え？」

「だから、もう叶ってんの。仕事行って、帰って、ハルモニの作ったメシ食って、今日あったこととかいろいろ話して、たまにバイクでどっか出かけて……それがおれの幸せ。だから強いて言うなら、いまの生活が続くことかな。それがおれの夢」

やはり祖母と二人暮らしのようだ。両親はいないのだろうか。

「若いのに欲がないね」

ぽんと肩を叩くと、姜が笑った。

「そんなことない。欲まみれだよ」

「姜くん、僧侶かなにか？」

「ぜんぜん違う」

姜がふっ、と自嘲するような笑みを漏らした。どういう意味の笑いなのか、潤には見当もつかない。

「そろそろ行かないと」

弁当箱をハンカチで包み、自分の尻を叩きながら立ち上がる。

「私も行く」

「ストーカーかよ」

「かもね」

二人は駐輪場に向かって歩き出した。

3

病室の前まで来ると、木乃美は肩を上下させて大きく息を吐いた。

扉の横には入院患者の名前が書かれたプレートが掲げられている。四つ並んだプレートのうちの一つは、木乃美の知っている名前だった。

豊島茜。一時は意識不明に陥り、事故当日に駆けつけたときには面会もできなかったが、その日の帰宅途中に意識が回復したという報《しら》せを受けていた。それから十日が経過した今日、ようやく見舞いに訪ねる時間がとれたのだった。

バイクに乗るどころか、歩くのにも時間がかかるらしいという情報は、先に茜を見舞った咲良から届いている。相当落ち込んでいるだろう。

扉をノックし、病室に入る。左右に二台ずつベッドが置かれていて、茜は右手奥のベッドで上体を起こしていた。

「本田さん。来てくれたんだ」

そう言って笑う顔が、一瞬で滲《にじ》んで見えなくなった。堪えなきゃ、堪えなきゃ。辛《つら》いのは私じゃなくて豊島さんのほうなのだから。そう自分に言い聞かせてみても、涙はまったく収まらない。

よたよたと歩いて茜のベッドに向かう。

「おやおや。お嬢ちゃん、どうしたの。これあげるから元気出して」

左側のベッドから立ち上がったお婆さんから、みかんをもらった。「ありがとうございます」と言おうとするが、まともに言葉を発することができず、しゃくり上げながら茜のベッド脇の椅子に腰をおろした。

「どうした。学校でいじめられたの」

隣のベッドから木乃美の母親ぐらいの年代の女性が訊いてくる。

「違うんです。彼女、こう見えてももう立派な大人ですから」

茜に説明させて申し訳ないと思うが、嗚咽《おえつ》に阻まれてしゃべれない。

「それ、私に？」

茜が覗き込んでくる。木乃美は頷きながら、みかんとは反対の手に持っていた『ありあけハーバー』の紙袋を差し出した。

「ありがとう。これ美味しいよね」

食べたことあるの？　訊こうとしたが、ふがふがと意味不明の音しか出てこない。

それから涙が収まって落ち着くまで、たっぷり五分近くを要した。

「ごめん。本当にごめん」

目もとを拭いながら自分で持ってきた『ありあけハーバー』の個装を開ける。一緒に食べようと言われたので、同室のほかの患者に配り、自分でも一ついただくことにした。

茜は笑顔でかぶりを振る。

「ううん。それだけ心配してくれてたってことでしょう」

すごく心配していたからこそ、茜の笑顔を見て安心して緊張の糸が切れた。そういう部分もある。

しかし木乃美の涙には、別の意味もあった。

「私と約束しなければ、こんなことにはならなかったよね」

茜は横浜に向かおうとして事故を起こした。あの日、横浜に出かける用事さえなければ、事故は起こらなかった。

「それは違う。ぜったいに違う。そんなこと言わないで」

茜は力強く言った。怒りすら滲ませたような、強い口調だった。

「強引に誘われたわけじゃない。私は私が行きたいから、あの日、横浜に行くことにしたの。私がみんなと一緒に過ごしたかったから。だから、本田さんは悪くない。自分を責めないで。お願い。本田さんが自分を責めると、私も辛くなっちゃうから」

木乃美は涙を飲み下すように顎を引く。茜がにっこりと微笑《ほほえ》んだ。

「それにあえて犯人捜しをするとしたら、悪いのは私だよ。犯人は私。ミスったのも私。自分自身の不注意で、こんなふうになっちゃった」

茜がギプスで固められた左足を触る。

「でも、被害者のいる事故じゃなくて、本当によかった。誰かを巻きこんでたら、私、たぶん立ち直れない。その点は本当によかった」

「治療には、どれぐらいかかるの」

「お金？　時間？」

ややおどけたような横目を向けられた。

「時間」

「全治三か月って言われたけど、まだ正確にはわからない。骨がくっついたら退院だって」

「三か月……」

天を仰ぎそうになる。全国大会までおよそ二か月。出場は絶望的だ。

「そんな顔しないでよ。ほら、もう泣かない泣かない」

ボックスティッシュを差し出され、また自分が泣いているのに気づいた。ティッシュペーパーで涙を拭い、お菓子を口に詰め込む。これ以上涙が流れないよう、このお菓子が身体じゅうの水分を吸いとってくれたらいいのに。

「心配しないで。時間はかかるけど、私はぜったいにまた白バイに乗れるようになってみせる。それに正直に言うと、今回の事故でホッとした部分もあるんだ」

意外な発言に、はっとした。

茜が両手を重ね、手遊《てすさ》びをする。しばらくしてから、決意したように息を吐いた。

「自分で言うのもなんだけど、私って、安全運転競技大会の大本命ってことになってたじゃない。よほどのことがなければ、女子の部の連覇は確実だろう……って」

並みの選手が吐けば自信過剰と捉えられそうな台詞だが、まったくの事実だ。合同訓練での走りを見る限り、全国的にハイレベルとされる関東圏から集う選手たちの中でも、茜は頭一つ抜けていた。

「しんどかったんだよね、勝って当然と思われるのが。私は機械じゃない。メンタル的にも体力的にも、万全でない場合だってある。全国からすぐれた技術を持つ交機隊員が集まってくるっていうのに、勝って当然なんてありえない。だから辛くて。評価されるのも期待されるのもありがたいけど、最近ではそれが重荷に感じて、走りを楽しめなくなっていた。だから全国大会に間に合わないって聞いたとき、目の前が真っ暗になった。けど同時に、すごく解放感を味わっている自分もいた。これであの重圧から逃れられる。夜眠れなくなったり、食べたものを吐いたりすることもなくなる……って」

知らなかった。周囲の期待と羨望の中で、茜がそんなにも苦しんでいたなんて。もちろん木乃美も、神奈川県警を代表する身としてプレッシャーを感じている。だが、不眠や嘔吐《おうと》といった不調はない。重圧とは裏腹に、全国の猛者《もさ》たちと戦えるという興奮や高揚も大きく、大会を楽しみにする気持ちが強かった。

「だから、事故してよかったとまでは思わないけど、少しホッとしている。メンタル的に参ってた部分もあったから、このまま大会に臨んでもミスして負けてたと思うし」

茜が茶目っ気たっぷりに舌を出す。

だがその表情が、ふいに歪んだ。両手で顔を覆い、肩を震わせ始める。

「ごめん。やっぱ悔しい」

それ以上は言葉が出てこないようだった。

木乃美は立ち上がり、茜の背中をなで続けた。

泣き止《や》んでからは、茜は気丈でしっかり者の彼女に戻っていた。全国大会の重圧が辛かったというのは嘘ではないようで、憑《つ》きものの落ちたようなすっきりとした表情だった。

そして木乃美が病室を出たとき、すぐそこに見知った顔が立っていた。

向こうも木乃美に気づいたようで、ばつが悪そうに細い眉を歪める。

千葉県警所属の交機隊員・船橋遥だ。細い身体を白いジャージの上下で包んでおり、普段着姿の印象は警察官というより、コンビニの前にたむろする不良少女という感じだ。

「なんであんたがいるの」

それはこっちの台詞だと思ったが、口にはしない。

「豊島さんのお見舞いに。船橋さんも?」

「見舞いっていうか、様子見。優勝候補筆頭がどうなったのか。大会に間に合うのかを確認しておかないと。それによって戦略も変わってくるからな」

「それにしては、ちゃんとお見舞い持ってきてるんだね」

遥は和菓子店のロゴの入った紙袋を提げていた。

「こ、これは先輩に持っていけって押しつけられたんだ。あたしはいらないって言ったのに」

そんなにむきなることでもないと思うが。

「んなことよりどうなんだ。茜の容態は。大会には間に合いそうなのか」

「茜」と下の名前で呼んだことに、意表を突かれた。

「元気は元気だけど、今年の大会は無理みたい」

遥が舌打ちをする。憎まれ口を叩いても、心配していたようだ。

「ってか、おかしくないか」

遥は語気を荒くした。

「なにが?」

「茜のやつ、東京から横浜に単車で向かおうとして転倒したんだよな」

「そう聞いてるけど。たしか、猫が飛び出してきたのを避けようとした……って」

背筋が冷たくなるような話だ。飛び抜けた運転技術を持っていたところで、法定速度を遵守していたところで、そして細心の注意を払って走行したところで、事故が起こる可能性はゼロにならない。そして一瞬の油断、わずかな操作ミスが、生命にかかわる大怪我につながる。

「事故原因調査の報告書を取り寄せて目を通して見たけど、現場は時速六〇キロ制限道路だった」

「そう……なの？」

驚いた。遥の伝えた事故原因調査の結果にではなく、彼女が報告書を取り寄せるほど、事故に関心を寄せていることにだ。

「六〇キロ制限道路ってことは、幹線道路だ。そんなところに猫なんかいるか。現場周辺の地図を見てみたけど、近くに住宅は少ない。あったとしても、マンションだ。飼い猫にしろ野良猫にしろ、住宅街とか商店街とかを縄張りにするものだろう」

とはいえイベント会場に猫が迷いこんだというニュースも珍しくないし、迷い猫が幹線道路に飛び出すということは、普通にありえるのではないか。

「なにが言いたいの」

「茜はあんたたちと会うために、横浜に向かっていた。つまり、あんたたちはあの時間に茜がバイクであの道を通過すると予想できた」

しばらく情報を頭の中で整理した後で「えっ？」と声が出た。

「私たちが豊島さんに事故を起こさせたって言いたいの？」

道路にロープを張って歩行者や自転車、バイクを転倒させるといった悪戯《いたずら》はときどき聞く。軽い悪戯のつもりが死亡事故につながった事例もある。

そんな危険きわまりない悪戯を、警察官の私たちがやったと思っているのか——。

「茜が横浜に向かうことを知っていたあんたたちには、犯行が可能だった」

「だったらなんだって言うの。なんでそんなことを……」

気分が悪いなんてものじゃない。怒りで全身が震える。

「決まっている。茜を全国大会に出場させないためさ」

遥は唇の端を挑発的に持ち上げた。

「合同訓練の成績を見る限り、十回やったら五回は茜が優勝だろうというぐらい、あいつの実力は抜きん出ていた。あいつがいなくなることで、ほかのやつにとっては優勝の確率がぐっと高まる」

「そんなことのために……」

「そんなこと？」

遥が眉をひそめた。「そんなこと、じゃないだろう。あたしたちは各都道府県警を代表して戦うんだ。代表の座を勝ち取るために日ごろ懸命に訓練して、代表になってからは通常業務すら免除されて、ひたすら勝つために己を磨いている」

「それでも、そんなこと、よ。人の命に比べたら、そんなこと。大会での優勝なんて、人命に比べたらたいしたことじゃない」

「あんたがその程度の気持ちで大会に臨んでいるってことはわかった。ただほかの都道府県警のやつらはどうかな」

懸命に眉を吊り上げながら遥を睨み返していると、紙袋を押しつけられた。

「これ、茜に渡しといてくれ」

「なんで。自分で渡せばいいじゃない」

押し返そうとしたが、さらに強い力で押しつけられた。

「誰が渡しても味は変わらない」

遥が背を向け、去って行く。

そこでふいにこちらを振り返った。

「次の被害者にならないように気をつけるんだな。あんたが犯人でなければ」

かっと頭に血がのぼる。

胸に紙袋を抱えたまま、木乃美は遠ざかる後ろ姿が消えるまで立ち尽くしていた。

4

「元親友か。なるほどな」

そう言いながらごく自然な動きで『黒船ハーバー』を口に運ぶ坂巻を、木乃美は温度の低い横目で見つめた。

「自分で持ってきた手土産、自分で食べるかな」

「いいやないか。『ありあけ』のほうは食べ慣れとるけど、『黒船』は食べたことがなかったとやけん、味見するぐらい」

「味見にしちゃ量が多くないか」

横を通りかかった山羽が、坂巻の足もとに置かれたくずかごを覗き込む。

「そうっすよ。ほとんど自分で食べてるじゃないですか」

「黙っとれ。そもそもおれが持って来なければ、一個も食べられないはずだったものやろうが。ただで食べた人間が文句言うな」

A分隊でもっとも新参の鈴木には、坂巻も強気だ。

「川崎先輩。なんとか言ってくださいよ」

鈴木に泣きつかれた潤が「こんなときだけ頼ってくるなよ」とつんと顔を背ける。

みなとみらい分駐所の事務所には、A分隊一同が集まっていた。『ありあけハーバー』の紙袋を携えた坂巻が現れたのは、覆面パトカーでの夜のパトロールにそなえ、隊員たちが一息つくタイミングだった。

「でもそういう事情があるのなら、船橋が豊島の事故に執着する気持ちも、わからないでもない」

元口がデスクに頬杖《ほおづえ》をつく。

あの後、木乃美は遥から押しつけられた紙袋を持って病室に戻った。その紙袋が遥からの見舞いの品であること、遥が病室に入ることなく帰ったことを告げると、茜は「遥らしい」と笑い、彼女との因縁を語り始めた。

遥と茜は東京の同じ高校に通う同級生で、かつては親友だった。二人とも箱根《はこね》駅伝の先導役に憧れ、二人で警視庁の白バイ隊員になろうと誓った。ところが採用試験の結果は残酷だった。茜だけが警視庁に採用され、遥は落ちたのだ。進路を警視庁一本に絞っていた遥は、就職浪人を余儀なくされた。翌年、遥は警視庁だけでなく、ほかの自治体の警察もいくつか受験した。ところがすべて不合格だった。翌年も結果は同じ。四年の遠回りを経て遥が千葉県警から内定を勝ち取ったときには、茜はすでに警視庁の交通機動隊で若手のホープとなっていた。時間の経過とともに関係は疎遠になり、七都県合同訓練で顔を合わせるまで、茜はかつての親友が千葉県警にいることすら知らなかったという。

「才能あるエリートと、血の滲む努力でのし上がった凡人……か。どこかで聞いたような構図だな」

山羽が意味ありげな視線で木乃美と潤を見る。

「親友が順調に夢に近づいているのに、自分は警視庁どころか、どこの県警にも拾ってもらえないとなると、たしかに心中穏やかではいられないな」

元口は気の毒そうに息を吐いた。

「四年といえば、大学生は卒業する年ですけんね。おまけに受かったのが千葉県警じゃ、箱根の先導という夢はどうやったって実現しない。なんであいつだけって、ひがみ根性が出てきてもおかしくない」

坂巻は口をもぐもぐとさせながら腕組みをする。

木乃美は神妙な顔になった。

「その話を聞いて、私も船橋さんの気持ちがなんとなく想像できたんです。そういうのって、順調なほうはなんとも思わないんです。そうじゃないほうが勝手に気後れして、連絡するのも躊躇《ためら》われるようになって、いつの間にか壁ができる」

「おまえにもそういう気持ちがわかるとやな」

坂巻は意外そうだ。

「私も白バイ乗務員養成訓練を受けてから、実際に交機隊に配属されるまで三年かかったもん」

白バイ乗務員養成訓練を受けた者が、即座に交通機動隊に配置されるわけではない。そして養成訓練を修了した順に辞令が下るわけでもない。不適格と判断された者は、白バイに乗らないまま警察官としてのキャリアを終えることもある。

養成訓練を修了して第一交通機動隊に配属されるまでの三年間、木乃美はおもに総務課でデスクワークを行っていた。同時期に養成訓練を受けた者だけでなく、自分よりも後に訓練を受けたはずの同僚にすら次々に追い抜かれ、歯噛みする思いだった。たった三年。だがその三年で気持ちはへし折られ、すっかり夢を諦めかけていた。

「たとえ遠回りしたとしても、いまでは千葉県警の代表に選ばれて、かつての親友と同じ土俵で戦えるまでになったんだから、胸熱展開ですよね」

鈴木は遥に自分を重ねて興奮しているのか、小鼻を膨らませている。

「だからこそ、ただの事故だと信じたくない気持ちが強いんだろう」

潤が両手を頭の後ろで重ね、「それはあるな」と山羽も同意する。

「ひがみとか恨みという負の感情だけでなく、船橋は豊島の才能を認めていた。自分も白バイ乗務員になって、全国大会で豊島と対決したい。そして自分を認めさせたい。それだけをモチベーションに頑張ってきたんだろう。船橋にとっては全国大会での優勝より、豊島に勝つことのほうが重要だった」

「その大きな目標がいきなり消えちゃった……やりきれないわな」

元口が渋面で頷きながら、『黒船ハーバー』の箱に手をのばした。が、その手は空振りするばかりだ。すでに箱は空になっていた。

「おい、坂巻。おまえ、ぜんぶ食っちまったのか」

「本当だ。目標じゃなくて『黒船ハーバー』が消えてしまいました」

坂巻が空箱を覗き込んでがははと笑う。

「船橋さんの推理が正しいという可能性は……?」

おもむろに潤が口を開く。

「おいおい。マジかよ。誰かが豊島に事故を起こさせるために、道路に猫を放ったって? そんなこと、本気で信じてるのか」

元口は笑いを含んだ口調だ。

「可能性の問題です。可能性がゼロでないなら、検討してみる価値もあるんじゃないかと」

「六〇キロ制限道路を制限ギリギリの速度で走っていて、いきなり横から猫が飛び出してきたら、並みのライダーなら避けるのは難しい」

山羽が眉を上下させる。

「豊島さんは並みじゃないです。回避制動も完璧でした」

木乃美は合同訓練での茜の走りを思い出していた。

「そうよなあ。全国大会優勝候補レベルの白バイ乗りが、猫の飛び出しぐらいで転《こ》けるかな」

元口もその点は不思議そうだ。

「だけど本人がそう言ってるんですよね」

鈴木が木乃美を見る。

「うん。飛び出してきた猫を避けようとして、ハンドル操作を誤った……って」

「わかった」と坂巻が指を鳴らす。

「相手も並みの猫じゃなかったとか。物陰に隠れとって、とんでもない速度で飛び出してくるみたいな」

「なに言ってるんですか」と潤は心底あきれたという口調だ。

「そうですよ。並みの猫じゃない猫が、なんでバイクめがけて飛び込んでくるんですか」

鈴木もしらけている。

「そうだよ、部長。冗談はお腹《なか》だけにして」

木乃美にワイシャツごと腹の脂肪を鷲《わし》づかみにされ、坂巻が「痛い痛い」と声を上げた。

「なにするとか」

「だって気持ちいいんだもん」

「ってかさ。なんで坂巻がいるの」と元口がいまさらな疑問を口にした。

そういえばそうだ、という感じに、全員の視線が坂巻に集まる。

「なにか用があったんじゃないのか」

山羽に促され、坂巻はジャケットの襟を直した。

「も、もちろんです」

「この前のあれですか。羽衣町の暴行事件」

鈴木が言い、元口が身を乗り出す。

「そうそう。あれどうなった。猪瀬はゲロったのか」

坂巻は引きつったような笑みを湛《たた》え、全員の顔を見回した。

それから深々と頭を下げる。

「すんません。勾留期限切れです。起訴はしますが、あくまで椿山組と無関係の暴行事件ということになります」

「ちょっと、なにやってんですか」

今回ばかりは鈴木に責められても反論できないらしい。

「思った以上にしぶとくてな。頑として口を割らん」

椿山組からの指示を示すような具体的な物証も挙がらなかったため、猪瀬が単独で起こした暴行事件、発砲事件として起訴されることになったという。

「猪瀬の口から真壁《まかべ》の名前を引き出すつもりやったとですが……」

坂巻が悔しそうに顔を歪める。

「真壁って？」

木乃美の質問に答えたのは、山羽だった。

「真壁信《まこと》。椿山組の若頭だ」

坂巻が頷く。

「現組長の服部龍興《はっとりたつおき》は病気療養中で求心力が低下していると見られ、実質、いま椿山組を掌握しているのは真壁やと言われています」

「服部の入院ぐらいからだな、椿山組が『凶龍』と揉《も》め始めたのは」

「班長のおっしゃる通りです。トップの交代でそれまでの方針が変わったということですかね。服部が名実ともに組を掌握しとった時代は、小競り合いがあっても火種が大きくなる前に手打ちにしてきたとですが」

「いずれにせよ、勾留期限が切れたのなら終わりだな」

山羽が残念そうに自分の首を揉む。

「もう。しっかりしてよ。部長」

木乃美が肘で小突いても「悪い悪い」と珍しく素直な謝罪が返ってくる。

「ただ」と坂巻が気を取り直すように両手を打ち鳴らした。

「うちも手をこまねいとるわけじゃありません」

「おお。なにか収穫がありそうだな」

元口が期待に目を見開く。

坂巻が両手を広げ、注目を集めた。

「猪瀬と前後して、椿山組はほかにも三人を除名にしていることがわかりました」

「三人も？」

鈴木が眉をひそめる。

「除名の理由は明かされているのか」

山羽の質問に、坂巻はかぶりを振った。

「いえ。全国の暴力団に除名通知が送られていますが、明確な理由は記されとらんかったようです」

「ってことは、そいつらは『凶龍』攻撃のための刺客……」

元口が顎を触り、坂巻が人差し指を立てる。

「その可能性が高いと見ています」

「除名通知が出たってことは、その三人の名前もわかっているんですよね」

鈴木が指摘した。

「ああ。山脇俊尚《やまわきとしひさ》、古手川信治《こてがわのぶはる》、日下部通雄《くさかべみちお》の三人です。写真も手配した。もしも警らい中にこいつらを見かけたら、本部に連絡して欲しいとです。今日はそのお願いにうかがいました」

坂巻が懐から取り出した写真を配り、三枚の写真を一同で回し見する。

「これじゃわからないよ」

木乃美は唇を尖らせた。

三枚の写真は、斜めから顔を捉えるアングルだったり、小さなものを強引に拡大した感じで不鮮明だったりと、人相や顔の特徴がわかりにくいものばかりだ。

「文句言うな。これでも必死でかき集めてきたったい。なんせどいつもこいつも前歴《マエ》がない」

「そういうやつを選んだんだろうな。兵隊として使いやすい」

山羽が写真を見ながら口をへの字にする。

「ええ。組対課《そたい》によれば、古手川が警視庁が摘発した野球賭博の捜査のときに名前が挙がったことがある程度で、三人とも下っ端も下っ端みたいです」

「野球賭博って、前歴あるじゃないか」と元口が反応する。

「いや。それが胴元じゃなくてカモられる側だったみたいで、結局事情聴取だけで不起訴になったそうです」

「なるほど。ヤクザのくせにカモられるなんて、そりゃ下っ端中の下っ端だ」

元口は苦笑した。

「でもこれじゃ……」

木乃美はじっと写真を見つめる。三人のうちの、古手川信治とされる写真だった。撮影した対象を動物顔に変身させるアプリを通して撮影されたもので、こちらを見つめる短髪の男の顔の輪郭は丸く、狸《たぬき》の耳と口がくっついていた。夜の店で女性と一緒に撮影した写真から切り取ったもののようで、ホルターネックのドレスで肩を露出した女性の半身が見切れている。

「ちょっと待って」潤が一枚の写真を指差す。

「日下部通雄のここ、左肩、刺青《いれずみ》がありますよね」

写真を受け取った坂巻が、目を細める。

「刺青……やな。はっきり写っていないからわかりにくいが。っていうか、こいつは左肩だけやなくて、全身刺青だらけやないか」

見せて見せて、と木乃美は写真に手をのばした。

パンチパーマに薄い眉の男が、こちらを威嚇するように顔を歪めている。筋肉質な肉体を誇示するようなタンクトップ姿で、坂巻の言う通り、その両腕は刺青で埋め尽くされていた。そしてその左肩の部分に、たしかに花びらのような刺青が確認できた。

「これと同じ刺青を、猪瀬も入れていました」

「なんやと?」

坂巻が木乃美から写真を奪い取る。顔を写真に近づけて凝視した。

「猪瀬のやつ、こんな刺青しとったたっけな」

「場所が違うんです。猪瀬の刺青は、ここです」

そう言って、潤は自分の右手の人差し指を示した。

「拳銃を向けられたときに、はっきり見えました。殺される、と思ったから、すごく鮮明に覚えています」

よほどの衝撃と恐怖だったのだろう。

かたや、ただ被疑者を取り調べるだけの坂巻にとって、右手人差し指の刺青はそれほど意味のあるものではなかったようだ。

「たしかに刺青しとったな。うん。あったあった」

その程度の認識らしい。

「まったく同じものなのか」

山羽に確認されると、潤は微妙に首をかしげつつも、頷いた。

「この写真だと断言はできませんけど、すごく似ています。猪瀬の人差し指にあった、桜の花びらの刺青と」

「その刺青が、事件になにか関係あるんですかね」

鈴木が両手で髪の毛を後ろになでつける。

「わからん。だが、調べてみる価値はありそうやな」

坂巻が神妙に頷き、潤を向く。

「あと川崎。近いうちに付き合って欲しいところがあるとやけど」

「え。ええ」

「山羽班長。たびたびすみませんが、川崎をお借りしても？」

「そうだな。次回は『ありあけハーバー』何個で手を打つかな」

山羽はそう言ってにやりと笑った。

5

三日後の当直日。

午前の取り締まりから戻った後、反則切符の整理を終えた潤は、普段着に着替えて迎えを待った。坂巻の覆面パトカーが迎えに来たのは、午後二時過ぎのことだった。律儀に持参した『ありあけハーバー』の紙袋を山羽に差し出し、覆面パトカーに乗り込んでみなとみらい分駐所を出る。

「どうな。姜のほうは」

「どうもこうも。一度会いに行っただけですけど」

いちおう和解というかたちにはなったが、それ以上の進展はない。どうやって進展させていいのか、見当もつかない。

「一度だけ？　もうちょっと積極的に距離を詰めにいかんか」

開いた窓枠に腕を載せ、坂巻が渋い顔をする。

「どうやって」

「電話番号を交換するとか、連絡先を書いたメモを握らせるとか、いろいろあるやろうが」

「そんなことしたら、変に誤解される」

「誤解したら誤解させとけばいいいやないか」

「っていうか、年上の警察官がいきなりそんなことしてきたら、誤解するとかしないとか以前に怖いですよ」

「怖いかな」

坂巻が納得いかなそうなので、自分のほうが間違っているのかと考えてしまう。

だがやっぱりおかしい。そんなことをされたら、怖い。自分なら引く。ドン引きする。

「怖いです」

断言すると、坂巻は渋い顔になった。

「そっかあ。だからお気に入りの女の子からぜんぜん連絡が来んのか」

「そりゃそう――」言いかけて、はたと首をかしげる。「坂巻さん。それって、キャバクラとかですよね」

「おいおい。おれには普通の女友達がおらんみたいな言い方するなや」

「違うんですか」

「キャバクラやけど」

「キャバ嬢から営業の電話もメールも来ないって、よっぽどですよ。しつこくするの、やめたほうがいいですよ。そのうち捕まりますから」

本気で忠告したのに、坂巻はへらへら笑っていた。これまでもそうだったように、たぶん懲りないのだろう。

覆面パトカーは桜木町から野毛《のげ》を通過し、大岡川《おおおかがわ》を渡って福富町に入った。福富町西公園地下駐車場に車を止める。

「どこに行くんですか」

車をおりて地上に向かいながら、潤は訊いた。

「あれや、あれ。あの婆さんのところ」

「婆さん？」

「前に行ったことあるやないか」

地上に出て街を歩く。

古い建物から歩道に向けて飲食店や風俗店の看板がゴテゴテと飛び出している。相変わらず独特な雰囲気だ。

「ああ。ここですか」

五分ほど歩いて坂巻が立ち止まったのは、焼き肉店の前だった。くすんだテント屋根にかろうじて読み取れる『ホルモン』『焼肉』の文字。どこを探しても店名の表示はない。

「なんで私を？」

「前回のことを覚えとるやろう。かなりの難物やった。けど本田と川崎には、少し好意的やったけんな」

それなら木乃美でもよかったのではと思ったが、木乃美は全国大会に向けての訓練がある。坂巻なりに気を遣った人選なのだろう。

出入り口はサッシの引き戸だ。上半分が磨《す》りガラスだが、暗くて中の様子はうかがえない。それでも『営業中』のプレートが掲げられているからには、誰かいるのだろう。

坂巻は引き戸に手をかけ、開けようとする。

が、開かない。

「あれ。閉まっとる」

すると中から声がした。

「あんたも学習しないね」

低くしわがれた声だ。

「私にやらせて」

潤は坂巻に代わって引き戸に手をかけた。

たしか、横ではなく上に力をかけて、引き戸を持ち上げるようにするのがコツだった。

すると、驚くほどスムーズに引き戸が開いた。

薄暗い店内に足を踏み入れる。

バラバラに並んだ、八台の客用テーブル。大きさもまちまちで、並べ方にも規則性がない。

そのうちの一台に、ぼんやりと人の形が浮かび上がる。

「また来たのかい」

人影が言葉と一緒に吐き出したのは、煙草《たばこ》の煙だった。

「ご無沙汰してます。朴《パク》婆さん」

坂巻が軽く会釈する。

朴婆さんは福富町を取り仕切る存在として知られていた。短髪で小柄で、浅黒い肌をしている。「婆さん」と呼ばれているが、見た目も、そして声を聞いても、男性にしか思えない。

「お久しぶりです」

頭を下げた潤に、朴婆さんは目尻の皺を深くした。

「あれからちゃんと田舎《いなか》に帰ったみたいだね」

前回ここを訪ねたとき、実家にあまり帰っていないことを言い当てられたのだ。

「はい」

「素直なのは良いことだ。そして、親を大事にするのも良いことだ」

なにかしらトリックが存在するのかもしれないが、朴婆さんは不思議な力があるように振る舞うし、実際にそう思わされる。

「なんでもお見通しの朴婆さんなら今日、私たちが来た理由はおわかりですか」

坂巻は試す口調だった。こういう挑戦的な態度が、朴婆さんに嫌われているのだと思うが。

「そんなもの、私じゃなくたってわかる。日本のヤクザと『凶龍』の抗争についてだろう」

やや気分を害したようだ。

「先日、長者町で殺人事件が発生しました」

「ああ。知ってる」

「犯人も知っとるとやないですか」

朴婆さんは電池が切れたように動かなくなる。

しばらくしてから、わずかに唇だけが開いた。

「知っていたとしても、同胞を売るような真似《まね》はしない。だが知らない」

「本当ですか。たしか以前に、この街に住んでいる同胞なら、産まれたばかりの赤ん坊の顔と名前だって頭に入ってる、と言うとりましたよね」

「顔と名前は頭に入っていても、一人ひとりがなにをしているかまでは知らない。私は神様じゃないよ」

「そうですかね」と坂巻が疑わしげに語尾をうねらせる。

「あなたが下の者に命令して、椿山組の者を襲わせたとやないですか。あなたにはそれぐらいの力がある」

じっと坂巻を見つめていた朴婆さんが、ぶほっと咳《せ》き込んだ。

かと思ったが、違った。笑っているようだった。

「なにを勘違いしているかね。『凶龍』が私の命令を聞くとでも思っているのか」

「違うんですか」

「違うね。私は『凶龍』のボスではない。無関係だ」

「では誰がボスなんですか」

「知らん」

知っていて隠しているのかと思ったが、そうではないようだ。

「『凶龍』のボスは父《アボジ》と呼ばれている。その正体を知るのは、ごく一部の幹部だけだ」

「あなたも知らない？」

発言の真偽を探るような、坂巻の口調だった。

「知らないね。知っていても教えないが、知らない。小さな街の小さな組織だから、ボスの顔が表に出れば、すぐに狙われて潰される」

「けど、コンタクトを取るぐらいはできるんじゃないですか」

朴婆さんの黒目が左右に動く。答えるつもりはないという意思表示か。

潤は坂巻に代わって言った。

「これ以上抗争が大きくなったら危険です。椿山組は末端の組員にまで拳銃を持たせて武装しています。いずれ一般市民を巻きこむような事件が起こる」

「先に仕掛けてきたのは向こうだよ。長年保たれてきた均衡を、やつらが崩した。金のためにな」

抗争の発端は、桜木町駅周辺を巡る再開発という噂《うわさ》だった。

「人が死んでいます」

「先に手を出すからだろう。由仲《ユジュン》は良い子だったよ。小さいころからおばちゃん《アジュンマ》、おばちゃんって声かけてくれてね。すごく明るい良い子だった。なのに日本のヤクザに襲われて、脳に障害が残って口も利けない状態だっていうじゃないか」

羽衣町暴行事件の被害者である李《イ》由仲の話をしているようだ。報道で意識不明の重態だと知ってはいたが、正直なところ、その後の経過まで気にかけたことはなかった。そんな状態だったとは。

「長者町の殺人事件は、羽衣町事件の報復ということですか」

潤は訊いた。

朴婆さんは黙っている。

「李由仲は『凶龍』のメンバーで、椿山組の若頭補佐を襲撃した主要メンバーと見られとります」

坂巻にとっては凶悪犯でも、朴婆さんにとっては幼いころから知っている近所の若者なのだろう。

「由仲たちはこの街を守ろうとしただけだ。なんも悪いことしてない」

それまでと変わらない平坦《へいたん》な口調なのに、なぜだか朴婆さんの深い悲しみが伝わってきた。

6

朴婆さんの店を出るや、坂巻が悔しそうに自分の後頭部を叩く。

「参ったな。収穫ゼロか」

「朴婆さんも『凶龍』の内情までは知らなそうでしたね」

潤はサッシの引き戸を振り返る。磨りガラスの奥が暗く、人の気配がないのは相変わらずなのに、いまは拒絶されているように感じた。

「『凶龍』のメンバーは何人か知っとるかもしれんが、あの様子じゃ情報提供は期待できんやろうな」

被害者が次の事件の加害者になり、加害者が報復に遭って被害者になる。暴力の連鎖は止められないのか。暗澹《あんたん》たる気分になる。

「とにかく、今日はありがとう。忙しいところすまんかった」

「こちらこそ。力になれなくて申し訳ないです。木乃美を連れてくればよかったかもしれませんね」

　自嘲の笑みが漏れる。あれだけ頑《かたく》なな態度ならば、結果は同じかもしれない。けれど木乃美だったらと、つい考えてしまう。

「さすがにあの調子だと本田でも無理やろう。それに本田は、白バイなんちゃら大会を控えた、大事な身体やしな」

「全国白バイ安全運転競技大会です」

「それな。白バイなんちゃら大会。訓練で忙しいやろうし、まかり間違っても怪我なんぞさせるわけにはいかん」

「ただの聞き込みで怪我なんかしませんよ」

「わからんぞ。おれの運転で事故を起こしてしまうかもしれん」

「それはあるかも」

　小さく噴き出すと、坂巻がむっとして振り返る。

「冗談たい。交機ほどじゃないが、おれだってそれなりに運転に自信はある。安全運転を心がけてもいるし」

　そこで二人の足は止まった。

　曲がり角から三人組の男が現れたのだ。

　三人とも木製のお面で顔を覆い、ゴルフクラブや金属バットで武装している。お面は日本の能で使われる翁《おきな》の面に似ているが、少し違う。翁よりもさらに目尻が下がり、口角が吊り上がって笑みが深い。だがお面のコミカルな印象とは裏腹に、三人からは明らかな敵意を感じた。

「やっぱり川崎に声をかけて正解やったわ。本田なら足手まといになったし、下手したら怪我させることになったかもしれん」

潤も同感だった。

「おまえら、何者な」

坂巻の質問は、質問で返された。

「なにを嗅ぎ回ってる」

発言したのは三人のうち、中央の金属バットを持った男だった。

「朴婆さんから連絡がいったのか。それとも、別口か」

坂巻が準備運動するように肩をまわす。

「アジュンマは関係ない」

答えたのは、やはり中央の金属バットだった。三人の中ではこの男がリーダーらしい。

「おまえら『凶龍』やろ」

「おまえらは誰だ」

またも質問に質問で返された。

が、向かって左側のゴルフクラブを持った男が、リーダーらしき男に小声でなにかを告げる。

リーダーらしき男が弾かれたようにこちらを見た。驚いているのが仮面越しにもわかった。

「おまえら、サツか？」

「察しがいいやないか」

坂巻が懐から手帳を取り出し、高々と掲げる。

三人が動揺した様子で後ずさる。

「なんでサツが！」

リーダーらしき男の質問に、坂巻も質問で返した。

「おまえらは『凶龍』か」

どうする？　という感じに、三人が互いの様子をうかがう。

「どうやら当たりらしいな」

「違う！」

リーダーらしき男が慌てて否定したが、もう遅い。坂巻は取り合わない。

「いまさら言うても遅いわ。『凶龍』について話を聞かせてくれんか。まずはそのふざけた仮面をはずせ」

坂巻が手をのばして歩み寄ろうとしたそのとき、リーダーらしき男が金属バットを振り上げて坂巻に襲いかかった。

素早く攻撃を避けた坂巻がリーダーらしき男の腕を取り、一本背負いする。背中から地面に叩きつけられた男が、金属バットを手放した。潤は地面に転がった金属バットめがけて駆ける。

だが別の男がゴルフクラブを振り回してきて、近寄れない。

そのとき、「ぐはっ！」と坂巻の声が聞こえた。

見ると、坂巻が左手を地面につき、右手で背中を押さえていた。もう一人の男から、背中に金属バットを振りおろされたようだ。

リーダーらしき男が立ち上がり、走り出した。

「坂巻さん！」

「いいから行け！　追え！」

手を振って追い払われ、落ちていた金属バットを拾って走った。

男たちの後ろ姿は一〇メートルほど先だ。

その姿が、角を曲がって消える。

その直後、「あいたっ……！」前方から女性の声がした。

なにが起こった？

潤が男たちを追って角を曲がると、女性が倒れていた。真っ白な長い髪の毛を後ろでまとめた、小柄で肉付きのいい女性だった。七十歳前後だろうか、

「大丈夫ですか」

いててて、と顔を歪めながら、女性は大丈夫という感じに手の平を向けてきた。買い物帰りらしく、エコバッグから玉ねぎや小麦粉といった食材が飛び出している。

潤は女性の背を支えて助け起こした。

「ありがとう」

「お怪我は？」

「腰が痛いけどそれはもともとだから」

大儀そうに上体を起こし、膝に手をついて立ち上がる。

遠くにバイクの排気音が聞こえた。三台。遠ざかっている。あの三人組が逃亡したのだろう。

潤は地面に転がっている食材を拾い集めた。食材を懐に抱え、女性に歩み寄る。

女性はエコバッグの持ち手を両手で握り、じっと中を覗き込んでいた。

どうやらエコバッグの中でパック入りの玉子が潰れてしまったようだ。十個入りのパックがほぼ全滅で、エコバッグの中はぐちゃぐちゃになっている。

「困りましたね」

「困った」

女性はしょんぼりとうなだれた。

その姿があまりに憐《あわ》れで、ついお節介の虫が疼《うず》く。

「ご自宅はこの近くですか」

「五分ぐらい」

女性は潤が曲がってきた角のほうを指差した。

「じゃあ私、この荷物をご自宅まで運びます」

潤は手に持った玉ねぎや小麦粉を見る。

「いいの？」

女性は満面に笑みを浮かべる。

「ええ。エコバッグ、使えなくなっちゃったし」

直接の原因は仮面の三人組だが、潤が追跡しなければこの結果はなかったと考えると、多少の負い目もある。

それなのに「どうもありがとう」と何度も頭を下げられ、恐縮してしまう。

こっち、と女性の誘導に従って歩き出そうとしたとき、坂巻が追いついてきた。殴られた箇所がまだ痛むらしく、自分の背中に手をあてて脚を引きずるようにしている。

「なにが起こった」

襲撃犯を追って消えた潤が白髪の女性を伴って戻ってきたので、坂巻は混乱している様子だ。

「あの男たちに突き飛ばされたみたいです」

「そうか。大丈夫ですか」

女性に気遣いを見せながらも、坂巻の声音には、三人組を捕り逃がした落胆が滲んでいる。

　坂巻に金属バットを預け、潤は玉ねぎと小麦粉を持って歩く。

「悪いね。お嬢ちゃん。忙しいだろうに」

「いいえ。そんなことないです」

「彼氏さんも悪いね」

　女性が坂巻を振り返る。

　坂巻が口を開くよりも先に否定した。

「まさか。彼氏じゃないです」

「そうなの」

「ええ。ただの仕事仲間です」

「ただの」をことさらに強調する。

「別にそう見えて欲しいわけじゃないけど、なんかむかつくな」

　坂巻が唇を曲げている。

「そうだったの。お嬢ちゃん。結婚してる？」

「いえ」

「ならうちの孫なんかどうかね。お金はないけど真面目だし、誠実《ソンジャ》だし、そこそこイケメンだと思うよ。近所の人からも言われるよ。キムスヨン氏の孫は俳優でもやってるのって。やってないならやったほうがいいよって」

「キムスヨンっていうのが、お母さんの名前？」

坂巻の質問に「そうよ。良い名前でしょう」と、女性は得意げに頷いた。漢字で書くと金秀蓮となるらしい。

しばらく歩いて着いたのは、古いマンションだった。オレンジ色の外壁には雨の跡が黒ずんでいて、ところどころひび割れが走っている。バルコニーはなく、それぞれの窓の外に渡された物干し竿《ざお》やロープに吊るされた洗濯物が揺れていた。

エレベーターがないので、四階まで階段でのぼる。涼しい顔の秀蓮《スヨン》とは対照的に、坂巻は息が上がっていた。潤はかろうじて表面上は平静を保ったものの、身体の内側が熱くなり、日ごろの運動不足を痛感させられた。

外廊下を歩いて三つ目の扉が、秀蓮の住まいらしい。

扉を開くとすぐにダイニングキッチンという造りだった。散らかっているわけではないが、とにかく物が多いという印象だ。壁際に段ボールやら、漬物でも漬けているのか壺《つぼ》やらが置いてあって、部屋をより狭く見せている。

「お茶でも飲んで行きなさいよ」

荷物を運び込んだらすぐに辞去するつもりだったが、秀蓮にそう言われ、坂巻と二人で部屋に上がり込んだ。

ダイニングキッチンの中心に据えてあるちゃぶ台に向かい、二人並んで座る。

「この袋も汚れちゃったね。買い換えようかね」

秀蓮は湯を沸かしながら、流しに向かってブツブツと呟いている。

「玉子。買ってきましょうか」

潤は膝立ちになった。そういえばエコバッグの中の玉子はほぼ全滅だった。予定していた献立が作れないのではないか。

「いい。帰りに買ってくるよう、孫に言ったから」

「お孫さんと同居なさってるとですか」

坂巻が無遠慮に家の中を見回す。この狭い部屋で二人暮らしというのが意外なのだろう。坂巻のように露骨に態度に出すことはないが、潤も同じことを思った。

「私は一人でも大丈夫って言ってるんだけど、心配だからって」

「やさしいお孫さんですね。いまどき珍しいもんだ」

「本当にやさしいよ。あの子をくれた神さまに感謝だよ」

湯が沸いたようだ。秀蓮が二つの湯呑みに茶を注《つ》ぎ、盆に載せて運んでくる。

湯呑みを二人の前に置きながら、秀蓮がなにかに気づいた様子で虚空を見上げた。

「孫が帰ってきた」

「お孫さん。バイクに乗るんですか」

潤は訊いた。遠くからオートバイの排気音が近づいている。秀蓮はこの音に反応したのだろう。

「そう。危ないからあまり感心しないけどね」

まさか白バイ乗務員が目の前にいるとは、想像もしていないのだろう。隣で坂巻が口を手で覆い、笑いを堪えている。

「この音……」

潤は耳を澄ました。

車種はスズキVストローム250。時速二〇キロから次第に速度を落とし、建物のすぐ下まで来て停止した。そういえばつい最近、この音を聞いた。同じ車種に乗っている男と、知り合いになった。

まさか――。

そのまさかだった。

しばらくして玄関の扉が開き、入ってきたのは、姜鐘泰だった。

3rd GEAR

1

大さん橋ふ頭ビルの前の駐輪場にバイクを止め、大さん橋屋上広場を目指した。ウッドデッキの坂をのぼり、芝生の広がる『くじらのせなか』に出る。

正面にはライトアップされたベイブリッジ、左に目を向ければ、みなとみらい地区のビル群。氷川丸《ひかわまる》やマリンタワーも見える。視界を遮るもののない一人パノラマが広がるこの場所は、人気のデートスポットだ。

カップルだらけだと潤は思ったが、口にはしない。傍《はた》から見たら自分たちだってそう見えている。

ところが姜《カン》は「カップルだらけじゃねえか」とうんざりした口調で言ってのけた。

「座る場所が見つからないな」

ベンチというベンチがすでに占領されており、居場所を求めて先へ先へと進む。あまりに空席がないので「芝生でよくない？」と言ったら、「夜露で濡《ぬ》れてるかもしれないし」と返された。気を遣ってくれているようだ。

海に細長く突き出したおよそ四三〇メートルもある広場の先端まで歩き、引き返してくるときに、ちょうどカップルが席を立とうとしているベンチを見つけた。

「おっしゃ！」と姜が勢いよく走り出し、ベンチを確保した。そして両手を大きく振りながら潤に戦果をアピールする。

その無邪気な姿に、思わず噴き出してしまう。

「なに笑ってるの」

「別に」

パーカーのポケットに両手を突っ込み、姜の隣に腰をおろした。

目の前に巨大な客船が停泊していて、その向こうにみなとみらいの夜景が見える。

「しかし一昨日は驚いた。家に帰ったら川崎さんがいるから」

「私も驚いたよ。道で転んだ女性の荷物を家まで運んだら、それが姜くんのお祖母《ばあ》さんだったなんて」

「最初はぞっとした。この人、本気でおれのことストーキングしてるんじゃないかって」

「失礼な。きみのことだって、お祖母さんのことだって助けてるのに」

「わかってる。祖母が大変お世話になりました」

姜が両膝に手を置き、かくん、と首を折る。

姜は潤と出会ったときのことを、祖母に話していたらしい。潤の素性を聞いて、秀蓮《スヨン》は「あの！」と目を丸くした。

怪我をした姜を、長妻のバーに担ぎ込んだあの日、秀蓮はかなり心配していたようだ。成人した孫の帰宅が遅いと心配するほどの時間でもなかったはずだが、あの時間でも祖母を心配させるほど、毎日早い時間に帰宅していたということだろう。

それほど心配して待っていたら、帰宅した孫が怪我をしていたのだから、なにがあったか問い詰めるのも当然だ。姜は怪我の理由から帰宅が遅くなった原因まで、経緯を洗いざらい話したらしい。秀蓮は「孫の命の恩人に一度会ってお礼が言いたかった」と、潤の手をとって涙ぐみ、何度も何度も頭を下げた。

当日は服務中だったので長居できなかったが、姜のほうから連絡先を交換したいと申し出てきた。そして二日後の今日、姜からメッセージが来て、この場所に呼び出されたのだった。

「スパムむすびを作ってくれてるの、あのお祖母さんだったんだ」

「今日の昼もだったよ」

昼間はガソリンスタンドの仕事だと聞いていた。

「ここで食べたの」

姜があぁ、と後頭部をかいた。

「もう亡くなったけど、私の母方のお祖母ちゃんもそうだった。私がお祖母ちゃんの買ってきたクッキーを美味しいって言ったら、次からそればっかり買ってくるんだ。おかげでそのクッキー、見るのも嫌になった」

「不思議だよな。年寄りって同じものを続けてくれるの。あれ、なんでだろう」

「同じものといえば、坂巻さん……ほら、この前も一緒だった太った刑事。あの人もうちの分駐所を訪ねてくるとき、いつも『ありあけハーバー』ばっか持ってくるんだよね。なにかといえば『ありあけハーバー』。お詫びもお礼もお祝いもお願いも、全部そう」

「なら、年のせいじゃないのかもしれないな」

「かもね。もともとそういう人が年をとっただけなのかも」

「ハルモニもそうだったのかな」

姜が笑う。こんな屈託のない笑顔を見せてくれたのは初めてかもしれないと、潤は思った。

「でも、すごく良いお祖母さんじゃない。毎日お弁当作ってくれて」

浜風で身体が冷えたのか、姜が自分を抱くようなしぐさをした。そして遠くを見る。

「感謝してる。いきなり会ったこともない孫の世話、押しつけられたのに」

思いがけない告白に、潤は息を呑んだ。

姜がちらりとこちらを見る。

「気になってたんだろう。なんで祖母ちゃんと孫の二人暮らしなのか……って」

「いや……」反射的に否定しかけて、それは嘘だと思い直す。

「気になってた。ご両親は、どうなさっているのかなって」

だよな、という感じの微笑があった。

「おれの父親——ハルモニにとっての息子は、韓国人なんだけど、母親は日本人なんだ。だからおれ、本当はハーフなの。死んだ祖父《ハラボジ》に結婚を大反対されて、駆け落ち同然に家を出たんだって。そこで生まれたのがおれ」

自分を指差し、続ける。

「だからおれ、ハルモニには会ったこともなかったんだ。ハルモニに会うために初めて福富町を訪ねたのが、十八歳のときだった」

「それまでは？」

「東京。といっても家はなくて、友達の家を泊まり歩いていた。住所不定無職……ってやつ。平たく言えばホームレスみたいなもの」

「ホームレスって……ご両親は」

「死んだ」

その瞬間だけ、世界から音が消えたような錯覚を覚えた。

姜の横顔が口を開く。締め切っていない蛇口から水滴が落ちるような、ぽつり、ぽつり、という話し方だった。

「おれが十六のとき。自動車事故だった。でもおれがそれを知ったのは、半年も経ってからだった。おれは家出して友達の家を泊まり歩いていたから、ずっと両親が死んだことを知らずに過ごしていた。久々に家に帰ったら、知らないおばさんが出てきてさ、あのときはマジでびっくりしたよ。うち、借家だったから、とっくに次の店子《たなこ》が入ってたんだな」

無理に絞り出したような笑いが挟まる。

「それから一年ぐらいは一人でやっていこうとしたけど、どうにもならなくなって、最終的にハルモニを頼ってみることにした。最初会ったときはマジで驚いてた。あの人、自分に孫がいることすら知らなかったんだ。それなのにやさしくしてくれた。普通できないだろう、そんなこと。だからすげー感謝してる」

姜にそんな壮絶な過去があったとは。

——もう叶ってるからな。

——え？

——だから、もう叶ってんの。仕事行って、帰って、ハルモニの作ったメシ食って、今日あったこととかいろいろ話して、たまにバイクでどっか出かけて……それがおれの幸せ。だから強いて言うなら、いまの生活が続くことかな。それがおれの夢。

そういうことかと、以前に交わした会話を反芻《はんすう》して納得した。姜にとっては、いまのささやかな幸福すら望めない時期があったのだ。

「でもやっぱり実の祖母と孫だ。一緒にいるところ、すごく自然だよ」

潤は太腿に肘をつき、両手を重ねた。

「そうかな」

「うん。少なくとも、たった三年の付き合いには見えない。血は水よりも濃いっていうことかな」

どう解釈するべきか判断に迷うような、泣き笑いのような表情が返ってきた。

その後も、しばらく無言で海を眺めていた。

「川崎さん。『凶龍』について知りたいんだろ」

唐突な話題転換にどきりとする。

「なにか知ってるの」

「どうかな」

悪戯っぽく笑い、姜が遠くに視線を移した。

「警察よりはいろいろ知ってるかもしれないけど、なにからなにまで話すつもりはない。おれが話すのは、いまの静かな暮らしを守りたいからだ」

潤は黙って次の言葉を待った。

「おれは『凶龍』のメンバーじゃない。だから、これまでの事件の犯人も知らない。でも、父《アボジ》が戦争を望んでいないのだけはわかる」

「アボジって『凶龍』のリーダーよね」

姜はこくりと頷いた。

「横浜を戦場にするのは『凶龍』の総意じゃない。アボジはそんな人じゃない。日本のヤクザに報復しているのは、あくまで一部の急進派の仕業だ。アボジはいまも急進派を説得し、事態を沈静化しようと動いている」

「アボジを知ってるの」

そういう口ぶりだった。あたかも自らがアボジを代弁しているかのような。

「あの街に住む人間ならみんな知ってる。アボジがどういう人なのか、どういう考えを持っているのか。けど、アボジを直接知っている人はほとんどいない」

「じゃあ、どうやってアボジの意思を――」

さっと手を上げて遮られた。

「これ以上は話せない。組織についてはおれもよく知らないし、かりに知っていても、情報をみだりに外部に漏らすことはできない。それがあの街で暮らす者のルールだ」

聞きたいことはたくさんあった。だが、この場で問い詰めたところで姜は口を割らないだろう。潤はすとんと肩を落とした。

「わかった。でも、最後に一つだけ聞かせてくれない」

「なに」

「私にこういう話をしているのは、もしかしてアボジの指示？」

可能性はある。神奈川県警の警察官と親しくなった若者を利用し、マフィアのボスが自らの主張を伝えようとする。だとすれば、姜の話の真偽を疑う必要がある。

だが姜はかぶりを振った。

「違う。おれの意思だ。おれが話そうと思って、川崎さんを呼んだ」

ふうと安堵の息をついた次の瞬間、呼吸が止まった。

「会うのはこれで最後にしたい」

そう言うときだけ、姜は潤の目を真っ直ぐに見た。それがせめてもの礼儀とでもいうように。

そしてふたたび、暗い海に視線を戻す。

「ハルモニは川崎さんのことを気に入っているから、ハルモニのいるところではこういう話をできなくて。恩人にたいしての態度じゃないって叱られるだろうし。助けてもらったこと、ハルモニがお世話になったことについては、本当に感謝してる。ただ、おれはあくまであの街で生きていく人間で、川崎さんは警察官だから。それは変わらないから。これ以上、かかわらないほうがいい」

姜は立ち上がり、潤を見下ろした。

「ぜんぶ話したから。もうこれ以上、川崎さんの役に立てることはないから。おれたちを……おれとハルモニの暮らしを、放っておいてくれないか」

お願いします、と最後だけ敬語になり、深々と頭を下げる。

なにも言葉が出てこない。

頭を上げた姜が「それじゃ」と背を向けて歩き出しても、それは同じだった。

姜はその後ろ姿が見えなくなるまで、一度も潤を振り返らなかった。

2

ひゅうっ、と埼玉県警の河口咲良が口笛を吹く真似をする。

パイロンスラローム、8の字走行、小道路旋回、ふたたびパイロンスラロームがあって、一本橋。千葉県警・船橋遥の操るCB1300Pは、安全運転中央研修所の自由訓練コースエリアに設置されたコースをクリアしていく。

およそ一か月ぶりの七都県警合同訓練。仮想コースの周辺を、各都県警から選抜された代表選手と、それに同行した交機隊員たちが取り囲んでいる。もちろんその中には、木乃美の姿もあった。

「ヤバいね。気合い入ってる」

咲良の言葉通り、今日の遥の走りからは鬼気迫るものを感じた。その理由は想像がつくし、たぶん当たっている。

前回の合同訓練とほぼ同じ顔ぶれだが、一つだけ、欠けているピースがある。警視庁代表の豊島茜の姿だ。前回まで他を圧倒し、場の空気を支配するかのような走りを見せつけた絶対的な存在が、突如として消えた。急遽《きゅうきょ》招集された警視庁代表の補欠選手の走りは、茜の不在をより際立たせる結果になった。

遥は茜の代わりになろうとしている。茜の背中を追いかけて、茜に勝つことだけを目標にここまでやってきた遥にとって、茜以外への敗北は許されないのだろう。茜がいなくなったいま、茜がそうだったように、ほかの選手に力の差を見せつけようとしている。ただ残念ながら、意気込みほどの結果は出ていない。遥の並々ならぬ意気込みは痛いほど伝わるが、気合いが空回りしている。勢い余ってところどころ小さなミスを重ねている。そんな自分への苛立《いらだ》ちがさらなるミスを呼ぶ。

その結果が、先輩隊員からの叱責だ。

「なにやってんだ！　力みすぎなんだよ！」

自覚はあるのだろう。回避制動を終えてゴールした遥は、バイクに跨がったまま、虚空を殴るような動きで苛立ちを爆発させた。

「どうしたんだろう、船橋さん。なにか嫌なことでもあったのかな」

咲良に問いかけられ、茨城県警の水戸早苗が困ったように首をひねる。

茜から聞かされた遥との因縁については、ほかの選手には話していない。いずれは皆の知るところになるだろうが、積極的に触れ回ることでもないと、木乃美は考えていた。

「馬鹿野郎！　集中するのと力むのは違うんだよ！」

先輩隊員に怒鳴られながら、遥が自分のバイクとともに退場する。

入れ替わるようにスタート地点に進入してきたのは、群馬県警代表の館林花織のバイクだった。

「真打ちの登場ですね」

栃木県警・宇都宮容子の眼鏡のレンズが、日光を反射してきらりと光る。

アイドリングしながらスタートを待つ花織からは、いっさいの気負いがうかがえない。

先ほどの遥とは好対照だ。ヘルメットの後ろから飛び出たポニーテールはゆるやかにカールしていて、そよ風を浴びて優雅に揺れていた。

スターターがフラッグを上げ、花織の白バイが発進した。

「やっぱ上手いなあ」

咲良はあきれ半分、感嘆半分といった口ぶりだ。

遥の直線的なそれとは違い、花織の走りは丸みを帯びている。ハンドル捌《さば》きからも、体重移動からも、遊びと余裕が感じられた。タイヤでコースにお絵かきをしているかのような、そんな走りだ。心なしか排気音も軽やかに響く。

パイロンスラローム、8の字走行、小道路旋回。同じ種目をこなしているはずなのに、こうも印象が違うものか。

「よし、よし。いいぞ。その調子」

同僚が両手をメガホンにして声援を送る。

ところが、二度目のパイロンスラロームに差しかかったところで、ふいに停車した。

「どうしたんだろう」

木乃美は咲良、早苗、容子と互いの顔を見合った。

花織はパイロンを指差しながら、審判役に話しかけている。

花織に歩み寄って話を聞いていた審判役が、やがて首をかしげながら花織から離れ、パイロンを並べ替える。

「そういうことですか」

容子が目を細める。

「なになに？　そういうことってどういうこと？」

咲良は容子のほうを見たが、答えを告げたのは早苗だった。

「難しくしろって」

「水戸さんの言うとおりです。館林さんはコースの難易度を上げて欲しいと、要望を伝えているのです」

言われてみれば、審判役はパイロン同士の間隔を近づけているように見える。

「なんでそんなことを。わざわざ難しくしてどうするの」

咲良は怪訝そうに眉をひそめた。

「わからないのですか」

容子に横目を向けられ、咲良は「さっぱり」と大きくかぶりを振った。

すると早苗が「プレッシャー」と呟く。

「プレッシャー？」

咲良が訊き返した。

「正解です。館林さんは難易度の高いコースを難なくクリアするところを見せつけて、見守っているほかの選手——つまり私たちにプレッシャーを与えようとしているのです」

容子の言葉に、木乃美はごくりと唾を呑み込む。

「そんなことしなくても、茜さんがいなくなったいま、優勝候補の筆頭であるのは揺るがないのに」

咲良が不可解そうに眉根を寄せる。

「下馬評で有利だからといって油断はしない。実際に勝利をつかむまで、できることをすべてやる。戦いはすでに始まっている……そういうことではないでしょうか。もっとも、私にはそんな姑息《こそく》な戦略、通用しませんが」

容子が眼鏡を直しながら不敵に微笑む。その後ろで早苗が頷いているのを、木乃美は見逃さなかった。

ここにいるのは友人であり、バイクを愛する同好の士でもあり、そしてなにより、しのぎを削るライバル同士なのだ。本番まではまだ二か月あるが、容子の言う通り、戦いはすでに始まっている。

——茜が横浜に向かうことを知っていたあんたたちには、犯行が可能だった。

——茜を全国大会に出場させないためさ。

脳裏をよぎった遥の言葉を打ち消そうと、木乃美はぎゅっと目を閉じた。八月のぎらつく太陽にあぶられて額に浮き出た汗を拭う。

そんなわけがない。現役の交機隊員がライバルに交通事故を起こさせるよう、工作するなんて。

だが鼓膜の奥に、ふたたび遥の言葉が響く。

——あんたがその程度の気持ちで大会に臨んでいるってことはわかった。ただほかの都道府県警のやつらはどうかな。

その後も一時間ほど訓練は続き、休憩時間になった。

交機隊員たちは昼食のために研修・宿泊棟内の大食堂へと向かう。

九階建て、二百七十もの個室を有する研修・宿泊棟の大食堂には、広大な空間にテーブルと椅子がずらりと並んでいる。消防車や救急車などの緊急車両や、貨物自動車、旅客自動車、学生に交通安全指導をする立場の市町村職員など、自動車にかかわるさまざまな立場の技術者への研修が日々行われるため、百七十ある座席の大部分が埋まることもあるが、今日はめぼしい研修は行われていないようで、ぱらぱらとまばらに埋まっている程度だった。

会計はセルフスタイルで、入ってすぐの場所に並べられた白飯や味噌汁《みそしる》、惣菜《そうざい》の小鉢をトレイに載せ、最後にレジで会計する。木乃美が選んだのは、あじフライ、きんぴらゴボウ、サラダ、白飯、味噌汁というメニューだった。

「本田にしちゃ控えめじゃないか。体調でも悪いのか」

そう言って木乃美の対面の椅子を引く元口のトレイに載った茶碗《ちゃわん》は、白飯が山のように盛られていた。

「いちおう、ダイエット中なんで」

「ダイエット中ってほど控えめでもないけどな」

「私的にはじゅうぶん控えてるんです」

ははは、と笑いながら、元口が白飯をかきこむ。

元口と木乃美の隣の席には、木乃美と同じく神奈川県警代表として全国大会に出場予定の同僚たちが陣取っていた。合同訓練の仮想コースは各都県警が協力して設営するし、審判役も交代でつとめるが、そこはやはりライバル同士。食事のときには、県警ごとに固まって座る。同僚たちと互いの走りについて意見交換をしたり、求められれば助言もしたり、逆に助言されたりしながら食事をした。

その途中で、少し離れたテーブルの会話が聞こえてくる。

「なにをおまえは一人で熱くなってんだ。気合い入れるのはいいが、あんなガチガチに力んでたらミスして当然だ。群馬県警の館林の走り、見たよな。あそこまで柔らかいハンドル捌きは、おまえには難しいかもしれないけど――」

千葉県警のテーブルのようだ。遥が先輩からお説教されている。

じっと聞き耳を立てていた元口が、自分が叱られているかのように肩をすくめた。

「熱くなるなって言っても、難しいよな」

茜と遥の関係を知ってしまったこともあって、遥に肩入れしているようだ。

「たしかにあの群馬県警の彼女の走りは素晴らしかったですね」

男子の部に出場する同僚が感心している。

「館林な。なかなかおもしろい乗り方をする。豊島の欠場で大混戦になったと思ったけど、現状だと館林が頭一つ抜けているかもしれない」

真剣な顔で話していた元口と、ふいに目が合う。

「あとはうちの本田。この二人が本命になるだろう」

「妙な気の使い方しないでください」

館林花織がもっとも優勝に近い存在であることは、木乃美も重々承知だ。実際の勝負になればさまざまな不確定要素が絡んでくるので、本命が前評判通りに優勝するわけでもない。けれど現段階で純粋に技術のみを評価するなら、花織がもっともすぐれている。おそらく、この場にいる交通機動隊員全員が同じ意見ではないか。あちこちから漏れ聞こえてくる声には、今日の花織の走りを賞賛するものが多く交じっていた。

ふいに、乱暴に椅子を引く音が響いた。

「そんなん、言われなくてもわかってますよ」

遥だった。先輩からのお小言に我慢ならなくなったらしい。

遥は食堂の出入り口のほうに歩き出した。

「おい、船橋。待て。話は終わってないぞ」

呼び止める先輩のほうを振り向き、「トイレです」と吐き捨て、食堂を出ていく。

「ちょっと、行ってきます」

木乃美も席を立ち、遥を追いかけた。

ほかの同僚たちは「どうして？」という顔だが、元口だけは「はいはい。いってらっしゃーい」と手を振って送り出してくれた。

食堂を出て洗面所のほうに向かいかけたが、はたと立ち止まる。

遥らしき後ろ姿は、洗面所とは逆方向に向かっていた。その後ろ姿を、早足で追いかける。向こうも歩くのが早くてなかなか追いつかない。

そうするうちに、遥は棟の外に出てしまった。

「船橋さん」

ようやく追いついて声をかけると、あからさまに嫌そうな顔が振り向いた。

「なに。せっかく一人になれたと思ったのに、なんで追いかけてきた」

「ごめん。でも、話したいことがあって」

「なんだよ」

「豊島さんの事故の件」

ぴくり、と遥の片眉が持ち上がる。わずかに拒絶の空気が和らいだ。

「まだ、誰かが彼女を事故に遭わせたと思ってるの」

「そう思わなくなる理由はない」

「でも豊島さんは飛び出してきた猫を避けようとしてハンドル操作を誤ったって、自分でそう言ってるんだよね」

「ああ。茜はそう言ってる。茜は、な」

だが信じてはいない。そう言いたげだった。

「どういうこと？」

遥が面倒臭そうにこめかみのあたりをかく。

「最初から猫なんていなかった。あたしはそう考えている」

木乃美は目を見開いた。

「道路脇から飛び出してきた猫を避けようとして、急ハンドルを切った。その結果、ハンドル操作を誤り転倒した。それはあくまで茜の証言だ。茜以外に猫を見た人間はいない。目撃者もいないし、事故の瞬間を捉えた映像もない。猫を見たのは、茜だけ。いや、猫を見たと言っているのは、茜だけだ」

「豊島さんが嘘をついていると？」

意味がわからない、なぜそんな嘘をつく必要が。

「なんでも人に訊くな。少しは考えろ」

言われたとおりに考えてみたが、答えは見つからない。

「ごめん。わからない」

はあっ、と深いため息を浴びせられた。

「いいか。誰かが茜に事故を起こさせた。だが茜は警察の事情聴取に、嘘の原因を話した。誰が得する」

「得する人なんか、いる……？」

「犯人だよ」

「犯人？」

たしかに得はする。本来なら逮捕されるはずが、逮捕を免れるのだ。だが犯人に得をさせるために、茜が虚偽の事故原因を供述する理由はなんだ。

閃《ひらめ》いた。

「かばってる……？」

「そう。茜は犯人をかばおうとして、嘘をついている。犯人逮捕を望んでいないんだ。あたしはそう考えてる。つまり、犯人は茜の知り合いだ」

「でもいくらなんでも……だって、一つ間違えば死んでいたかもしれないのに」

かりに知人あるいは友人といった、自分に近い存在の犯行だとわかったとして、そして犯人を罰したくない、赦したいという心理が働いたとしても、嘘をついてまでかばうだろうか。それまで親しくても、自分に事故を起こさせようとした時点で、友人ではなくなるのではないか。

「茜ならやりかねない。あいつはそういうやつだ。こっちが惨めになるぐらいやさしくて、心の広いやつなんだ」

いまいち腑《ふ》に落ちない。筋が通るように、強引にいびつな物語を作り上げたという印象だ。

遥の推理には納得できないが、一つだけわかったことがある。

遥の、茜にたいするねじれた愛情だ。遥はライディングテクニックの面でも、人間としても、茜を最大限に評価している。そうでなければこんな発想にはならない。

だがそれを口にすると、遥は怒り出すだろう。

「誰がやったんだろうね」

適当に話を合わせたつもりが、思いがけない言葉が返ってきた。

「犯人が誰かは、とっくに見当がついている」

遥は誰かに聞かれていないか、周囲を見回す。人の気配がないのを確認し、少し落ち着いた様子で木乃美に視線を戻した。

「簡単な話だ。あたしたち全員、全国大会で優勝したい。そのためには茜が最大の障害だった。その点では、この訓練に参加している全員に動機がある。でもあんたたちには、アリバイがある。茜はあんたたちと遊ぶために、横浜に出かけようとした。その途中で事故を起こした。あの日、バイクであの場所を走らなければ、事故を起こすことはなかった。そう考えれば、事故の原因を作ったのはあんたたちだといえる。けどあんたたちは、横浜駅前で茜の到着を待っていた。ってことは、相互監視の関係にあり、互いのアリバイを成立させうることにもなる。全員がグルで口裏を合わせたのならアリバイが崩れてしまうけど、さすがにいつ誰が裏切って犯行が露見しないとも限らないのだから、その可能性は限りなく低い」

人間性への信頼ではなく、誰かの裏切りを恐れて、という根拠が不本意だが、木乃美は無実ということらしい。

「そうなると、必然的に容疑者は絞られてくれる」

もうわかっただろう、と言わんばかりに、遥は眉間に皺を寄せた。

「え。誰……？」まったくわからない。

「簡単だ。合同訓練に参加している全国大会出場選手で、あのとき横浜駅前にいなかったやつ。茜がいなくなることで、優勝の芽が出てくるやつ」

背中を刷毛《はけ》で撫でられるような、ぞわりとした感覚があった。

「嘘でしょ」

「嘘なもんか」遥が唇の片端を吊り上げる。

具体的な名前は出てこないが、二人が浮かべた名前は一致しているようだ。

館林花織。

遥は彼女が犯人だと言っている。

「今日のあいつの生き生きした走り、あんたも見ただろう。茜が欠場することになったおかげで、自分の天下だと確信しているような走りだった」

いくらなんでも穿《うが》った見方だ。茜の欠場で花織が優勝候補最右翼に躍り出たのは間違いない。だが走りが生き生きしているというのは、とんだ言いがかりだ。そもそも茜を排除しなければ優勝できないほど、花織の力量が劣っていたわけでもない。

だがいまの遥には、なにを言っても響かなそうだ。

「あたしの推理が正しければ、館林は優勝のために手段を選ばないやつってことになる。茜に事故を起こさせて、欠場させることに成功したんだ。一線を越えたやつにとって、次の犯行のハードルは低くなる。また誰かが狙われるぞ」

結果的に遥の予言は半分当たり、半分はずれた。

一週間後、ふたたび全国大会の出場選手が事故を起こしたという報せが届いた。

事故を起こしたのは、館林花織だった。

3

関越《かんえつ》自動車道を前橋インターでおりると、ほどなくバイパス沿いの左手にファミリーレストランの看板が見えてくる。さすがに都心を離れてこのあたりまで来ると駐車場が広い。

木乃美は愛車のホンダNC750Xでファミリーレストランの駐車場に乗り入れた。広い駐車場だが、二輪専用のスペースはない。

バイパスと交差する細い道路側の端っこのスペースに、赤いボディーのバイクが止まっていた。木乃美はその隣にＮＣ７５０Ｘのスタンドを立て、ファミリーレストランの建物に向かった。

もう来てるかなと、ガラス越しに店内を覗きながら出入り口のほうに歩く。

するとそのとき、駐車場に一台のタクシーが乗り入れてきた。後部座席から女性が手を振っている。木乃美はタクシーに歩み寄った。

後部座席の扉が開き、館林花織が降りてきた。ゆるやかにウェーブのかかった髪をおろし、白いワンピースをまとってお嬢さま然とした格好だ。それだけに、右足を固定するギプスの痛々しさが際立っている。

花織はタクシーの後部座席から松葉杖を引っ張り出した。が、よろよろとバランスを崩しそうになる。

「大丈夫？」木乃美は慌てて花織を支えた。

「まだ慣れていなくて。今日は遠くから来させてごめんなさい」

「こっちこそ、こんな状態のときに会いたいなんて言ってごめん」

「いいの。どうせ自宅に一人でいてもやることがないから、ちょうど退屈していたところ」

花織は木乃美の肩に手を置き、足を前に出した。松葉杖で歩き出す。

「あそこに止まってるのが本田さんの？」

駐車場の隅に二台並んだバイクを見る。

「うん。私のは右」

「NC750Xなのね」

花織が意外そうな顔をする。

「館林さんはプライベートではなにに乗ってるの」

「私はハーレーのFLH。とても古い年式なんだけど」

「ハーレーって、すごくごついあれだよね」

「うん。『イージー・ライダー』っていう映画が好きだから、ハンドルもカスタムしてハイハンドルにしているの」

そっちのほうがよほど意外だ。

木乃美が扉を開いたままにし、花織が先に入店した。閑散とした駐車場の様子の通り、店内に客は少ない。男性店員が駆け寄ってきて人数を訊ねられたので、「三人」と答えようとしたら、「あそこ。いた」と花織が店の奥を指差した。

ライダースジャケットの若い女が、ボックス席で所在なさげにスマートフォンをいじっている。

船橋遥だ。先に着いて待っていたらしい。

花織を横から支えながら席に向かう。

「お待たせ。船橋さん」

木乃美が遥の隣、花織が遥の対面に座った。遥はそれ以上行けないだろうという奥の奥まで、自分のお尻を移動させる。間違っても身体同士が触れ合わないようにとでも言わんばかりの態度に少し傷ついたが、気を取り直して訊いた。

「もしかして外に止まってたセンカタナ、船橋さんの？」

「そうだけど」

遥はつまらなそうにスマートフォンに目を落としている。

「渋いのに乗ってるんだね。ちなみに私はＮＣ７５０Ｘ」

「あっそ。別に訊いてないから、教えてくれる必要もないんだけど。ってか、あんたがなにに乗ってても興味ないし」

つれない返事に心が折れそうだ。

だがそんな木乃美に助け船を出してくれたのは、花織だった。

「相変わらず憎まれ口ばかり叩いているのね。一匹狼を気取っているのか、露悪がかっこいいとでも思っているのか、不幸ぶるのが趣味なのか知らないけど、ほどほどにしておかないと誰も味方してくれなくなるわよ」

直截《ちょくせつ》な物言いに、なぜか木乃美までぎくりとなる。この台詞があくまで穏やかな口調の甘い声で紡がれるからインパクト抜群だ。

「豊島さんの事故と私の事故の関連性を調べたくて、あなたが本田さんを誘ったんでしょう。テーマパークに誘ってるわけじゃないんだから、こんな暑いさなかにそんなのに誘われて、普通こんな田舎まで来てくれないわよ。それなのにそんな態度なの」

「無理にとは言ってないし」

遥がふてくされたようにそっぽを向く。

ふうと、花織があきれたような息を吐いた。

「私も頼まれたから来ているんだけど。あなたの刑事ごっこに付き合ったところで、私にはなんの得もない。あなたは事故の裏になにか陰謀があると考えているみたいだけど、そもそも豊島さんの事故も、私のもそうだけど、県警の交通捜査課がきちんと現場検証して事故として結論づけている。はっきり言うけど、あなたがどんなに頑張って動いたところで、専門家以上の成果が出せると、私は考えていない。時間の無駄だとわかった上で、それでもあなたの気持ちの整理がつけばと思うから、こうして怪我を押して出てきているの。なのにそんな態度を続けるなら、私はなにも話さないで店を出る。それか、せっかく来てくれた本田さんと、あらためてどこか別のお店に移動する。どうするの。あなた次第で私は態度を決めるけど」

つまらなそうにテーブルの一点を見つめていた遥が、やがて唇を動かさずに言葉を発した。

「……かった」

「なに。聞こえないわ」

花織が耳に手を添える。

「悪かったよ」

どうする？　許してあげる？　という感じに花織がこちらを見たので、木乃美は頷いた。

「じゃ、協力します。なんでも訊いて」

謝罪はしたものの、すっかり不機嫌になったらしく、遥は言葉を発しない。

しかたなく木乃美が口を開いた。

「怪我の具合は？」

「おかげさまで全国大会本番には間に合いそう。大会前最後の合同訓練には参加できないし、ほぼぶっつけ本番になってしまうと思うけど、ほかのみんなにとっては、ちょうど良いハンデになるんじゃないかしら」

それを聞いて、身体じゅうから集めたような息が漏れた。

「よかった」

ふふっ、と花織が口もとを手で覆う。

「おもしろい人ね、本田さんって」

「そ、そうかな」

「全国大会に間に合うということは、あなたの優勝の確率が下がるのよ。合同訓練での私の走り、見たわよね」

木乃美に話しているようで、牽制《けんせい》するようにちらりと遥を見る。

「うん。見た」

「勝てると思った？」

「それはわからないけど、すごいと思った。こんなすごい人と競い合えるなんてと、ワクワクした」

「やっぱり変わってる」

花織の笑みに、苦笑の色が混じる。

店員が注文を取りに来たので、ドリンクバーを三つ頼んだ。遥と二人でドリンクバーコーナーに向かい、木乃美は野菜ジュースと、花織から頼まれたホットのアップルティー、遥はアイスコーヒーをそれぞれのグラスに注いだ。

「ありがとう」

花織はアップルティーのカップに顔を近づけ、湯気を浴びながらうっとりと目を閉じる。それから一口飲んで、テーブルにカップを置いた。

「で、なにから話せばいいのかしら」

ふてくされていては目的が達成できないと思い直したのか、遥が切り出した。

「事故が起きたときの状況を、詳しく教えてくれ」

花織は記憶を辿るように視線を上げる。

「先週の、週休日だった。お昼ご飯を食べて、前橋のほうによく行くバイクショップがあるから、そこに行くために自宅を出たの。ちょうどこのお店の前を通って、高崎《たかさき》から前橋のほうに向かっていた。そしたら、急に道の脇から猫が」

そう。やはり猫なのだ。

花織の事故の原因は、茜と同じく猫の飛び出しだった。そのことを知った遥が、花織から詳しい話を聞こうと、木乃美を誘ったのだった。

「私は驚いて急ハンドルを切った。そして転倒した。幸いなことに大事故には至らなかったけど、倒れた車体と地面に足が挟まれてしまったの」

花織が無念そうにギプスで固められた右足を見つめる。

「警視庁の豊島さんも、飛び出してきた猫を避けようとして事故を起こした」

木乃美の言葉に、花織が頷く。

「知ってる。彼女より私の怪我が軽く済んだということは、私の技術のほうがすぐれていたと解釈していいのかしら」

「んなわけないだろ」遥が即答した。「茜の事故とあんたの事故じゃ、時間も場所も違う。飛び出してきた猫だって同じじゃない。コンディションが同じでない以上、茜の怪我が重いからあんたが勝っていることにはならない」

「そんなのわかってる」

なにを熱くなっているのかという感じで、花織はしらけたような息を漏らした。それから木乃美のほうに視線を向ける。

「私の事故も、豊島さんの事故も、原因は猫の飛び出しだった。だから二つの事故は関係している。そう考えているのね」

そう言われても、木乃美には答えられない。

二つの事故が人為的に起こされたと主張しているのは遥のほうで、木乃美は行きがかり上付き添ったに過ぎない。

そもそも当初、遥は花織が犯人だと推理していた。

その花織が事故を起こしたのだ。しかも原因は茜と同じ、猫の飛び出し。もはやなにが正しくてなにが間違っているのか見当もつかない。

だが遥は自信満々の口ぶりだ。

「どちらも猫の飛び出しが原因だなんて、偶然が過ぎると思わないか」

「そうね」花織はあっさり賛同した。「たしかに偶然が過ぎる。すごい偶然。二か月連続で全国大会を控えた白バイ乗務員が事故を起こして、しかも原因がどちらも猫の飛び出しだなんて」

「そう思うだろう。だから――」

我が意をえたりという顔の遥に、花織は言い放つ。

「すごい偶然……っていうだけのことじゃないの」

うっ、と遥がふいを突かれたように言葉を呑み込んだ。

「不幸な偶然はある。誰だってミスはするの。どんな人間だって疲労とか睡眠不足とか、風邪で体調不良だとか、そういった条件下で気が緩むことはあるし、一瞬だけ気を緩めたそのタイミングで、不測の事態が起こる可能性はある。そんな不幸な偶然が重なって大惨事になったケースは少なくないってことを、現役交機隊員であるあなたが知らないわけじゃないでしょう」

悔しいが反論の言葉が見つからないという感じの、遥の表情だった。

「豊島さんのケースもそうだけど、私の場合も、単独事故で済んでよかった。そう考えるべきじゃないかしら。事故を起こしたのは不運だし、もしかしたら、私たちにも注意力不足などの落ち度があるかもしれない。でも少なくとも、被害者が生まれなかったのは喜ぶべきよね」

遥はむすっとした顔のまま、両手をジャケットのポケットに突っ込んでふんぞり返った。そんな遥を、花織はあきれたような顔で見つめる。

「一つ、訊いてもいい？」木乃美は口を開いた。

「もちろん。わざわざこんな田舎まで来たんだから、訊きたいことはぜんぶ訊いて」

「落ち度があるかもしれないって言ったけど、自覚はあるの？　ここに気をつけていれば、事故は避けられたかもしれないっていうポイントが」

花織は髪の毛を指に巻きつけながら、しばらく虚空を見つめた。

「多少、疲れてはいたから、そのせいで注意力や判断力が鈍っていたかもしれない。あとは……そうね、飛び出しをまったく警戒していなかった。それは反省すべき点かもしれない」

「警戒していなかったというのは、よそ見した、とか？」

「まさか」と花織がかぶりを振る。

「そこまではしない。ぜったいない。ただ、見通しの良い道路だったし、歩道には歩行者の姿もなかった。まさか飛び出しがあるとは考えもしなくて、油断していた。だから急に四本足の黒い影が飛び出してきたときには、驚いたし焦った」

「四本足の黒い影って言ったな。それは本当に猫だったのか」

遥が意外なところに反応する。

「犬はあんなに素早くない」

花織は少しバカにしたような口調だった。

「はっきりとは見てないんだな」

「そんな余裕があったら、事故を回避できている。目の前に突然、黒い影が現れて、接触しそうだから慌てて大きくステアリングを切った。そして転倒した」

情けないことにね、と肩をすくめる。

「そもそも、あれが猫じゃなかったらどうなるの。狸とかハクビシンとか、もしかしたら猫とは違う生き物だったかもしれないけど、なにかが道路に飛び出してきたことに変わりはない」

「歩道には、本当に誰もいなかったのか」

遥が神妙な顔で腕組みをする。

「いない」

「本当か？　本当にいなかったのか。見落としていた可能性は」

「ない」

断言されたにもかかわらず、遥は納得しない。

「目の前に飛び出してきたのが、猫か狸かもわからないようなやつが、歩道に歩行者がいなかったと、なんで断言できる」

その回答は、長いため息だった。

「人間と猫は大きさが違う。人間の大きさなら、とくに注意を払わなくても視界に入ってそこに人がいると認識できる」

「猫だってそうじゃないか。大きさ自体は小さくても、歩道にいれば認識ぐらいはできる」

「そうね。いたら認識できるかもしれないけど、直前まで、そういう認識はなかった。急に目の前に現れた。だから油断してたって言ってる」

「だとしたら、人間がいたのも見落としたかもしれない」

花織はうんざりとした様子だ。

このままだと堂々巡りだ。木乃美は口を開いた。

「少なくとも、館林さんは歩行者がいなかったと認識しているわけだし」

ふいに、花織がなにかを察したようだった。

「船橋さん。もしかして、バイクが近づく直前に誰かが猫を放したと？　そう思ってる？」

「可能性は、ないわけじゃない」

遥は大真面目だ。

「ないわ」即答だった。

「猫が自分の意思で横断しようとして道路に飛び出し、走行車両と接触するのならわかる。でも直前まで人の手で抱っこされていたか、ケージに入れられていたか知らないけど、そこから急に放されて、上手いこと道路に飛び出してくれると思う？　あなた、猫飼ったことないでしょう」

「なくてもわかる」

「じゃあなんで――」

「投げたかもしれないじゃないか」

「投げた？」

花織は笑った。

「自分の意思で飛び出させるのは難しくても、人が投げたら――」

懸命に主張する遥を「わかったわ」と手を振って遮る。

「走るバイクに向かって投げつけたと言いたいのね。たしかにそれなら、ライダーには急に目の前に猫が飛び出してきたように見える。でも歩道にそんな明らかに挙動不審な人間がいたのなら、どんなに不注意だったとしても気づかないわけがない。私と、豊島さん、二人ともが」

遥が仏頂面で腕組みをし、低い声で唸る。まだ諦めないぞという意志を感じた。

「実際に現場を見たらいいわ。事故現場はここから五〇〇メートルぐらいのところなの。自分の目で見てたしかめれば納得するでしょう」

花織が待ち合わせ場所をこの店に指定したのは、そのためだったようだ。

バイクをファミリーレストランの駐車場に置いたまま、三人は現場へと向かった。

花織を支えて歩きながら、木乃美は道路を見る。

「この道って、通行量は多いの？」

「バイパスだからね。少なくはない。でも、東京とか横浜に比べたらたいしたことない。私が事故したときも、ちょうどこれぐらいだった」

往来が途切れることはないものの、上り下りともにかなり余裕を持って流れている。

「これぐらいなら、目撃者がいたはずだな」

遥が言い、花織が頷く。

「ええ。後続車両のドライバーが救急車を呼んでくれた。そのドライバーは、歩道から誰かが道路に向かって猫を投げたとは言っていない。猫には気づかなかったって。私が突然、急ハンドルを切って転倒したように見えたみたい」

松葉杖の花織がいるので少し時間がかかったものの、十分ほど歩いたところで「ここ。このあたり」と花織が車道を指差した。

「あー」と木乃美は声を漏らした。

片側三車線ずつの広い道路だ。アスファルトにタイヤが横滑りしたような黒い痕が残っている。

ゆるやかなカーブはあるものの、見通しはすこぶる良い。ロードサイドには牛丼店やコンビニエンスストアが、都心では考えられないほどの間隔を空けてぽつりぽつりと建っていて、それぞれの店舗が広々とした駐車場を有している。大通りから奥に入れば住宅もあるが、それも密集はしていない。そしてなんといっても、歩行者が少ない。歩道をたまに歩行者や自転車が通過するが、絶対数が少ないために非常に目立つ。この状況で、歩道に人がいたのに気づかないということはまずない。なにかを車道に投げこもうとしているなど、不審な行動をとっていたのならなおさらだ。

「どう？　これでも歩道に誰かがいたのに気づかなかったなんてことは、あると思う？」

花織に顎を突き出され、遥が黙り込む。

「あれはたんなる事故。ハンドル操作を誤った張本人がそう主張するというのもおかしな話だけど、残念ながら私は油断した。その結果……」

花織が言葉を切り、怪訝そうに首を突き出す。

「木乃美ちゃん？　なにやってるの？」

木乃美はスマートフォンで現場周辺の写真を撮影していた。事故現場のスリップ痕のほか、四方を向きながら事故現場周辺の景色も写真に収める。

「ちょっと、この事故について意見を聞いてみたい人がいて」

木乃美の脳裏には、一人の男の仏頂面が浮かんでいた。

4

『交機七三から神奈川本部。制止を無視して逃走した速度違反の二輪車を追跡中。赤のカワサキZ900。現在、港北区の綱島《つなしま》街道を川崎方面に向かって北上中。たったいま〈熊野神社入口〉の信号を通過。応援を願いたい』

無線を通じて元口の応援要請が届いたのは、潤がそろそろ取り締まりを切り上げて分駐所に戻ろうかと考え始めた、夕方五時前のことだった。肌を刺すような日差しもその鋭さを弱め、かすかに吹く風には秋の匂いが混じり始めている。

『神奈川本部了解。傍受の通り。付近最寄《もよ》りのPCにあっては、交機七三に集中運用のこと。以上、神奈川本部』

本部の応答に続いて、ふたたび元口の声が聞こえてくる。

『そこらのPCじゃ手に負えない。速いし上手い。A分隊、聞いてるか。応援に来てくれ。いま大綱橋を渡っている』

たしかに速いと、潤は思った。ついさっき〈熊野神社入口〉の信号を通過と報告していたのに、もう大綱橋に到達している。時速一〇〇キロ近く、もしかしたらそれ以上か。

けっして交通量の少なくない夕刻の綱島街道でそれだけの速度を保つには、頻繁な車線変更のほか、対向車線にはみ出したり、ときには歩道を走行したりといった危険なルート選択が必要になる。ライディングテクニックだけでなく、市民を巻きこむ事故を起こしてもかまわないという無責任さと冷酷さを感じる。でないと、ここまでの無謀な逃走はできない。元口の言う通り、そこらの所轄のパトカーや白バイが追跡に加わったところで、足手まといにしかならない。

『おいこら！　どこの署のＰＣだ！　おれの前に出てくるな！　おまえらじゃ相手にならねえって！』

案の定、追跡に加わろうとした近隣のパトカーが元口の進路を阻んでしまったようだ。

少し遠いけど、行くか。

新横浜駅近くにいた潤は、小道路旋回で方向転換し、サイレンスイッチを弾いて緊急走行を開始した。川崎方面に北上する。ただし元口の走ったルートは辿らない。同じ方向から追跡したところで追跡車両の行列になるだけだ。ときおり飛び込んでくる所在地の報告を聞きながら、逃走車両が向かう方向を予想しつつ、先回りできそうなルートを選ぶ。

ほどなく木乃美と山羽、鈴木も追跡に加わった。それぞれの所在地を報告し合いながら、四方から包囲網を狭めるように、逃走車両に迫っていく。

川崎市に入ってしばらく走ったところで、ついに逃走車両を発見した。

前方から赤いZ900が近づいてくる。予想通り、かなり強引な走行をしている。逃走車両のはるか後方から追いかけてくる元口も戸惑っているようだ。

ふいに、Z900が左に曲がって消える。おそらく潤の白バイを視認し、ルート変更したのだろう。

潤は交信ボタンを押した。

「交機七四からA分隊。県道一四号線を北上していた逃走車両は〈高津《たかつ》区役所前〉を左折」

すぐに鈴木から反応があった。

『ってことは、ショートカットして厚木《あつぎ》街道に出るつもりですかね』

「厚木街道は私がカバーする」

潤はちょうど交差点を右折し、厚木街道に入るところだった。

『了解です。じゃあおれはもう一本入ったところをカバーします』

こういうふうに隊員同士で打ち合わせながら、一つずつ逃走ルートを潰していく。

逃走車両は前方に白バイを発見するたびに方向転換を繰り返す。だがその選択は行き当たりばったりのようで、その実、A分隊に誘導された結果だった。

白バイに出くわす機会が増え、逃走車両の走りから焦りの色が見え始める。

そのときだった。

『交機七八からA分隊』木乃美が呼びかけてくる。

『さっき、Ｚ９００のライダーの顔を正面からちらっと見たんですけど、あの、写真の男に似ている気がしました』

「写真……？」

鈴木が即座に反応する。

『椿山組の鉄砲玉ですか！』

『そう。名前は忘れたけど、あの三人のうちの一人。フルフェイスだったし、正対したのも一瞬だけでかなり距離があった上に、向こうがすぐに左折しちゃったから、一〇〇％の自信はないけど』

そんな状況で不完全ながらも相手の顔を人物が特定できるほど観察できるのは、やはり驚異的な動体視力だ。

『だとしたら、なんとしても逃がすわけにはいかないいな』

元口の交信に交じるふんふんという音は、荒くなった鼻息だろう。

『でもそうなると、武装してる可能性もあるってことですよね』

震え上がる様子が無線越しにも伝わってくるような、鈴木の怯《おび》えた声だった。

『鈴木の言う通りだ。逃走車両のライダーは武装している可能性がある。その点に留意した上でことに臨むように』

山羽の指示に、鈴木が情けない声を出した。

『留意って言っても、ここで捕り逃がしたら……』

『一般市民が危険にさらされることになるな』

元口が煽《あお》る。

『なら、ちょっと無理しても、おれらが捕まえるしかないじゃないですか』

気が小さいなりに、それでも自己犠牲の精神が勝るほどには、鈴木も警察官としての自覚が芽生えてきたようだ。

『でも、似てるだけで別人かもしれないし』

木乃美はそう言うが、鈴木はいまにも泣き出しそうだ。

『いや。本田先輩がそう思うんなら、たぶん……ぜったい当たってますって。間違いなく相手は例の鉄砲玉ですよ』

潤も同じ意見だった。これまでにも、木乃美の飛び抜けた動体視力はいくつもの事件を解決に導いてきた。その木乃美が言うのだから間違いない。それに相手が椿山組を偽装除名された刺客であれば、ただの速度違反取り締まりからここまで懸命に逃れようとするのにも説明がつく。

可能性がある——ではない。

逃走中のライダーは、確実に武装している。

潤は気を引き締めつつ、スロットルを開いた。路地を右へと曲がる。住宅街の狭い道では危険な速度だが、それ以上にライダーに拳銃を取り出す時間を与えるほうが危険だ。そのために重要なのは、逃走車両の直後にぴったりとくっついて離れないこと。

Ｚ９００の後ろ姿が見えてきた。

が、そのすぐ後ろにはすでに潤のものとは別のＣＢ１３００Ｐがぴったりと張りついている。

山羽の白バイだった。山羽も潤と同じように考えたらしい。

『尻手黒川《しってくろかわ》道路に追い込む』

山羽は端的に指示を出した。

逃走車両は川崎市宮前《みやまえ》区の住宅街の狭い道を逃げ回っていた。道幅が狭く、付近には小学校もあるこのあたりでの追跡劇は危険と判断したようだ。近くにある尻手黒川道路ならば道幅も広く、事故のリスクも軽減できる。ようするに白バイの姿を見せながら逃走車両を誘導し、尻手黒川道路に向かう以外の選択肢をなくせという命令だ。

「了解！」潤は無線に応じ、ステアリングを左に切った。追いついてきた元口が右折するのを、視界の端に捉える。このへんはもはや阿吽《あうん》の呼吸だ。打ち合わせの必要もなく、それぞれが自分の役割を把握して行動する。

逃走車両の走るルートと並行する道に入った。速度を上げ、逃走車両を追う。周辺には逃走車両以外にも、味方を含めた無数の排気音が飛び交っている。その中からＺ９００の排気音をピックアップする。

一ブロック挟んでＺ９００と並走するかたちになった。

十字路を通過する。

一本先の道をZ900が走り抜けるのが見えた。その先に見えるCB1300Pは、元口のバイクだろう。隣のブロックを並走する潤と元口のバイクは、Z900のライダーの視界にも入っていたはずだ。ライダーにこの先の十字路で左右に曲がる選択肢はなくなる。逃走車両は尻手黒川道路に向けて直進するしかない。

ほどなく、Z900は尻手黒川道路へと飛び出した。

そこでもライダーに選択肢は与えられない。左手には鈴木の白バイが停止しており、右に曲がることしかできない。

だが右折もライダーにとって正解ではない。

一〇〇メートルほど前方に、木乃美のCB1300Pが待ちかまえている。木乃美の白バイは低速で走行しながら、追いついてくるZ900の進路を阻む。

Z900は蛇行して追い抜こうとするが、技術で一段も二段も上回る交機隊員相手に敵《かな》うはずもない。やがて対向車線に膨らんで強引な追い抜きを試みるが、そのときには元口の白バイが逃走車両の右につけていた。前方を木乃美、右を元口、後方を山羽と、逃走車両は完全に進路を塞がれた。

木乃美がじわじわと速度を落とす。追い抜くこともできないZ900は、それに合わせるしかない。

だが、これまで無謀な逃走を続けてきたライダーが簡単に諦めるはずがない。

歩道――か。

このあたりは歩道が広い。道幅が三メートルほどあって、二輪車でも走行できる。おそらくガードレールが途切れた箇所で歩道に乗り上げ、さらなる逃走を図る。

潤は対向車がいないのを確認し、速度を上げた。

Z900と、それを取り巻くA分隊一同をいっきに抜き去る。

三〇メートルほど先行したところでブレーキを握り、バイクを止めた。

シートから飛び降り、来た道を引き返すかたちで歩道を駆ける。

予想通り、Z900は歩道に乗り上げようとしているところだった。潤は全力疾走しながら腰の左側のホルダーに手をやり、伸縮式の特殊警棒をのばす。

Z900がこちらに向かってくる。大丈夫。さっきまで減速していたのでまだ速度は出ていない。それにライダーの目的はあくまで逃走だ。前方から駆けてくる白バイ隊員と衝突すれば大きなタイムロスになる。だから向こうから避ける。

Z900が獰猛《どうもう》な排気音を響かせながら、真っ直ぐにこちらに向かってくる。

怯むな、と自らを叱咤《しった》する。脅しだ。撥《は》ねるぞと見せかけて、潤を飛び退かせようとしている。本当に撥ねるつもりはない。潤は恐怖を圧しながら、バイクに向かって突進する。

あと一〇メートル。まだ避けない。

五メートル。まだか。

Z900のライダーの左肘が開き、肩が動く。潤の右側をすり抜けようとする。

来た！

潤は思い切り振りかぶった特殊警棒を、ライダーの右腕の部分めがけて振り抜いた。

ライダーは長袖のシャツだが、日差しの厳しいこの季節だけに腕を覆う素材も薄い。手応えはあった。それを裏づけるように「いっ……！」という呻きが、潤の耳にも届く。

右腕に力が入らなくなったらしく、Ｚ９００の速度が落ちる。それにともない安定感を失った車体が、ふらふらと揺れ始める。ライダーはなんとか立て直そうとしたようだが、最後には電柱に激突して停止した。

だがまだ諦めない。即座にバイクを乗り捨て、逃走を図る。

潤は特殊警棒を振り上げてライダーに立ち向かう。

――が、ライダーが振り向きざまに懐から鈍色《にびいろ》の物体を取り出したのが見え、全身が硬直する。

ライダーはやはり拳銃を所持していた。

「近づくな！」

フルフェイスのヘルメットの奥の瞳と、目が合う。

その瞬間、記憶にある三人の写真のうちの一枚と、目の前の男の顔が重なった。

たしかこの男の名は、山脇俊尚――。

肉厚なまぶたに挟まれた細い目の奥の、外斜視気味の視線が、記憶と一致する。

だが山脇の視線は、すぐに潤から逸《そ》れた。

「んがっ！」と思い切り鼻を鳴らしたような声を上げ、山脇がそばの建物のシャッターに激突する。建物は『うなぎ』の看板を掲げているが、おそらくもう営業はしていなそうな、もしかしたらすでに売却済みではないかと思われる、古い建物だった。

鈴木が立ち上がるのを見て、なにが起こったかを悟る。鈴木が山脇に跳び蹴りを食らわせたのだ。

山脇は痛そうに顔を歪めているが、まだその手には拳銃を握ったままだ。ふたたび潤に向けて拳銃をかまえようとする。

潤は山脇の懐に飛び込み、拳銃を持つ右腕めがけて特殊警棒を振り抜いた。

たしかな手応え。

山脇の手を離れた拳銃が宙を舞う。

「このやろ！　なにしやがる！」

腹を蹴られ、後頭部をしたたか地面に打ち付けた。ごん、と衝撃音が頭蓋に響く。だがヘルメットのおかげで痛みはない。

山脇は拳銃めがけて駆け出した。

が、鈴木に足を引っかけられて転倒する。

そこにすぐさま元口、山羽、鈴木が飛びかかる。

地面に落ちた拳銃を素早く回収したのは、木乃美だ。

「確保！　確保！」元口が叫ぶ。

「苦しい苦しい。どいてくれ。抵抗しないから」

三人の警察官にのしかかられて、山脇はさすがに観念した様子だ。

鈴木と山羽が立ち上がり、元口が山脇を後ろ手に組み伏せて手錠をかけた。

「おまえ、椿山組の刺客か」

元口が山脇の頭から乱暴にヘルメットを抜き取る。

「知らねえよ。なんの話だ」

ぷいと顔を背ける男の顔を、潤はよく観察した。間違いない。

「こいつ、山脇俊尚です」

山脇はぎょっとした顔になった。だが次の瞬間には、そっぽを向いてしらを切る。

「誰だよ、それ。知らねえよ」

「すっとぼけてると得しないぞ」

刺青を探しているのだろう。元口が山脇の服をめくり上げながら、身体を検分し始める。

潤は木乃美に声をかけた。

「ありがとう。木乃美が写真の男だと教えてくれなかったら、危なかった」

「別に。私はただ見たことを言っただけだし、ほとんどなにもできていないから」

木乃美が照れ臭そうに手を振る。

「あった！　桜の花びら！」

元口が高らかに宣言した。

「なんなんだよ！　あんたら交機だろ！　こんなことする権限あるのかよ！」

そう言う山脇は、すっかり肩をはだけさせられていた。剝《む》き出しになった左肩の部分に、たしかに桜の花びらが確認できる。

「やっぱ、あの刺青には大きな意味がありそうですね」

眉をひそめる鈴木の肩を、潤はぽんと叩いた。

「サンキュー。ヘタレにしてはよく頑張った」

「この期に及んで憎まれ口を叩かないと気が済まないんですか」

「感謝してる」

「とても命の恩人にたいする台詞だとは思えませんけどね」

むっとした顔を作りながらも、鈴木は嬉しそうだ。

「ふざけんなよ！　んなことしてただで済むと思ってんのか！　不当逮捕だ！」

「冗談だろ。拳銃ぶっ放しそうになってたやつがよく言うぜ」

膝で山脇の背中を押さえつけながら、元口があきれ顔で振り返る。

「ハジキは交機にゃ関係ないだろうが！」

「どんな理屈だ」

「そいじゃ元口さん、交機は交機らしく切符切ってあげたらいいんじゃないですか」

潤の軽口に、元口が乗っかってきた。

「それもそうだな。おい、身分証どこだ」

「持ってねえ」

「嘘つけ。こりゃなんだ、財布じゃないのか」

山脇の尻ポケットから元口が抜き取ったのは、二つ折りにされた合皮の財布だった。

「中身見せてもらうぞ」

「勝手に見んな！」

元口が放り投げた財布を、潤は両手でキャッチした。

身分証を探せと手で指示されたので、財布の中身をあらためる。カードを収納する部分から、運転免許証らしきカードが少し飛び出していた。

運転免許証を取り出してみる。

そして記載事項を確認した瞬間、潤は言葉を失った。

「どうしたの」

木乃美が隣から覗き込んできて、同じように絶句する。

「どうしたんだ」

近づいてきた山羽に、運転免許証を差し出した。

眉間に皺を寄せて免許証をしばらく凝視した後で、山羽が顔を上げた。

「こいつはいったい、誰なんだ」

免許証に記載されていた氏名は『山脇俊尚』でなく、『竹下功一《たけしたこういち》』だった。

5

「お疲れさまです。お邪魔しまーす」

『ありあけハーバー』の紙袋を提げた坂巻が分駐所にやってきたのは、『山脇』あるいは『竹下』の逮捕劇から二日後の夜のことだった。

　事務所では各々のデスクについたA分隊の面々が、書類作成や日中の取り締まりで交付した反則切符の整理などの業務を行っていた。

「また『ハーバー』なの」

　鼻に皺を寄せる木乃美に、同じ表情が返ってくる。

「そんな顔するな。今回はいつもと違うぞ。ミルクモンブラン味たい。っていうか、『ありあけ』っていうたら横浜の誇りやないか。いつも同じとか文句言わずに素直に喜べ。おまえには郷土愛っちゅうもんがないのか」

「そんなん、バリバリの九州訛りで言われてもね」

　鈴木が笑い、木乃美が口を尖らせる。

「そうだよ。部長、九州じゃない」

「出身は九州だがいまは横浜在住やし、第二の故郷やと思うとる」

「だとしても、相手は拳銃を所持したヤクザだよ。発砲されたら大変なことになってたかもしれないんだし、そんな危険を冒した私たちへの労いが『ハーバー』っていうのは、いくらなんでも安上がりじゃないの」

「感謝の気持ちを値段で測るな。お手頃な値段でも一流の味たい。そんな言うなら食わんでいい」

坂巻が木乃美から遠ざけた紙袋に、「じゃ、本田のぶんはおれがいただくことにする」と元口が歩み寄る。

「食べる！」木乃美は慌てて元口を制した。

「なら文句言うな」

包み紙を開いた『ありあけハーバー』の箱から、隊員に一つずつ配られた。

「結局、やつは山脇だったんですか」

受け取った個装を開封しながら、潤が訊ねる。

Ｚ９００で暴走したライダーは、椿山組から除名された三人のうちの一人、山脇俊尚だと思われた。事前に見せられた写真と人相が似ていたし、先ごろ潤に発砲した猪瀬と同じように拳銃を所持していた。猪瀬と同じく、桜の花びらの刺青も入れていた。

ところが山脇だと思って拘束した男の財布から出てきた運転免許証には、まったく別人の氏名が記載されていたのだった。

「たぶんな」

「また曖昧な返事ですね」

鈴木が眉根を寄せる。

「しょうがない。唯一所持しとる身分証には、違う名前が載っとる」

「あの免許証は偽造じゃないのか」

山羽の質問に、坂巻が口の中の『ありあけハーバー』を飲み込みながらかぶりを振った。

「偽造ではありません。免許証の竹下功一という人物は、たしかに実在しとるようです」

「あの男は、山脇じゃなかったの?」

木乃美に訊かれ、坂巻は渋い顔で後頭部をかく。

「いや。そんなことはないと思うんやけど」

「ならどういうことだ。まったく違う名前の免許証を所持していて、しかもそれは偽造ではない。だけどあいつが山脇だ……って、わけわからないぞ」

元口が焦《じ》れたように口をへの字にした。

「あの『竹下功一』という名前の免許証は、東京都の公安委員会から交付されたものです。その点は間違いありません。偽造ではない。ただし、交付の過程で不正が行われた可能性が高いと、我々は思うとります」

「戸籍の売買……か」

山羽が目を細め、坂巻が大きく頷く。

「ホームレスや多重債務者なんかの社会的弱者で、運転免許証を所持している者の戸籍を買い取り、その人物のふりをして免許を更新したとでしょう。『竹下功二』が鮫洲《さめず》の運転免許試験場で免許証を更新したのは、つい三週間前でした」

「年齢が近くて、顔立ちも似ていれば、別人になりすまして免許を更新することはできそうですもんね。できるからって、普通はやらないだけで」

鈴木が口のまわりについた食べかすを親指で拭い取る。

「肝心の被疑者はどう言ってる」

山羽の問いかけに、坂巻は無念そうに唇を引き結んだ。

「自分はあくまで東京都足立《あだち》区在住の竹下功一やと言い張っとります。免許証の住所には別人が住んどって、実態と一致しとらんやないかと追及しても、住所変更の手続きを忘れとっただけで、いまは女の家に転がり込んどる、だから現住所はない、っちゅう一点張りで」

「拳銃については？」

そう訊いたのは、潤だ。

「外国人から購入したとさ。どこの、なんていう名前の外国人かて訊いても、ごにょごにょやって濁しよる。まあ、出鱈目《でたらめ》やな。猪瀬が所持しとった銃と同じものやぞ」

「椿山組だけの話じゃなさそうだな」と、山羽が指摘する。

「偽装といっても除名するからには、簡単に組に復帰させるわけにはいかない。だったら破門にしておけっていう話だし、除名にした構成員を簡単に復帰させるのはいくら極道でも仁義にもとる」

「そうなんです。除名したはずの兵隊に一人一丁拳銃を持たせたりしとるように、今回の椿山組の動きは周到で、しかも金がかかっとる。おそらく本家の俠桜《きょうおう》連合からも、カネやヒトの面でかなりの支援を受けとると見とります」

椿山組は全国的な勢力を誇る俠桜連合の三次団体にあたる。

「それヤバいじゃん。モタモタしてないでさっさと自白させなよ。山脇でも竹下でもいいから」

木乃美の発言に、坂巻が言い返す。

「させようとしとる。けど向こうも必死やけんな、なかなかすんなりとはいかんのたい」

「それを落とすのが一課の仕事なんじゃないの」

「うるっさいのう。知ったふうな口利きよって。おまえは黙って『ハーバー』でも食っとけ」

言われたとおりに『ありあけハーバー』をもう一個食べようとして、箱が空っぽになっているのに気づいた。

「もうないじゃん！　私まだ一つしか食べてないのに！」

「おかしいな。一人につき二個は行き渡る計算なのに」

坂巻が顎に手をあてて首をひねる。

「元口さん、二個以上食べました？」

木乃美に追及され、元口が両手を上げて潔白を主張する。

「二個しか食べてないよ」

「鈴木くんは？」

「おれも二個」

全員に確認したが、二個以上食べた隊員はいない。

「こいつはミステリーやな。A分隊五人全員に二個ずつ行き渡るよう、十個入りを買ってきたっていうのに」

坂巻が言い終わらぬうちに「は？」と声をかぶせていた。

「なら部長も食べてるのがおかしいじゃん」

「おれ、食べたか？」

「食べたじゃないの。当然のように食べてたよ」

「ああ。食ってた食ってた」

「食ってました」

元口と鈴木が口々に言っても、坂巻は不可解そうに目を瞬《しばたた》かせるばかりだ。無意識だったので覚えていないのか、あるいは自覚がありながらとぼけているのか。どちらにしろむかつく顔だ。

「そういえば本田、あの話はどうなったとな」

　露骨に話題を逸らされた。

「あの話？」

「ほら。例の、安全運転競技大会に出るはずだった警視庁の交機隊員の事故。その後、群馬県警の交機隊員も事故を起こしたとやろうが。千葉県警のやつに誘われて、群馬まで話を聞きにいったっていう話やないか」

　そんなことよりいまは『ありあけハーバー』！

と思ったが、「そういや、どうだった？」元口を始め、ほかの同僚も興味を示してきたので、坂巻の思惑通りになってしまう。

「千葉県警の船橋っていう隊員が、何者かによる作為を主張しているんだったな」

　山羽はよく覚えている。

「考えすぎですよね。自分の目標としていた存在には完璧であって欲しいという、気持ちはわかりますけど」

　鈴木が鼻に皺を寄せた。

「けど警視庁の隊員が事故った一か月後に、群馬県警の交機隊員が事故したとやろ？」

　坂巻が木乃美を見る。

「うん。群馬県警の館林花織さん。館林さんも全国大会に出場予定だったというだけでなく、豊島さんが欠場することになった段階で、優勝候補の筆頭と目されていた」

「全国大会の優勝候補が、二か月連続で事故を起こした……」

元口が難しい顔になり、鈴木が「しかも」と付け加える。

「どちらも事故の原因が、飛び出してきた猫を避けようとしたこと、だったんですね」

「そうなってくると、たしかに偶然とは思えないな」

潤が虚空を見上げる。

「だが事故の原因は、猫の飛び出しだ。ふいに猫が飛び出してきてひやっとした経験は、二輪や四輪を運転する人間なら誰でもあると思うが、人為的に猫を道路に飛び出させるのは簡単じゃない」

山羽が冷静に指摘する。

「犬と違って、車道を挟んだ反対側の歩道から飼い主がおいでって呼んだところで、素直に道路を横断するわけでもないしな」

鈴木が自分の頭をこぶしでこんこんと叩く。

「となると道路に向かって放り投げる、みたいな強引な手段しかないんじゃないか」

元口がなにかを投げるしぐさをした。

「そんなやついたらクズですけどね。同じ目に遭わせてやりたい」

鈴木は姿の見えない犯人への怒りを顕わにする。

「そこが問題だったんだよね」と木乃美は口を開いた。

「そんな酷いことをする犯人には存在して欲しくないけど、実際に猫の飛び出しが人為的なものだとしたら、そういうやり方しか考えられない。そしてその方法を実行したのなら、犯人は歩道に立っていたはずだから、普通はライダーがその存在を目視する」

「つねに歩道の歩行者全員の挙動を見ているかと言われれば、自信はないけど」

潤は自戒するように虚空を見上げた。

「でも、歩道から車道に向かって猫を投げようとしてたんですよ。そんな不審な行動してるやついたら、さすがに気づくでしょう」

人差し指を立てる鈴木の意見に頷き、木乃美は切り出した。

「この前、群馬に行ったとき、館林さんが事故現場まで案内してくれたんです。現場は片側三車線のかなり広い道でした。少しだけカーブしているものの見通しは良好で、ロードサイドの建物同士も余裕を持って建てられていました。そしてなにより、歩道に人がほとんどいなかった」

元口があぁ、という顔になる。

「あっちは車社会だからな。車がないとどこにも行けないんだろう」

「そうなんです。だからときどき遭遇する自転車や歩行者がかなり目立ちます。あんな状況で歩道から猫を投げ込もうとする不審人物がいたら、さすがに気づきます」

うん、と山羽が首を回す。

「ってことは、二つの事故は本当に偶然が重なっただけ、なのか」

「ただ、やっぱり引っかかりはするんです。二人がともに全国大会の優勝候補で、二人ともが合同訓練で好成績を出した直後に事故を起こしている。しかも原因も同じ、飛び出してきた猫を避けようとしたこと」

木乃美の発言に、元口がうーんと唸る。

「偶然にしても、気持ち悪いといえば気持ち悪いよな。優勝候補と囁《ささや》かれるようになったら事故を起こすなんて、呪いみたいじゃないか」

「呪いじゃ調べようがない」

鈴木は半分諦めたような投げやり口調だ。

「いちおう現場周辺の写真をたくさん撮って、梶《かじ》さんにメールしておきました」

木乃美の報告に、元口の声が弾む。

「なるほど。それはいい」

「交通捜査課か」

坂巻も得心したようだ。

「なにか私たちには見えないヒントを、梶さんが見つけてくれるんじゃないかと」

「梶さんが？」

潤がなにか言いたげに、片眉を持ち上げる。

「梶じゃなくてホームズだろ」

山羽はその場にいた全員の意見を代弁し、にやりと笑った。

6

神奈川県警本部庁舎は、横浜市中区の海岸沿いに建っている。二十階建て九一・八メートルの高層ビルだ。みなとみらい分駐所からは二キロほどしか離れていないが、木乃美がここを訪ねるのは、実に数か月ぶりのことだった。

三階にのぼり、廊下を突き当たりまで進む。

『交通捜査課』のプレートがかかった、磨りガラス越しにぼんやりと光の灯《とも》るこの部屋が、今日の木乃美の目的地だ。

ノックすると「どうぞ」と返事があった。

「お邪魔します」

入室しようとして、ぎょっとして仰《の》け反《ぞ》ってしまう。

一歩外に出てプレートの表示をたしかめた。間違いない。たしかにここは交通捜査課の執務室だ。

そのはずなのに、室内はまるで洋服店だった。いや、洋服店というたとえは洋服店に失礼かもしれない。本物の洋服店なら商品が整然と並んでいて、買い物客の動線も考えられている。少なくとも足の踏み場はある。

執務室——おそらくそのはずだ——は、本来設置されているはずのデスクや椅子などが見えなくなるほど、さまざまな柄のシャツで覆われていた。シャツはハンガーに吊るされ、デスクや椅子、棚、はてはパソコンなど、ありとあらゆる突起に引っかけられている。

シャツだらけの異様な空間から、ひょっこりと見知った顔が現れた。

「本田。どうしたんだ」

ひょろりとした細面でスーツ姿のこの男の名は、梶政和《まさかず》。かつてはみなとみらい分駐所A分隊に所属していた元白バイ乗務員だが、現在はここ交通捜査課で交通事故の原因調査の仕事に携わっている。

「近くを通りかかったので。これ、よかったら」

手に提げていた紙袋を差し出す。

「おお。『ありあけハーバー』じゃないか。しかもラインナップの中でも高級な『ロイヤルハーバー　マロングラッセ』。いいのか」

梶が袋の中を覗き込みながら言った。

「もちろんです。どうぞ」

「おい。宮台《みやだい》。差し入れだぞ」

梶は部屋の奥のほうに声をかけた。

だが聞こえてくるのは、がさごそという物音だけだ。

「宮台。なにをやってる」

　梶がシャツのジャングルに顔を突っ込んだ。

「仕事の内容は説明したはずだ。事故現場に残されていた布片と同じ糸を使用したシャツを探している」

　梶とは違う無感情な男の声が聞こえる。

「そういうことじゃない。せっかく後輩が手土産を持って訪ねてきてくれたんだから、少しぐらい顔を出したらどうだ」

「おまえの後輩だ。おれの後輩じゃない」

「またそういうことを言う。じゃあこの『ロイヤルハーバー　マロングラッセ』は、おれ一人で食べていいんだな」

「好きにしろ。砂糖のかたまりをドカ食いして寿命を縮めたければ」

「ったく、あきれたやつだ」

　梶が戻ってくる。

「悪いな。本田」手刀を立てて謝られた。

「いいえ。お邪魔しているのはこっちですから。それにしても、すごいですね」

　木乃美はあらためて室内を見回した。

「ひき逃げなんだけど、バイクに乗ってた犯人が被害者を撥ねた後でバランスを崩して壁に擦ったらしく、現場には被害者のとは異なる衣服の布片が残されていた。正直、それ以外の証拠が乏しくてな。衣服のブランドを特定することで、犯人の年齢層や人物像を推測しようということらしい」

梶が命令者のいる方向を横目で見た。

「うわ。すごく地道な作業」

似たような柄のシャツばかりで目がチカチカする。

「交通捜査課に来てから、地面に這《は》いつくばってばかりだよ」

「交機に戻ったっていいんだぞ」

部屋の奥から声が飛んできて、梶が顔を歪めた。

「戻りたいとは言ってない。まったく、ひねくれたやつだ」

「ひねくれているのはどっちだ」

ようやく声の主が姿を現した。鳥の巣のような髪型に無精ひげ。つねに眠たそうな生気のない目つきをしているが、眠いとか疲れているというわけでもないらしい。いつもこうなのだと、梶が言っていた。身長は背の高い梶と同じくらいに見えるが、つねに極端な猫背で身を屈《かが》めているため、実際にはもっと大きいのだろう。

「こんにちは、宮台さん。お久しぶりです」

木乃美がお辞儀をすると、ふんと鼻を鳴らされた。

宮台健夫《たけお》。根気強い証拠集めとそれらを結びつけてストーリーを作り上げる論理的思考力で交通事犯を追い詰める通称『交通捜査課のホームズ』。彼のおかげで神奈川県警のひき逃げ犯検挙率が五％も上がったらしい。

　宮台は首を左右に倒しながら言う。

「偶然、近くを通りかかって立ち寄ったような猿芝居はよせ。きみの魂胆はわかっている。この前、梶が見せてきた、群馬の交通事故現場の写真と関係があるんだろう。安全運転競技大会に出場予定だった交機隊員の起こした単独事故」

　お見通しだったようだ。

「頼むよ、宮台」

　合掌する梶を、宮台は冷たい目で睨む。

「この前も話したはずだ。おれは趣味で事故調をやっているわけじゃない。それが仕事だからだ。一銭の得にもならない他所《よそ》さま管轄の事故現場の写真なんて、視界に入れたくもない。余計な情報のインプットは、脳のメモリーの無駄遣いだ」

　館林花織が事故を起こした現場周辺の写真を、木乃美は梶に送っていた。この現場状況ではたして第三者の介入が可能なのかを、宮台に訊いてもらうためだ。梶は木乃美から届いた写真を、すぐに宮台に見せ、事故の発生した状況を説明してくれた。ところが宮台から返ってきたのは、先ほど木乃美が聞いたのと同じ台詞だったらしい。

　――なんだかんだ言ってやつも根っから冷たい人間というわけじゃないし、写真を見るときには少し興味深そうにしていたから、可能性がゼロではないと思う。直接、交通捜査課に来てみろよ。

　梶からそう言われ、手土産の紙袋を提げてやってきたのだった。

「そんな固いこと言うなよ。ちょっとした頭の体操だと思ってさ。な？」

同僚であり親友であるはずの梶が相手でも容赦ない。

「頭の体操なら普段の仕事でじゅうぶんに足りている。それ以外の時間でおれに必要なのは、休息だ」

「それなら」と木乃美は梶がデスクに置いていた紙袋から、『ロイヤルハーバー　マロングラッセ』の箱を取り出し、両手で宮台に差し出した。

「これでちょっとひと息つきませんか」

宮台が箱を一瞥する。すぐに視線を逸らしたが、興味を示したのは明らかだった。

宮台の甘いもの好きについては、梶から聞いていた。考えごとにはブドウ糖が不可欠だと言い訳しながら、見ている梶が気持ち悪くなるほど甘いものばかり摂取しているらしい。

「そうだ、宮台。あまり根を詰めるのもよくないから、甘いものでも食べてひと休みしよう。ただの『ハーバー』じゃないぞ。『ロイヤルハーバー』だ」

「いらん。おまえ一人で食べていいと言ったぞ」

「いいのか。本当に。『ロイヤル』だぞ」

「そんな庶民的な菓子に『ロイヤル』もない」

宮台は悪態をつき、部屋の奥に消えていった。

駄目だったか。木乃美はがっくりと肩を落とす。

「偏屈なやつだな。本当に食べちまうぞ」

「好きにしろ」

「わかった。好きにさせてもらう」

梶は箱を開け、個装を一つだけ手にした。残りを木乃美に渡してくる。

「おれは甘いものそんなに得意じゃないから、一つでいい。残りは持って帰って、A分隊のみんなに配ってくれ」

「いいんですか」

でもせっかく買ってきたのに、と思っていたら、梶が片目を瞑《つぶ》ってなにかを訴えかけてきた。いいからおれの言う通りにしろという表情だ。

「宮台はいらないって言ってるからな。せっかく持ってきてくれたものも、おれ一人じゃ食べきれずに腐らせてしまう」

「じゃあ」と受け取ろうとしたとき、宮台と目が合ってぎょっとなった。

宮台はシャツの山から顔を半分だけ覗かせ、恨めしそうにこちらを見ている。

「話が違う」

「なにが」梶は『ロイヤルハーバー』の個装を開け、半分ほどかじる。

「おれは一人で食えと言ったはずだ。持ち帰らせろとは言っていない」

「どう処分しようと、おれの勝手だ」

「違う。おれは条件付きでおまえに処分の権限を与えた。その条件を守らないのなら、当然に権限も剝奪される」

大股で歩み寄ってきた宮台から、箱ごと奪い取られた。

「甘いものを好きじゃないおれが一人で食べきれずに菓子を残すと見越していたわけだ。食いたければ素直に食えばいいのに」

「食ったら余計な推理ごっこに付き合わされる」

「食べたからといって、なにかしなければいけないということはありません。どうぞ、召し上がってください」

そう言う木乃美に、宮台は鋭く視線を滑らせた。

「借りを作るのは主義じゃない」

梶がにやりと唇の端を吊り上げ、親指を立てる。

「ありがとうございます」

「礼はいい。対価はすでに得ている」

宮台は個装の袋をいくつかポケットにしまった上で、一つを開けて食べた。もぐもぐと口を動かし「うん。悪くない味だ。『ロイヤル』を冠するだけのことはある」と前言を撤回する。

そして言った。

「可能だ」

唐突すぎて、それがなにを意味しているのかわからない。

宮台がこちらを見る。

「それが知りたかったんじゃないのか。単独事故にしか見えない現場で、何者かによる作為の介在する余地があるのか」

木乃美の疑問にたいする回答だったらしい。

「本当ですか」

「あくまで可能性に過ぎないので、本当に他者の作為が介在しているのかは知らない。だが可能か不可能かでいえば、可能だ」

木乃美と梶は互いの顔を見合った。

「どうやる」梶が訊く。

「東京と群馬、二つの事故に共通しているのは、事故を起こしたのがバイクであること、そして原因が、飛び出してきた猫を避けようとしてハンドル操作を誤ったこと、だったな」

「はい」木乃美は頷いた。

「ライダーはどちらも現役の交機隊員で、しかも全国大会の優勝候補と目されるほどの腕前だった。ちょっとやそっとのアクシデントでは、ハンドル操作を誤るなんて、まして事故を起こすなど考えにくい。猫の飛び出しは不測の事態ではあるが、おそらく法定速度を遵守し、周囲への注意も怠っていなかったであろう二人が、事故を起こす原因としては弱い。普通ならば、せいぜい急制動で停止するぐらいだろう」

木乃美はうんうんと頷く。そうなのだ。普通ならば事故など起こらない。普通ならば。

「にもかかわらず、二人は急ハンドルを切って事故を起こした。つまり予想を超える速度で、突然、視界に猫が飛び込んできたと考えられる。歩道に猫の姿などなかったはずなのに、突如として目の前に現れた。二人にとっての事故直前の印象は、そんな感じだったはずだ」

「そんなこと、ありえるのか」

梶が怪訝そうに眉を歪める。

「現実にはありえない。音速で移動する猫など実在しない」

なんだ、という感じに空気が弛緩《しかん》しかけたが、続く宮台の発言でふたたび緊張感が戻る。

「二人は現実でないものを見たのかもしれない」

「現実でないもの？」

木乃美が訊き返し、梶が首をひねる。

「幻覚でも見たっていうのか。事前になにかしら薬物を飲まされていたとか？」

「薬物なんて飲ませなくても、現実でないものを見せることはできる」

意味がわからない。なんともいえない微妙な空気が流れる中、宮台が動いた。

部屋の出入り口のほうまで歩き、引き戸のそばに設置されたスイッチを弾く。ささっとカーテンレールを滑る音がして、もともと薄暗い部屋がさらに暗くなり、天井からスクリーンがおりてくる。

最後までおりきったスクリーンに投影されたのは、猫の映像だった。どこかの家の塀の上に座った猫が、前脚で顔を洗うようなしぐさを見せている。

「二人が見た猫は本物じゃなく、映像だった……ってことですか」

木乃美の質問に、無感情な声が応じる。

「可能か不可能かを考えただけだ。本物の猫が飛び出してきて、ハンドル操作を誤った。たまたま二人とも注意を怠って、歩道をよく見ていなかった。そういう可能性だって、もちろんある。ただ、何者かが悪意を持って事故を起こさせようとした。そういった仮定のもとに、ではどうすればそれが可能になるかを考えてみた」

「となると、犯人はプロジェクターを持ち歩いていたってことになるぞ？」

梶はいまいち納得できないようだ。

「この部屋のプロジェクターはそんなに小さくないし、電源の供給も必要なのでお世辞にも携帯性にすぐれているとはいえないが――」

そう言って宮台は、壁際の天井近くに設置されたプロジェクターを見上げる。

「いまはもっと小型で、充電池を内蔵したものも出回っている。持ち歩くのは難しくない」

「でも」と木乃美は軽く手を上げて疑問をぶつけた。

「プロジェクターって、なにかに投影するものですよね。直接人間の顔に向けて投影して、映像が見えるものなんですか。しかも日中の明るい時間に」

「見えない」

宮台があっさりかぶりを振る。

「じゃあ、どうやって——」

「事故を起こした二人はバイクに乗っていた。だとすれば、ヘルメットを装着していたはずだ」

あっ、と思わず声が出た。ヘルメットのシールドに映像を投影した。二人がどのタイプのヘルメットを使用していたのかはわからない。だが、交通安全への意識の高い現役交機隊員なら、保護面積の少ないハーフキャップタイプということはないだろう。フルフェイスタイプか、ジェットタイプ。そして走行中に虫や埃が目に入るのを防ぐために、走行中はシールドをおろしていたはず。日差しの強いこの時期だから、サングラスをかけていた可能性もある。

宮台がポケットから『ロイヤルハーバー』の個装を取り出し、封を切る。

「群馬と東京、二か所の現場での、事故発生時刻の太陽の位置を調べてみた。群馬は道路沿いにあった中古車店の野立て看板が、東京では雑居ビルが、それぞれ太陽を遮って、現場近くに大きな日陰を作っていた。シールドに投影された映像が鮮明に見えただろう」

「そうはいってもプロジェクターだぞ。歩道から車道にプロジェクターを向けていれば、かなり目立つと思うが」

　梶の指摘も織り込み済みだったらしい。

「歩道に立っていれば、それは目立つだろうな」

　どういうことだ。木乃美は眉をひそめつつ、宮台がふたたび口を開くのを待った。

「この前、梶に送ってきた現場付近の写真では、たしか現場のすぐ近くにコンビニがあった」

「はい。ほんの数メートル先がコンビニの駐車場――」

　そこまで言って、はっとなった。「犯人は車に乗ってた?」

「あくまで可能性の話だ」と前置きした上で、宮台は続ける。

「駐車中の車内から車道にプロジェクターを向ければ、歩道に立って同じことをやるより格段に目立たない。あるいはプロジェクターは車外の地面に置いたってかまわない。投影角度と焦点距離を調整してしまえば、目的の車両が通過する少し前のタイミングでリモコンのボタンを押すだけだ」

　宮台が口をもぐもぐとさせながら言う。

「警視庁の豊島茜の事故の現場周辺も確認した。事故現場の数メートル先にコインパーキングがあった」

「宮台。おまえってやつは……なんだかんだ言ってしっかり調べてるんじゃないか」

　梶に肘で小突かれ、迷惑そうにする。

「この事故の真相が実際には事件だとしたら、サンプルケースとして非常に重要になる。おまえのためでも、本田のためでもない。後学のためだ」

「本当に素直じゃないな」

「あくまで仮説だ。本当に何者かの作為が介在したと言いたいわけではない。どうしても犯人がいることにしたいのなら、こういう方法で犯行が可能になる、という一例だ」

「ありがとうございます」

木乃美は身体を半分に折って礼を言う。

「でも、かりにこれが本当に事件だとしたら、犯人の目的はいったいなんなんだ」

梶が腕組みをした。

「警視庁の豊島茜が全国白バイ安全運転競技大会の優勝候補の筆頭、そして豊島の欠場によって優勝候補の筆頭に繰り上がったのが、群馬県警の館林花織、ということを考えれば、ほかの出場選手による妨害工作と考えるのが、もっともわかりやすくはあるな」

鳥の巣頭を揺らしながら披露された推理に、梶が疑義を唱える。

「けど、いくらなんでも……って気はしないか。優勝候補筆頭とそれに続くナンバー2が消えたら、そりゃほかの選手にとって優勝の確率は高くなる。けどなんだかんだいっても、全員が各都道府県警の予選をくぐり抜けてきた猛者だぞ。たった二人排除したからといって、優勝確実になるやつなんかいない」

「世の中にはとんでもないバカがいる。警察組織にも一定数、そういうやつが紛れていても不思議じゃない」

どんなくだらない動機もありえると言いたいらしい。

「いつもながらキツいな」

梶が苦笑する。

「だが梶の言うことにも一理ある。年に一度の大舞台、所属する警察組織を背負って出場するから、どんな手を使ってもライバルを蹴落としたいという者もいるだろう。とはいえ、一人二人蹴落としたところで自分の優勝が確実になると考えるような自信家は、そもそも他人を蹴落とす必要すらないと考える。万が一、犯行が露顕した場合のリスクを考えても、あまり頭のいいやり方とは思えない」

いずれにせよ、と『ありあけハーバー』の空き袋をくしゃりと握りつぶし、ポイッと背後に放り投げる。

「本人に訊いてみればわかる」

「本人？」

木乃美が訊き返した直後、宮台の投げたゴミがバケツ型のクズカゴに収まった。

7

「――おい。おいってば」

左腕を小突かれて、木乃美は我に返った。

左に顔を向けると、片眉を歪めた遥の顔がある。薄手のライダースジャケットを羽織り、ダボッとしたパンツのポケットに両手を突っ込む立ち姿は、やはり警察官というより警察官に補導される側の非行少女のようだ。

「なにボーッとしてんだ。これ、どういうことだよ」

遥が顎をしゃくった先には『建築計画のお知らせ』という立て看板があった。来月から集合住宅の建築に着工すると報せる内容で、当然ながら現時点でそこに建物はない。雑草の生い茂る空き地は、外部からの侵入を防ぐためのロープで囲われている。

「参ったね。引っ越した……ってことなのかな」

咲良がしかめっ面でこめかみをかく。

「住所が間違っていた可能性はないのですか」

容子が眼鏡を直し、木乃美はスマートフォンを取り出した。画面に表示させたのは、運転免許証だった。白黒なのは、運転免許証をモノクロコピーした紙を撮影したものだからだ。

木乃美のスマートフォンを背後から覗き込んでいた早苗が、「間違ってない」ぼそりと呟く。

「転居後住所変更の手続きをしてないってことだ」

咲良ががっくりと肩を落とした。

「雑草の生長度合いを見る限りでは、前にあった建物が壊されてからかなりの時間が経過しているようです。免許証の住所変更を怠ったために、記載事項が現状と異なるケースは珍しくありませんが、住人はいつ引っ越したのでしょう。これでは、免許更新の通知ハガキも受け取れません」

容子がロープ越しに敷地を覗き込む。

「んだよ！　せっかくの週休だってのに！」

遥が舌打ちをしながらアスファルトの地面を蹴った。

所属の異なる白バイ乗務員たちが集っているのは、東京都葛飾《かつしか》区の住宅街だった。交通捜査課の宮台に相談したところ、小型のプロジェクターで走行中のヘルメットのシールドに映像を投影すれば、事故を起こすことは可能だと言われた。東京と群馬、二か月連続で発生した事故現場のそばにはどちらも駐車場があり、事故発生時刻には日陰になるなどの条件も揃《そろ》っているという。

東京で発生した豊島茜の事故現場近くのコインパーキングには、防犯カメラが設置されており、幸いにも過去三か月ぶんの映像が保存されていた。宮台は警視庁の知人を通じてコインパーキングのオーナーにかけ合い、映像を入手してくれた。

そして事故発生時刻前後の映像を解析したところ、不審な行動をする赤いシャツの男が浮かび上がったのだった。男は白いミニバンで事故発生三十分前にコインパーキングに入庫し、事故から三時間後に出庫した。不可解なのは、男が入庫後、事故発生時刻まで車内に留まっていたことだ。そして事故発生直後に車を残して現場を立ち去り、ほとぼりが冷めたころを見計らうかのように、三時間後に車に戻った。プロジェクターを使用したところまでは角度的に捉えられていないため、男が茜に事故を起こさせたと断定はできない。だが、目の前で茜の事故を見たはずなのに、通報も救護もしていない点は不自然だ。

防犯カメラはミニバンのナンバーを記録していた。東京都大田区のレンタカー店から貸し出されたもので、借主は都内在住で四十二歳の市岡大吾《いちおかだいご》という人物だった。

――ここまでだ。後は自分でやってくれ。

宮台はそう言って、運転免許証のコピーを差し出した。市岡がレンタカー店に提出したものを入手したらしい。「本当は面倒見がいいのに、どうして悪態をつかずにおれないんだ」と梶にひやかされ、迷惑そうにしていた。

メッセージアプリのグループでことの経緯を伝え、市岡を訪ねてみるつもりだと投稿すると、我も我もと名乗りを挙げ、グループに参加する五人全員で訪ねてみることになったのだった。

木乃美たちが立っているのは、市岡の運転免許証に記載された住所だった。市岡はこの場所に建つアパートの一〇二号室に住んでいるはずだった。

だが、建物自体が存在しない。これではお手上げだ。

「車を借りたときには、すでに引っ越していたってこと？」

咲良が渋い顔をする。

「おそらくそうでしょう。建物が壊されてすぐという雰囲気でもありません。レンタカー店では免許証の提出が求められるだけで、記載された情報が現状と異なるかまでは確認しません。もっとも、虚偽の情報が記載された身分証をもとに車を借りたのなら、市岡のやったことは犯罪ですが」

容子が冷静に分析する。

「本田。どう責任とるんだよ。こんなの張り込みどころじゃないぞ」

遥にすごまれ、木乃美は後ずさる。

「ご、ごめん」

アパートの付近で張り込んで在宅を確認し、市岡を訪ねてみる手筈《てはず》になっていた。

「やめなよ、船橋さん。木乃美ちゃんから強引に誘われたわけじゃない。私たちが無理を言ってついてきたんじゃん」

咲良にたしなめられても、遥は収まらない。

「うるせえ。こいつが犯人がわかったなんて言うから……」

遥が言葉を切ったのは、遥の目の前に早苗が立ちはだかったからだった。

「本田さんは、犯人がわかったなんて言ってない。怪しい男が防犯カメラに捉えられていたと言っただけ」

遥は早苗に背を向け、地面を蹴った。

そのとき、空き地の隣の一軒家から老人が出てきた。側頭部にだけ白い髪の毛が残った、八十歳前後ぐらいの男性だ。男性の住まいらしき一軒家もかなり古そうなので、この空き地についてなにか知っていそうだ。

「すみません」

まず木乃美が駆け寄り、ほかのメンバーもついてきた。

老人が顔を上げ、はてと首をかしげる。

「とうとうお迎えが来たのかな。こんな大勢の美女に囲まれるなんて」

よかった、これなら話が聞けそうだと安心しつつ、木乃美は空き地を指差した。

「そこって、以前アパートが建っていましたよね」

「アパート」アパート、アパート、と口の中で何度か繰り返し、老人はこちらを見た。

「ああ。あったな。あったけど、十年以上前のことだよ」

「そんなに?」

木乃美は目を丸くした。背後の仲間たちも、戸惑ったように互いの顔を見合っている。

「取り壊されてからも、けっこう経つな。相続で問題が起こったらしくて、ずっと空き地のまま放置されてたんだ。それがようやく解決したのかね。こんどアパートを建てるっていうんで、建設会社が挨拶に来たよ。しばらくうるさくしますけどすみませんって」

「アパートに市岡大吾っていう男が住んでいたのを、覚えてませんか」

遥が木乃美を押しのけてくる。

「さすがに名前まではなあ」

老人は首をひねった。

木乃美はスマートフォンに市岡の免許証のコピーを表示させ、顔写真の部分だけを拡大してから、老人に見せた。

「この人です。見覚えありませんか」

老人は「ちょっと貸して」とスマートフォンを受け取り、眉をひそめて顔に近づけたり遠ざけたりした。

「こんな見るからにヤクザ者っぽいガラの悪いの、いたかなあ」

見覚えはなさそうだった。だが、代わりに重要なヒントをくれた。

「そこのアパートの店子のことだったら、商店街のあおい不動産に行ってみればいい。大家があそこの不動産屋と幼馴染《おさななじ》みとかで、店子は全員あそこの不動産屋を通して契約してたみたいだから」

五人は老人から教えてもらった商店街の不動産仲介業者を訪ねた。商店街の一角に店舗をかまえる、こぢんまりとした街の不動産屋さんといった趣の店だ。大人数で押しかけても迷惑になりそうなので、木乃美と遥だけが店に入り、残りは外で待つことにした。

店に入った木乃美たちに応対したのは、若いスーツ姿の男だった。だが来意を告げると、「そういうことなら」と店の奥に声をかけて社長に取り次いでくれた。

社長は、最初の男を二十歳ほど老けさせて三〇キロほど太らせたような容姿だった。家族で経営している店のようだ。

取り壊されたアパートに住んでいた市岡大吾について聞きたいと告げると、社長は怪訝そうな顔になった。もしかして、市岡さんの家族か親戚かと訊いてきた。なんでも、市岡大吾は家賃の滞納を繰り返し、最終的には夜逃げしたのだという。五か月ぶん溜《た》まった家賃は、いまだに清算されていないらしい。

「もしも市岡さんを見つけたら、伝えてくれませんか。時効は成立しているからいまさら家賃を払えとは言いませんが、せめて大家さんのお墓に手を合わせるぐらいはしてやってくださいと」

当時アパートの大家だった男性が亡くなり、相続をめぐって泥沼の争いが繰り広げられた結果、取り壊された跡地が放置されることになったのだという。いまアパート跡地は大手ディベロッパーの手に渡っているらしい。

「でもよかった。免許の更新をしているということは、市岡さん、生きてるんですね。なにか事件にでも巻きこまれたんじゃないかと、心配していたんです」

社長は市岡の無事を心から喜んでいるようだった。

だが木乃美の考えは違った。

「あの写真は、市岡じゃない？」

咲良が目を丸くし、容子が眉根を寄せる。

「なりすまし……？」

さすがの早苗も驚きを隠せないようだ。

「どうもそうらしい。最後に本田が市岡の免許証の写真を見せたら、別人だと」

遥がポテトを何本かつかんで口に運ぶ。

「市岡さんが夜逃げしたのは十年以上も前のことで、記憶が薄れてきてはいるけど、本人じゃないのは間違いないって、社長さんが言ってた。何度も家賃を滞納して催促のために訪ねてたから、たびたび顔を合わせていたらしいの」

木乃美は社長から聞いた話を伝えた。

五人がいるのは、商店街にあるファストフード店の二階だった。木乃美と遥が不動産仲介業者に聞き込みをする間、ほかの三人はここで待っていたのだ。昼のピークタイムが終わって落ち着きつつある店内で、二人用のテーブルを三つくっつけて六人掛けの席を作っている。

「偽造免許証ってこと？」

虚空を睨む咲良に、遥がかぶりを振る。

「違う。免許証自体は本物だ」

そうだよな、と確認され、木乃美は頷いた。

「そう。免許証は本物」

「どういうことですか」

容子と早苗が身を乗り出してくる。

「本物の市岡さんは、自分の身分を売り渡したんだと思う」

木乃美は椿山組を偽装除名されたと見られる山脇俊尚が、別人の免許証を所持していた話をした。『竹下功二』なる都内在住の人物の運転免許証だが、記載された住所に『竹下功二』の居住実績はなかった。『竹下功二』と同じく『市岡大吾』の運転免許証も、つい最近更新されたものだった。

「市岡を名乗っているのはたぶん、この男だと思う。古手川信治」

木乃美はスマートフォンに写真を表示させた。

タヌキの耳と口がくっついて、目が巨大になり、輪郭が丸く変形させられた男の写真だった。対象を動物顔に変身させるアプリを通じて撮影されたものだ。最初に市岡の免許証を見たときには、タヌキ男と結びつかなかった。だが巨大化した目を小さくして、まん丸の輪郭をタマゴ形に引きのばしたらどうだろう。かなり似ている。

「似ているといえば、似ている……でしょうか」

容子は懐疑的な態度だ。人差し指で眼鏡を押し上げ、眉間に皺を寄せる。

「椿山組が『凶　龍《クレイジードラゴン》』襲撃のために偽装除名した刺客……ってこと？　横浜ヤバくない？　そんなの表向きはもう椿山組とは無関係なわけだし、なにをしでかすかわかったものじゃないじゃん」

笑おうとしたが上手く笑えないという感じの、ぎこちない咲良の表情だった。

「古手川の行方は？」

早苗の質問に、木乃美はかぶりを振った。

「わからない」

「そんなんじゃ、身元を特定したところで意味ないっての」

遥が皮肉っぽく鼻を鳴らす。

「っていうか、なんでそんなやつが交機隊員狙うわけ？　木乃美ちゃんの話が本当なら、そいつの狙いはコリアンマフィアってことだよね」

咲良が全員の顔を見回しながら問いかける。

「しかも抗争は神奈川なのに、事故現場は東京と群馬。不可解ですね」

容子は腕組みをした。

「なにが、目的なんだろう……」

早苗が遠くを見るような顔になる。

「そんなのわかるわけないじゃんか。捜一とかマル暴とかなら、元ヤクザに狙われる動機が見つかるかもしれないけど、交機だぞ」

遥が苛立ちを表すようにテーブルをとととん、と人差し指で叩いた。

「不当な交通取り締まりに抗議している……とか」

咲良がドリンクのカップを手に取り、ストローを口に含む。

「でも他人の身分とはいえ、運転免許証は手に入ってるんだよ。しかもゴールド免許」

木乃美は言った。交通取り締まりへの逆恨みを晴らすために不法な手段で運転免許証を入手するというのも、おかしな話だ。

「本田さん。本当に市岡は、古手川なのでしょうか。アプリで加工した古手川の写真と、運転免許証の市岡の写真。似ているといえば似ていますが、そう思って見ているから似ているように見えるだけ、とも感じるのですが」

容子の諭すような口調に、木乃美も自信がなくなる。ううん、と唸ったきり黙り込んでしまった。

「元暴力団員が交機を狙うなんて、動機が見えなさすぎる」

咲良も容子の意見に賛成のようだ。

「元暴力団であろうと一般市民だろうと、所属の違う二人の交機隊員に事故を起こさせる動機なんてない。ありえない。全国大会に出場するあたしたちライバル以外には」

遥は全国大会出場妨害説に帰結するつもりらしい。

「犯人なんていなくて、偶然の事故が重なっただけかもしれないし」

咲良はさらに遡って「出来すぎた偶然」説を唱えたが、遥に一蹴された。

「なら茜の事故現場近くの防犯カメラに映っていた不審な男は、どう説明する。事故を目撃しているはずなのに、その場から立ち去っているんだぞ」

重たい沈黙が訪れた。

その沈黙を破ったのは、早苗だった。

「私たちの中に犯人はいない」

「なんだよ、それ」

遥が鼻に皺を寄せる。

「いない。ぜったいいない」

「それは願望だろう。根拠もなくそんなことを言ったって――」

遥を遮って、容子が口を開く。

「根拠はあります。私たちにはアリバイがあります。それに、防犯カメラに捉えられていた不審な人物は、男性です」

「そうだね。少なくとも、ここに犯人はいない」

咲良は自らに言い聞かせる口調だ。

「市岡が誰かの共犯者だとしたら、あんたらのアリバイは無意味になる――」

冷笑を浮かべる遥を「それを言ったらキリがない」と早苗が遮った。

「なんだよ。あたしは客観的に状況を分析――」

「犯人はいない。私たちの中には」

早苗に語気強く言い切られ、遥はむすっと唇を歪めた。

「真実はわからないけど、私はこの中に犯人がいるとは思いたくない。みんなはどう?」

木乃美の問いかけに、思い思いの頷きが返ってくる。

その中で遥だけが、不機嫌そうに押し黙っていた。

「船橋さんは？」

ぎろり、と睨まれた。

反発を覚悟したが、遥はむすっとした顔のまま頷く。

「そんなの、当たり前だろう。身内を疑うなんて、本当はしたくない」

「じゃあ、少なくとも私たちの中に犯人はいないという前提のもとに、どうすれば犯行が可能になるか……っていう推理をしてみない？」

「どういうこと？」

咲良が目を瞬かせる。

「限られた範囲でしか共有されていない情報を、知りえた人間は誰か。それを特定し、犯人像を推定する、ということでしょうか」

さすが容子は察しがいい。

「いいと思う」早苗は即答した。

「よくわからないけど、仲間を疑いたくないから賛成」

咲良が手を上げる。

「あんたは」と早苗が遥を見る。

遥はけっ、と顔を背け、「勝手にすればいい」と吐き捨てるように言った。

全員の同意が得られたとみなし、話を進める。

「まずは標的の選定。犯人は、合同訓練で優秀な成績を残した選手を狙った。それをどうやって知りえたか」

「訓練に参加していた交機隊員なら知りえる」

そう答えた遥を、容子がたしなめる。

「私たちの中に犯人はいないという前提のはずですが」

「あたしたち以外にも交機はいる」

「そこを疑いだしたらキリがなくない？」

咲良が口をへの字にし、こちらに意見を求めてくる。

「そうだね。まず身内は省こう」

木乃美が頷き、遥はうんざりとした様子で顔を歪めた。

「仲良しこよしもたいがいにしろ。合同訓練なんて、宿泊棟からも離れたなにもないだだっ広い訓練コースで、警察官だらけの中でやってるんだぞ。さりげなく紛れ込むなんて無理だし、その結果も知りようが――」

早苗が声をかぶせる。

「食堂」

なにを言っているのか、という感じの沈黙がおりた。

数秒後に、あっ、と遥が口を開く。それを皮切りに、その場にいた全員がにわかに色めき立った。

「食堂か。ありえる。合同訓練の場に立ち会っていなくても、食堂で聞き耳を立てていればその日の訓練の様子はだいたいわかる。誰の走りがよかったとか、誰が失敗したかなんて、とくに秘密にする話じゃないから、周囲を警戒することもないし。なにより、あそこには誰でも出入りできる。警察官でなくても」

咲良は小鼻を膨らませて興奮気味だ。

「それだけではありません。食堂で聞き耳を立てていれば、交機隊員のプライベートの情報も仕入れられます。みんなで横浜で集まるという話も、食堂でしました」

容子の指摘で、木乃美は自分の発した言葉を思い出した。

——続きはお昼休憩のときに。

「した。たしかにした。日時と集合場所も食堂で決めた」

「すごい！　早苗ちゃん！」

咲良に褒められ、早苗がもじもじと下を向く。

「犯人は研修所宿泊棟の食堂で情報収集した。そう考えれば、標的の人選にも説明がつきます」

容子は食堂の様子を思い出そうとするような顔だった。

「ってことは、次回の合同訓練にも、犯人が現れるかもしれないってことか。捕まえるチャンスじゃないか」

懐疑的だった遥も、ようやく可能性に懸けてみる気になったようだ。

「そうだね。私たちはもう、犯人の人相を知ってるわけだし」

咲良は頬を紅潮させている。

だが「待ってください」と容子はあくまで慎重だ。

「前回の合同訓練のとき、食堂は空《す》いていました。利用者全員の顔を確認したわけではありませんが、市岡の運転免許証の写真のように、見るからに反社といったガラの悪い人物はいなかったように記憶しています」

「いなかった」

早苗も同意する。

職業柄、不審人物には自然と視線が吸い寄せられる。少なくとも前回の合同訓練の日の食堂に、市岡の姿はなかった。

「なんだよ。さすがにありえないと思ったんだよ」

遥はいっきに熱が冷めたようだ。

「食堂のどこかに盗聴器を仕掛けているとか、犯人に頼まれた代理の誰かが、聞き耳を立てていた可能性もあるよ。食堂で情報収集するという方向性は間違っていないと思う」

木乃美は全員の顔を見ながら訴えかけた。

「じゃあ、研修所とか食堂の関係者に聞き込みしてみる？　そのときその場にはいなくても、犯人は研修所に出入りしているはずだよね。誰かが不審人物を見かけているかも」

咲良が提案する。

「いいえ」と顔の前で手を重ねて考えごとをしている様子だった容子が視線を上げた。

「良い計画を思いつきました。少し危険かもしれませんが、これなら確実に犯人にコンタクトできます」

人差し指を曲げてくいくいと手招きされ、全員が容子の周囲に顔を寄せた。

容子が覚悟を試すような視線で、全員の顔を見回す。

木乃美たちはごくりと生唾を飲み込んだ。

8

相模《さがみ》大橋を渡り、海老名《えびな》市から厚木市に入った。

混雑する本厚木駅周辺を避けるように北上し、住宅街の細い道を抜けて国道四一二号線へと出る。〈吾妻《あづま》団地前〉の信号を過ぎたあたりで、目的地の看板が見えてくる。

『モトショップ　オオムラ』は、潤の昔なじみのバイクショップだ。いろいろあって足が遠のいた時期もあったが、最近ではオーナーの大村《おおむら》との交流も復活し、ときどき顔を出すようになっている。

来客用の駐車スペースに乗り入れ、エンジンを止めた。

ガラス張りの店の奥から、待ちかねたように男が歩み出てくる。長めのくせっ毛を後ろに流し、口ひげをたくわえた風貌は相変わらずだが、白髪の量とベルトからせり出す腹の脂肪の厚みは年々増している。

「こんにちは」

潤はヘルメットを脱ぎ、軽くお辞儀をした。

「うっす。元気だったか」

大村のこの言葉は潤にではなく、潤の愛車であるニンジャ250Rに向けられたものだ。職業柄、潤はプライベートでも愛車のメンテナンスを欠かさないが、大村は「孫の面倒を見させるのも親孝行だろ」と、ときおりニンジャ250Rを店舗と隣接する整備工場に引き入れる。

大村と互いの近況報告をしていると、駐車スペースに青いスポーツカーが乗り入れてきた。ホンダNSX。サングラスをかけた成瀬が、運転席で気障《きざ》っぽく手を振った。

「やあ。潤ちゃん」

NSXから降り、髪を振り乱しながらサングラスを外す。しぐさがいちいちさまになっているとも言えるが、芝居がかっているとも言える。

成瀬は大村を見て、自分の胸に手をあてた。

「はじめまして。成瀬と申します」

これぞドヤ顔といわんばかりの得意げな表情。

おそらく相手が驚くのを期待していたのだろうが、「はいはい。この店のオーナーの大村です。うちで選べば間違いないから」とあくまで一人の客として扱われ、がくりとずっこける。

「いや。成瀬です。成瀬博己」自分を指差して懸命にアピールする姿が痛々しい。

「成瀬くんね。覚えた。おれ、大村。よろしく」

大村は右手でがっちりと握手を交わし、左手で成瀬の肩をぽんぽんと叩いた。

「僕のこと、ご存じないですか」

「もちろん知ってるよ」

だがそれは成瀬の期待する「知ってる」ではない。

「潤から聞いてるぜ。免許取り立てで初めての単車選びに不安があるってな。おれに任せておけば安心だ」

「そういうことではなくて――」

しつこく食い下がる成瀬に、釘《くぎ》を刺しておく。

「おやっさんはテレビとか見ないから。映画とかもぜんぜん見ないし、芸能人とか興味ないんだ」

「おい、潤。失礼じゃないか。まるで世捨て人みたいな言い方しやがって」

「じゃあ、興味あるんですか」

「もちろんだよ。おれだって商売人なんだ。しっかりトレンドは押さえてる」

「最近おやっさんのお気に入りの芸能人って、誰でしたっけ」

「貴和子《きわこ》ちゃん。原田《はらだ》貴和子。原田知世《ともよ》の姉ちゃんな。『彼のオートバイ、彼女の島』っていう映画のヒロインだったんだけど、最高にかわいかったよな。またあの映画に出てくるカワサキ650RS－W3が良いんだ。名車だよ、名車」

「それいつの映画ですか」

「えーと、そんなに昔じゃないんだけどな……たしか八〇年代だった」

潤は噴き出した。

「おやっさん、八〇年代って、もう四十年ぐらい前」

「知ってるよ。算数は得意だから。四十年前なら、そんなに昔でもないだろう」

大村の押さえているトレンドは、オートバイにかんするものだけだ。

さすがにそれ以降、成瀬の無駄口はなりを潜めた。

店に入り、展示されたバイクを見て回る。

「バイク選びのポイントはいろいろあるけど、インスピレーションは大事だな。見た瞬間にビビッと来るものがあったら、それが一番だ」

「なるほど。インスピレーションか。おれが潤ちゃんに出会ったとき、みたいな感じかな」

意味深な横目を向けられた。

「バイク選びに来たんだよな」

「そうだよ」

「ならちゃんと見ろ」

殴る真似をすると、成瀬が手を上げて身を引く。

その様子を見て、大村が豪快に笑った。

「仲が良いな。まるで姉と弟だ」

「姉、ですか」

成瀬は不服そうだ。

「ああ。しっかり者の姉と、出来の悪い弟ってところかな」

「恋人同士には？」

「見えない」

「まったく？」

「まったく見えない」

その後、成瀬は何台かのバイクに試乗し、最終的にはニンジャ250を購入することに決めた。最初は潤と同じグリーンのカラーに決めかけていたが、ブルーのほうがレアだとか、四輪のNSXもブルーだから統一したほうがいいなどと、大村が上手く誘導してくれた。

購入を決めた成瀬と潤は、店の奥のほうに案内された。そこにはテーブルと椅子が設置された簡素な応接スペースがあり、よく常連たちがバイク談義に花を咲かせている場所だった。

大村がいくつか書類を持ってきて、車両登録やナンバープレート発行のための手続き、納車までの流れを慣れた口ぶりで説明する。

珍しく殊勝な態度で話に耳をかたむけていた成瀬だったが、ふいに店の奥に視線を向けた。

ん？　という感じに、大村が成瀬の視線を追う。

「いや。テレビがある、と思って」

まだこだわっているのか。

「おやっさんはドラマとか見ないから」

「ドラマ、見ないなあ」

最後に見たのはいつだっけ、と大村が頰をかく。

「バラエティーとかも見ないんですか。『ＶＳ嵐』とか。おれが出たとき、ＳＮＳのトレンドワードにも挙がったんだけど」

「ブイエス？　潤、知ってるか」

「いや。わからないけど、格闘技かなにかの番組ですかね」

大村を笑えないほど、潤もテレビや芸能人の話題には疎い。

成瀬が自分の目もとを手で覆う。

「どうした」

潤の質問に「なんでもない」と顔を横に振り、成瀬はテーブルの上のボールペンを手にした。

「ここに書けばいいんですか」

「ああ。あと、ここと、ここな」

大村が書類の記入欄を指差す。

「あのテレビ、そもそも点《つ》くんですか」

潤はテレビの黒い液晶画面を見つめた。店の奥の白いキャビネットの上に鎮座するテレビは、二十四インチぐらいだろうか。考えてみれば、これまであの液晶画面になにかが映っているのを見たことがない。

「ぜんぜん点くよ」

やや心外そうに、大村が口を尖らせる。

「そうなんですか。もうとっくに壊れてるのかと思ってた」

「壊れてない。ちゃんと毎日ニュース見てるぞ。たまたまその時間に、潤がいないだけだ」

大村は席を立ち、キャビネットのほうに向かう。そしてリモコンを手に取り、テレビに向けた。

液晶画面に映像が表示された。トイレ用洗剤のコマーシャルが流れている。

「ほら、な」

「本当だ」

大村はふたたびテレビにリモコンを向けて電源を切ろうとしたが、「あっ」と動きを止めた。

画面の中には、いま潤の隣で書類を記入しているのとおなじ顔があった。こめかみに汗の筋を作りながら、美味《うま》そうに炭酸飲料を飲んでいる。

大村が液晶画面と成瀬の間で、忙しく視線を往復させた。

「なんか、似てるね」

「似てるっていうか、本人です」

芸能人だと気づいてもらえたのがよほど嬉しいのか、成瀬はコマーシャル以上の弾けるような笑顔だった。

「へーっ。そうだったんだ」

大村が感心したように頷きながら、潤を見る。

「潤。知ってた?」

「そういう仕事してるっていうのは、知ってました。実際に見たのは初めてです」

「それおかしいって。街を歩いてればどっかで見るでしょ。この顔」

まじまじと成瀬を観察していた大村が、難しい顔で首をひねる。

「顔は整ってるけど、あんま特徴ないからなあ。見ても気づかないかも」

「そういうの本当にショックなんで、やめてもらえます?」

「悪い悪い」

大村に謝られ、「まあ。いいですけど」と、成瀬がふてくされたように書類記入に戻った。

「そうだったんだなあ。成瀬くんはアイドルだったんだ」

「俳優です」強い口調で訂正する。

「俳優さんだったんだ」

大村がリモコンを手にし、ふたたび電源を切ろうとする。

が、今度は「ちょっと待って」と潤が止めた。

コマーシャルが終わり、午後のニュースワイド番組が始まっていた。司会者がカメラに向かって神妙な顔つきで語りかけている。

潤が気になったのは、司会者と女性アナウンサーに挟まれた、中継画面だった。そこには見覚えのある景色が映し出されている。

成瀬が画面の隅に表示されたテロップを音読する。

「横浜で銃撃事件。巻き添えの市民が重体……」

「横浜だと。潤」

大村に言われなくてもわかっている。毎日走り回って知り尽くした土地だ。

テロップでは横浜と表示されているが、表示されている景色は、外の人間が想像するようなお洒落《しゃれ》な港町ではない。

福富町。

伊勢佐木町《いせざきちょう》の裏通り。韓国料理店と風俗店の建ち並ぶディープスポット。

そして姜鐘泰の暮らす街。

「最近あのあたりヤバいらしいな」

大村の言葉には反応せず、潤は液晶画面を見つめていた。胸騒ぎがする。巻き添えになったという市民の名前は報道されるのか。早く、早く。なかなか求める情報がえられずにもどかしさが募る。

たまらずにスマートフォンを取り出し、姜にメッセージを送った。既読にならない。なにをしている。ガソリンスタンドで仕事中か。それならかまわない。

だがそうでなかったら——。

「ちょっと……」

ちょっと、なにをしようというのか。自分でもわからないまま立ち上がる。

「おい！　潤！」

「潤ちゃん！」

大村と成瀬の声に応える余裕はなかった。

店の外に出てスマートフォンを確認する。やはり姜に送ったメッセージに既読のサインはついていない。反応が待ちきれずに電話をかける。呼び出し音が鳴り続けるばかりで、応答はない。

そうだ。坂巻なら知っているかもしれない。坂巻の電話を鳴らした。

数度の呼び出し音に続き、九州訛りの声が応じる。

「お。おう、川崎。どうした」

戸惑ったような話し方を聞いて、胸の内に暗い雲が広がる。忙しくて話したくないというより、相手が潤だから話したくないというふうに感じた。

取り越し苦労かもしれない。そうであって欲しい。

「福富町で銃撃事件があって、一般市民が巻き添えになったと聞きましたが」

「いまその現場におる」

そうだろう。背景が騒然としている。

「巻き添えになった市民の名前を、教えてもらえませんか」

躊躇《ちゅうちょ》するような間があった。

「川崎。落ち着け」

その言葉が、すでに答えになっていた。

その後、坂巻が告げた名前を聞いて、潤の視界に暗幕がおりた。

しばらく呆然《ぼうぜん》とした後で、ニンジャ250Rに跨がり、キースロットにキーを差し込む。

「潤ちゃん！」

いつの間にか、成瀬がそこにいた。追いかけて店を出てきたらしい。

「ちょっと……」

「ちょっとって、なに？　どうしたの？」

「ごめん。行かないと」

潤はエンジンを始動させ、横浜方面に走り出した。

4th GEAR

1

駐車場にバイクを止め、病院の玄関めがけて走った。

玄関をくぐってロビーに飛び込む。息を切らして駆け込んできたライダースジャケットの女に、ロビーにいた患者たちの視線が集中する。だが気にならない。遠慮なく周囲を見回し、制服警官の姿を見つけた。

駆け寄ってみると、制服警官は顔見知りだった。潤の素性を怪しむことなく、どこに行けばいいのかを教えてくれる。

階段を使って地下に向かった。一段おりるたびに気温が冷たくなり、嫌な湿り気を帯びた空気がまとわりついて、身体が重くなる。

そして階段をおりた廊下の先に、強面《こわもて》がいた。あとは坂巻と峯、それに、おそらく県警本部組織犯罪対策課所属と思われる強面の男が何人か。組対《そたい》こと組織犯罪対策課は暴力団等の取り締まりを行う部署だ。

「川崎、さん……」

姜は信じられないものを見た、という顔をした。

「川崎」

坂巻や峯、組対課らしき男たちに目礼をし、姜《カン》に視線を戻す。

「大丈夫なの？」

姜は左手に巻いた包帯を見せた。

「おれは平気です」

おれは――銃撃の巻き添えになった市民は、一人ではない。それは坂巻から聞いていた。

潤はすぐそばの扉を一瞥した。

いいですか、と目で問いかけると、坂巻から頷きが返ってくる。

潤は『霊安室』のプレートの掲げられた扉を開けた。

薄暗い空間を照らしているのは、蠟燭《ろうそく》を模したキャンドルライトの乏しい灯《あか》りだけだ。その光に照らされて、ストレッチャーが暗闇に浮かび上がっていた。ストレッチャーにかけられた白い布は、人のかたちに盛り上がっている。

潤はゆっくりと、ストレッチャーに歩み寄った。横たわっているのは、子供のように小柄な身体だった。だが布の間からわずかに覗く皮膚の皺で、それが子供ではなく高齢者だとわかる。

　潤は深呼吸をして、遺体の顔を覆う白い布をめくった。

　姜の祖母・金秀蓮《キムスヨン》の顔が現れた。彼女に出会ったのは、一か月ちょっと前だった。それきりになった。自宅に招いて茶を振る舞ってくれた。その皺だらけの唇が二度と開くことはない。言葉を発することはない。その現実を受け入れられない。夢か幻の中にいるようだった。だから実感はない。怒りや悲しみも湧いてこない。潤の心は虚無で満たされている。

「腹に銃弾を食らって、病院に着いたときには、もう……」

　背後から坂巻の無念そうな声がする。

「犯人は――」言いかけて、部屋の入り口のほうを確認する。姜は組対課の刑事と話している最中だが、聞こえないように声を落とした。「例の、椿山組の？」

「そうらしい。誰を狙っとったのかは知らんが、『凶龍』のメンバーでも近くを歩いとったとやろうか。標的には一発も当たらず、無実の市民が巻き添えを食っただけっちゅうのは、いかにも皮肉な結果たい」

　悔しげな舌打ちがコンクリートの壁に反響する。

「ただ」と坂巻が視線を上げる。

「犯人はわかっとる。彼に刺客の写真を見せたら、日下部通雄の写真を指して、こいつで間違いないと言うとった」

坂巻がジャケットの胸ポケットから日下部の写真を取り出した。パンチパーマに薄い眉。筋肉を誇示するようなタンクトップ姿からのびる両腕は、刺青で埋め尽くされている。たしかにこれならわかりやすい。

潤は廊下のほうを見た。気丈に事情聴取に応じる姜の肩が、ちらちらと見え隠れしている。

日下部の写真に視線を戻す。

「この影みたいな部分は、痣《あざ》でしょうか」

日下部の顔の左のこめかみあたりにある、赤黒くなっている箇所を指差した。影のようにも、痣のようにも、たんなる写真の傷や汚れのようにも見える。最初に写真を見せられたときから気になっていた。

「ここか。たしかに痣のように見えるな。確認しとらんかった」

ちょっと訊いてこよう、と坂巻が部屋を出ていく。

潤は遺体に手を合わせてから、坂巻の後を追った。

廊下に出ると、坂巻とぶつかりそうになる。ちょうど戻ってくるところだったらしい。

「川崎、でかした。痣らしいぞ。日下部の顔の左側には大きな痣がある」

「そうだったんですか」

大きな手がかりだが、到底喜ぶ気にはなれない。失われた人命は戻らない。

「こんなに目立つ特徴があるのなら、髪型や服装じゃ誤魔化しきれん。日下部のやつ、ぜったいに捕まえてやる」

坂巻の広い肩越しに、姜のほうをうかがい見る。

事情聴取に応じていた姜が、ちらりと視線を上げてこちらを見た。ぞくりとした。別人だ。姿かたちは紛れもなく姜なのに、なぜかそんな印象を受けた。不器用だが祖母思いで、毎日同じメニューの弁当を黙々と食べ続けた、心優しいあの青年の瞳から、完全に光が失われていた。

結局、潤は声をかけることすらできずに病院を出た。

駐車スペースに止めていたニンジャ250Rのシートに手をついたとたん、深いため息が漏れる。なんのためにここまで来たのだろう。事件の報せを聞いて、居ても立ってもいられなくなった。身体が自然に動いた。ここに至るまでの記憶は曖昧だ。

だがここに来てどうしたかったのか。祖母を目の前で亡くした姜が、潤に会って笑顔を見せてくれるとでも思ったのか。少しかかわりがあった程度の白バイ乗務員の存在が、励みや支えになるとでも思ったのか。自分がなにをしたかったのか、なにを期待していたのか、潤にはわからない。大丈夫なの。かけることのできた言葉はそれだけだ。大丈夫なわけがない。無力感に苛《さいな》まれる。

そのときふいに、スマートフォンが振動した。

成瀬からの電話だった。

「潤ちゃん。やっと出た」

何度も電話をくれていたようだ。

「ごめん。気づかなかった」

「それはかまわないけど、大丈夫？　あの後テレビでやってたけど、福富町で撃たれたの、あの韓国人の彼だよね」

そういえば最初に姜と出会ったとき、成瀬も一緒だった。

「そう。急に飛び出したりして、ごめん」

「謝らないでいいよ。おれもそっちに向かおうか」

「いや……」

少し迷った。自分がいるだけで喜んでくれる相手と一緒ならば、少しは心の空洞が埋められるだろうか。

だが、それは違うと思い直した。「いい。ごめん。今日はもう、このまま帰っていいかな」

少し戸惑うような間があった。

「いいけど、大丈夫？」

「大丈夫。今日はごめん」

通話を終えると同時に、脱力感に襲われた。

急減速、急加速を繰り返しながらパイロンスラロームと8の字走行を突破した。両脚でしっかりと車体をホールドし、ステアリングを握る両手は指先まで鋭敏に神経を研ぎ澄ましている。

2

「よっしゃ！　良い感じ！」

元口の声を聞きながら、小道路旋回エリアに入った。

小道路旋回とは違反車両の取り締まりを行うための緊急発進を想定した技術で、道幅往復約五メートルのエリア内で、発進と同時にUターンを行うというものだ。白バイ乗務員にとっては基本中の基本であり、最初にぶつかる壁でもある。木乃美も新人のころは大の苦手だった。

マーカーで示されたスタート地点で、いったん完全に静止する。

まずは右に顔をひねって後方を確認。木乃美の視線の先には、両手で画用紙を持ち上げた審判役の姿がある。

「トヨタハリアー！」

画用紙に書かれた車種名を読み上げ、発進した。

スロットルオンのまま半クラッチをキープ。そのまま車体を深く倒し込む。目の前に地面が迫ってくるような感覚だが、以前のような恐怖はない。視線は先に。フルステアは緩めない。内側の足を軽く地面について感覚をたしかめながらくるりとターン。その途中で視線をさらに先に。上体は車体と反対側に大きく立てるリーンアウト。しかし下半身でしっかりと車体をグリップして安定させる。

半円を七割ほど描いたところでクラッチをつなげ、車体を起こす。だが曲がりきるまではフルステアを崩さない。

車体が完全に垂直になった。普通ならばここで上体を前傾させて加速態勢に入るのだが、大会では小道路旋回を二回連続で行うため、ブレーキを握ってＣＢ１３００Ｐを停止させた。

ふたたび後方確認。

「スズキランディ！」

画用紙の車種名を読み上げ、スロットルを開いた。

再度の小道路旋回も難なくクリアした木乃美は、二度目のパイロンスラームを抜け、ナローコースに入った。シートから腰を浮かせ、立ち乗りの状態で、棒状のソフトトコーンで作られた狭路に進入する。

バイク一台がようやく通過できるほどの狭い道だ。ここをソフトコーンに触れないように進む。身体の重心をずらしながら、竹のようにしなやかに。全身を使ってバランスをとりながら、しかし力みすぎないように意識しながらマシンを制御する。

ソフトコーンのコースを抜けると、待ち受けるのは幅三〇センチほどの一本橋だ。ただし全国白バイ安全運転競技大会の一本橋は、教習所の二輪教習で実施されるものに比べたら難易度が桁違いだ。途中にクランクがあってくの字に折れ曲がっている上、いくつか段差が設置されている。

「あっ、ゆみぃの、のっ、ろぃー、もっのはないー」

ナローコースに入ってからというもの、木乃美は小声で童謡『うさぎとかめ』を口ずさんでいた。ナローコースはクリアすればいいというものではなく、ゴールの標準時間が定められている。今回は三十秒から三十五秒。三十秒より早かったり、三十五秒より遅かったりすれば減点になる。そのためどれぐらい時間が経過したのかを計るため、木乃美のように歌をうたう選手は多い。

小刻みに上体を揺らしてバランスをとりながら一本橋を進む。時間には余裕があるので、急ぐ必要はない。ゆっくり。ゆっくり。むしろここで時間を稼ぐぐらいで。落ち着いて。

審判役の何人かが至近距離でしゃがみ込むようにしながら、木乃美の走りに目を光らせる。最初はその厳しい視線が気になってミスしてしまったが、いまではすっかり慣れて、意識することもなくなった。他人がミスさせるのではない。他人の目を意識するあまり、自分がミスしてしまうだけだ。

「おっしゃ！　順調順調！」

元口の声援を背中に浴びながら、一本橋を抜けた。

またもソフトコーンの狭路。ここも左右のソフトコーンに触れないように走り抜ける。

たぶん、三十……二秒！

ナローコースのゴール横に立つ審判役が白旗を上げた。標準時間内。減点なし。

「よしっ！」

達成感に、自分でも声を出してしまう。

いよいよ最後の回避制動だ。

スタートラインでの停止を確認した審判役が、フラッグを上げる。

木乃美は地面から足を浮かせ、バイクを発進させた。

スロットルを全開にして急加速する。強烈なGに抗《あらが》うように前傾姿勢になった。

正面に設置された信号機がみるみる近づいてくる。コースはその手前で左右に分かれている。

右か。左か。

どちらの指示が出ても対応できるよう、神経を研ぎ澄ませる。

コースの分岐まであと一〇メートルというところで、右を示す信号が点灯した。

木乃美はブレーキを握ると同時に、素早くステアリングを右に切った。ＣＢ１３００Ｐは右側のコースに進入する。

分岐の先すぐに停止線がある。ここにぴたりと止めればゴールだ。

これまで経験がないほどの会心の走り。

木乃美は思わず右手のこぶしを握り締め、ガッツポーズを作りかける。

だが――。

ゴールラインを見ていた審判役が上げた旗は、赤だった。

よく見ると前輪のタイヤが数センチだけ、ゴールラインを越えていた。

それでも元口が拍手で労ってくれた。

「よくやったぞ。過去最高の走りじゃないか」

茨城県ひたちなか市の自動車安全運転センター安全運転中央研修所には、一か月ぶりに関東七都県の交通機動隊員が集結し、全国白バイ安全運転競技大会に向けての合同訓練を行っていた。

「でも最後が……」

最高の走りができたという自覚があるだけに悔しさも大きい。どうしてあそこで気を緩めてしまったのか。あそこできっちり停止線に止められないのが、自分の甘さなのだろう。

「訓練ってのは課題を見つける場所だ。いまの走りで課題が見つかったなら、それはそれでよかったじゃないか」

その通りかもしれない。けれどやっぱり悔しい。

完璧な走りができなかったことだけではない。今日だけは、どうしてもほかの選手に勝ちたい。その理由があった。

「本番前最後の合同訓練だもんな。ここでしっかり結果を出しておきたかったという気持ちはわかる。だが慢心するよりはよほどいい。あと一か月、しっかり調整していこう」

元口から肩を抱くようにして励まされた。

「はい」と応えはしたものの、そういう問題ではないのだ。とにかくいま、結果が欲しかった。

九月に入った。日中はまだ三十度を超える真夏日が続いているが、日に日に日没の時間が早まり、秋の気配を感じさせる。仮想コース上にもトンボの群れが飛んでいた。

「最後の回避制動で油断してしまったが、おれの見たところ、それ以外は完璧に近かった。いまぐらいのパフォーマンスを本番でも発揮できたら、もしかしたらもしかするってことも……」

元口の口を噤《つぐ》ませたのは、木乃美の次にスタートした千葉県警の船橋遥の走りだった。

「やばいな」

「どうなってんだ。前回とは別人じゃないか」

近くにいた他県の男性交機隊員同士が話しているのが聞こえる。

木乃美もその会話の内容と同じような感想を抱いた。

まるで別人だった。全身から漲る気合いは前回と同じでも、無駄な気負いが消えている。直線的な印象だった走りに、しなやかさが加わっている。

半開きになった元口の口は、遥がゴールするまで閉じることはなかった。

やがて我に返った様子で木乃美に視線を戻す。

「えーっと、なんか今日はみんな、やたらと気合い入ってんな。本番前最後の合同訓練だから気合いが入るのはわかるけど……すごいな」

木乃美の走りを見て感じた高揚が、すっかり消し飛んでしまったらしい。

午前中の訓練を終え、宿泊棟の大食堂で食事を摂ることになった。

大食堂に向かう途中で、遥が話しかけてくる。

「今日イチはどう見ても、あたしだよな」

異議なし。咲良も容子も早苗も、いつも以上に素晴らしい走りを見せたが、今日の訓練でもっとも目立った活躍を見せたのは、どう考えても遥だった。あの場に居合わせて異論を挟む者はいない。それほどの圧倒的な走りだった。

背後から容子の声がする。

「もちろんそれは認めます。素晴らしい走りでした。それはそれとして、食堂のほかの利用者にも気をつけてください」

「わかってる。やつがいるかもしれないからな」

遥が警戒するように目を細め、黒目を左右に動かした。

前回と違い、大食堂はかなり賑わっていた。民間企業の研修と重なったらしい。

木乃美は食器を載せたトレイを両手に持ち、空席を物色するふりをしながら市岡の姿を探した。おそらく市岡本人はここにいない。研修施設という性格上、この施設の利用者の多くが団体客だ。一人でぽつんと座っていれば目立つ。

「おい、本田。なにやってんだ。ここ座れよ」

空席を見つけた元口が手招きをする。

木乃美は元口の隣の席についた。対面には同じ神奈川県警代表選手たちが腰をおろし、食事を始める。ほかの県警もいつものように、それぞれチームごとに固まって食事しているようだった。

「しっかし、すごかったですね。千葉県警の……なんていったっけ」

対面の同僚が、早速合同訓練の感想を述べ始めた。

「船橋さんです。船橋遥さん」

「そうそう。船橋。あいつ、どうしちゃったんだ。あんなに上手かったたっけ」

不思議がる同僚に、元口がカツ丼をかき込みながら言う。

「気合い入ってるんだろうよ。怪我して出られなくなった警視庁の豊島とは高校の同級生だったらしいし、豊島の弔い合戦じゃないけど、代わりに自分が頑張らないとって、思ってるんじゃないか」

「そうだったのか。道理で」と同僚は納得したようだった。

「っていうか、船橋もたしかにすごかったんだけど、なんか今日、女子選手、やたらと気合い入ってなかったか」

元口が言い、「たしかに」「全員気合い入りすぎてて顔がちょっと怖かった」と同僚たちが口々に同意する。

「おまえも過去イチだったしな、本田」

口をもぐもぐと動かしながら、元口がこちらを振り向く。

「ありがとうございます。豊島さんに次いで館林さんまで怪我して出場が危うくなったから、自分たちにも優勝の目が出てきたと思って、みんな気合いが入ってるんだと思います」

「そっか。そうだよなあ。豊島や館林はかわいそうだけど、たしかにほかの選手にはチャンスだよな」

同僚の一人が味噌汁をすすりながら頷いた。

女子選手たちの本当の狙いは、ほかの誰にも明かしていない。あの日、市岡を訪ねて東京に集まった五人だけの秘密だ。犯人が警察内部の人間だとは考えていないが、大人数で秘密を共有すれば情報が漏れやすくなるし、計画にストップがかかる可能性もある。

茜や花織の事故が偶然によるものではなく、何者かによって仕組まれた事件で、なおかつ、犯人が警察内部の人間ではないという前提に立てば——だが、犯人が情報収集している場所はこの大食堂に違いないと、五人は考えた。ここで聞き耳を立てていれば、その日の合同訓練で誰が目立った結果を出したかだけでなく、隊員たちのある程度のプライベートな情報まで仕入れられる。犯人の狙いについてはいまだ想像がつかないが、合同訓練で結果を出した選手が次々に狙われるのだから、情報源はこの大食堂だろう。

　五人の練った計画はこうだ。

　まずはいつも通りに合同訓練を行う。その段階で順位を操作するなどの作為はいっさい挟まない。全員が並々ならぬ意気込みで訓練に臨んでいたのは、そのためだ。

　訓練で好成績を残した選手については、各都県警が大食堂での昼食時に話題にするだろう。木乃美たちの推理通り、犯人が大食堂での会話をなんらかの方法で盗み聞きしているとすれば、次の標的はその選手となる。犯人の動機や狙いは定かでなくとも、豊島茜と館林花織が事故を起こすまでの経緯を考えれば、そうなる。

　そうやって標的を定めさせた上で、狙いやすいように撒《ま》き餌《え》をする。

　ぽん、と肩を叩かれて振り返ると、遥の顔があった。

「来週の木曜日、ツーリングがてらみんなで東京ドイツ村に遊びに行こうって話してるんだけど、あんたもどう？」

「本当に？　行く行く」

「よかった。あんた、横浜からだからアクアラインだよね。現地集合のほうがいいかな。ほかのみんなはいったん酒々井《しすい》のパーキングエリアに集まってから、一緒に行こうって話してるんだけど」

「そっか。私も一緒に走りたいけど、さすがに酒々井まで行くのは遠回りかな。直接行く」

「わかった。じゃあ午前十時ぐらい……かな。現地集合で」

最後にぽんぽん、と木乃美の肩を叩き、遥が離れていく。今度は早苗のところに行って、同じ話をしているようだ。

これが五人で考えた『撒き餌』だった。

遥を次なる標的と定めた上で、いまの話を聞けば、犯人は来週木曜日の朝、犯行に及ぶ。その日、遥が確実にバイクで外出するとわかっているからだ。

標的になる人間は、当然ながら危険に晒《さら》される。犯行を未然に防げなければ、茜や花織と同じ結果になる可能性もある。猫の飛び出しが投影された映像だと頭で理解していても、とっさの事態に上手く対処できる保証はない。だがそれでもあえて危険な役回りを奪い合うところが、正義感の強い警察官だった。

元口が箸を止め、怪訝そうな顔でこちらを見ていた。

「な、なんですか」

「意外だと思って。船橋って、ほかのやつと距離置いてる印象だったから」

「最初はそうだったけど、いまは打ち解けたんです」

木乃美は茶碗を持ち上げ、白飯を箸で口に運んだ。

「でも本田、来週の木曜って、なんか用事があったんじゃないのか。休みたいって言ってなかったっけ」

よく覚えてるな。木乃美はぎくりとした。

来週の木曜に休みを希望したのは予定があるからではなく、この予定を入れるためだった。ほかの四人とあらかじめ示し合わせていた。

「その用事がなくなったところだったんで、ちょうどよかったです」

「そっか」

元口は納得して引き下がるかに思えたが、そうはならなかった。

「ってか、行き先が東京ドイツ村っておかしくないか。若い女が揃って行くなら、普通は東京ディズニーランドだろう」

「それは勝手でしょう。東京ドイツ村に失礼ですよ」

「そっかな」

「そうです。東京ドイツ村にだってたくさん見どころはあります」

「そうかあ?」と語尾をのばされたが「そうです」ぴしゃりと話を打ち切った。

元口はなおも不可解そうだったが、それ以上追及してはこなかった。

木乃美は内心で安堵しつつ、食事を口に運びながら思った。

たしかに、なんで東京ドイツ村なんだろう——?

3

潤はニンジャ250Rに跨がり、スマートフォンを見つめていた。

画面に表示されているのは、姜とのメッセージのやりとりだ。

——大丈夫。ありがとう。

それが姜から届いた、最後のメッセージだった。潤は秀蓮の葬儀に参列したいと申し出たのだが、ごく親しい身内だけのささやかなものにしたいと断られた。

その数日後、潤は姜にメッセージを送った。

——大丈夫？

我ながらボキャブラリーが貧困だと思う。適切な言葉が見つからなかった。どんな言葉をかければ励ましになるのか、想像もつかなかった。

それにたいして返ってきたのが、先ほどのメッセージだった。

「ぜんぜん大丈夫じゃないじゃん」

潤は独りごちた。

先ほど、潤は意を決して、姜の勤務するガソリンスタンドに行ってみた。何日も悩んで、どんな言葉をかけようか、どんな会話を交わそうか、どんな表情を作ろうか、繰り返しシミュレーションを行った上での行動だった。

それなのに、ガソリンスタンドに姜の姿はなかった。店にいたのは『えんどう』くんと、店長らしき男だけだった。あれから一週間が経過している。まだ忌引休暇中なのかと思い、『えんどう』くんに訊ねてみると、姜は仕事を辞めたと告げられた。

なんとも言えない心境だった。どうして伝えてくれなかったのか、という思いと、それも当然だ、という思いが複雑に絡み合う。

ようするに、わざわざ仕事を辞めたことを伝えるような相手ではない、ということだろう。当たり前だ。もう会わないと明確に拒絶された。最初から必要とされていなかったし、今後もそうなのかもしれない。

放っておけばいい。自分になにかができると思えないし、なにかしようと思えば、なにもできない事実を突きつけられて自分が傷つく。相手の力になろうなんて、力があると過信している人間の振る舞いだ。人にはそれほどの力はない。人は無力だ。

けど――。

「あぁっ。畜生っ」

かつての自分なら目を閉じていられた。無視していられた。でもいまはできない。

まるで木乃美だ。いくらなんでも木乃美からの影響を受けすぎだ。

こんなお節介な自分になるなんて。

ヘルメットを脱ぎ、姜への『音声通話』ボタンを押す。

十秒ほどで応答があった。

「はい」たしかに姜の声だが、これまで潤が聞いたこともないような、暗く沈んだ響きだった。

「姜くん……」

その後が続かない。

「仕事、辞めちゃったの。いま、ガソリンスタンドに行ってみたら、そう聞いたから」

「うん。辞めた」

会話が途切れた。潤は懸命に言葉を探して会話をつなげようとする。

「次の仕事は決まっているの」

「決まってない」

「大丈夫なの」

「大丈夫」

不毛なやりとりだ。大丈夫なわけがない。だが固く殻を閉ざした姜の内面に、どこまで踏み込んでいいものか。木乃美ならどうするだろう。

「いま、家にいるの?」

しばらく間があって「うん」と小さな声で返事があった。

「これから行っていい?」

「いや。平気」

「姜くんが平気かどうかじゃない。私が安心したい。顔を見せて安心させて」

姜からの反応はない。

「これから行くから。家にいて」

一方的に告げて通話を終えた。

ふう、と深く息を吐く。ガラにもないことをしたものだ。会話の内容を反芻するだけで顔が熱くなる。

すぐに福富町のマンションまでバイクを走らせた。

駐輪場のVストローム250の隣にバイクを入れ、四階にのぼって扉のブザーを鳴らす。反応がなかったので、何度かボタンを押した。ここまで来て引き下がるわけにはいかない。出てくるまで粘るつもりだった。それでも三度目にボタンを押したあたりから、心が折れてきた。そもそもこんなことをするキャラじゃない。自分がしていることは本当に正しいのだろうか。少しは姜のためになるのだろうか。ただの自己満足じゃないか。

そして、もうこれで反応がなかったら帰ろうと思い、最後にボタンに手をのばしたそのとき、鍵のはずれる音がして扉が開いた。

開いた扉の隙間から顔を覗かせた姜は、無精ひげに顔の下半分を覆われ、淀んだ目をして、すっかりやつれていた。

「こんにちは」

「こんにちは」

しばらく不自然な沈黙がおりた。

光を失った瞳と見つめ合いながら、潤の頭はフル回転していた。なんの言葉すら用意していなかった自分に腹が立つ。いや、ついさっきまではたぶん用意していた。それが姜の顔を見た瞬間に、真っ白になった。これじゃなんのために来たのかわからない。自分が姜の立場だったら、なにをして欲しいだろう。木乃美だったら、こういうとき、どういう言葉や行動で相手を励ますだろう。

潤はおもむろに、姜に顔を近づけた。

「なに」

身を引いた姜の胸もとで、くんくんと臭いを嗅ぐ。

「お酒は飲んでない？」

臭いはしなかったが、いちおう確認する。

「おれ、酒飲まないし」

それは知らなかった。

「それなら」

潤は姜の手首をつかんで引っ張った。

「なにするの」

「走ろう」

「は？」

「走ろう。単車で走ろう」

それが必要だと思ったし、自分にはそれしかできないとも思った。気の利いた言葉は逆立ちしても浮かびそうにない。

「いま？」

「うん。いま。早く」

強く腕を引くと、姜はバランスを崩してたたらを踏んだ。だが、抵抗はない。

「ちょっと待って。メット取ってこないと」

姜がヘルメットとキーを取りに行く間も、潤は身体を挟んで扉が閉じないようにしていた。

「そこらへん一周するだけだから」

そんなことを言っていた姜だったが、走るうちに様子が変わってきた。

後ろから見ていてわかる。走りに力が漲ってきた。潤はVストローム250の後を追いながら、連れ出したのは間違いでなかったと確信した。

信号で停止した姜の横に並び、シールドを持ち上げて呼びかける。

「ついてきて！」

「どこに行くの！」

「来ればわかる！」

信号が青に変わると、潤は姜に先行して走り出した。

国道一号線を保土ケ谷《ほどがや》方面へと走り、戸塚《とつか》区を縦断して藤沢《ふじさわ》市に入る。国道一三四号線に出てからは、左手にビーチを見ながら海沿いの道をひたすら西へ。

最初は信号停止で横に並ぶたびに「どこに」とか「どこまで」と訊ねてきた姜だったが、次第に走りに集中し始めたらしく、なにも言わなくなった。

二時間弱走り続けて到着したのは、芦ノ湖畔《あしのこ》の駐車場だった。

潤は芦ノ湖に向かってニンジャ250Rを止めた。スタンドを立て、ヘルメットを脱いで大きくのびをする。

「気持ちいい。ここまで来ると空気が美味しいよね」

隣にVストローム250を止めた姜も、ヘルメットを脱いで気持ちよさそうに目を閉じている。

「気づいてたかもしれないけど、走ってきたのは箱根駅伝のコース」

「走りながら、テレビで見たことあると思った」

うっすらとだが、今日初めて頰を緩めた気がする。

「なら私のこと、テレビで見たことあるかもね。箱根の先導やったことあるから」

「マジで?」

「マジ」

「すげー」

今度ははっきりと笑顔を浮かべ、凪《な》いだ湖面を見つめる。

潤も同じ方向を見つめた。湖に突き出た突堤から、釣り人たちが釣り糸を垂らしている。

「同僚に木乃美っていう子がいて」

「バーにいたあの人でしょ。顔の丸い女の人」

　姜がこちらに顔を向ける。

「そっか。長妻さんのバーで会ってるね。あの子が木乃美。あの子、箱根駅伝の先導に憧れて神奈川県警に入ったんだ。たしか出身は島根だか鳥取だか、山陰のほうだと思うけど」

「そうなの」

「うん。だから休みの日によくこのコースを走ってた。それに、私も何度も付き合わされた」

「予行演習ってわけだ」

「そうだね。予行演習」

　二人で笑った。

「でもあの子、めちゃくちゃ下手だったんだよ、最初、白バイに乗るのが。よく転《こ》けるし、転けたら転けたでバイク起こせないし」

「白バイって重いでしょ」

　姜は木乃美に同情する口調だ。

「まあね。でも自分で起こせないと、仕事にならない」

「そりゃそうだ」

ふふっと、姜が笑う。

「だから私、最初、木乃美のことを見下してた。なんでこんなに下手くそなのに交機に配属されたんだ……って。なんかあの子、明るいし、愛嬌があってかわいがられるんだよね。だから嫌いだった。下手なくせに先輩にかわいがられて、ミスしても許されて調子に乗りやがって……って。いま考えると、完全に僻《ひが》みなんだけど。私、すごく嫌なやつだった」

「そんなことない。普通だろ」

潤はかぶりを振った。

「いや。嫌なやつだった。自分で壁作ってるくせに、誰も近寄ってくれないって不平を言ってたんだから。でも、木乃美は何度も何度もぶつかってきてくれた。私が酷いこと言ってるのに、拒否ってるのに、何度も、何度も。だから私は気づけたんだ。私は壁を作ってて、木乃美はさらけ出してる。その違いなんだって。木乃美がかわいがられるのは当然なんだって。だっていつの間にか、私自身も木乃美のこと好きになってたし、夢を叶えて欲しいって応援するようになってたし」

「……そうか」

「私は運が良かった。出会いに恵まれたから。木乃美もそうだし、分隊長も、班長も、元口さんも、梶さんも、坂巻さんも、ついでに鈴木も。人によくしてもらったから、変わることができた。こんな意固地で偏屈な女、みんなよく嫌にならずに付き合ってくれてると思うよ」

　ほんとそう思う。しみじみと呟いて、ふと我に返る。

「なんかごめん。自分のことばっかりしゃべっちゃって。うざいよね」

「いいや」

「話するの、あんまり上手くないんだ」

　姜はかぶりを振った。

「ようするにさ」と潤は髪の毛をかく。

「私がやってるのは、物真似なんだよね、木乃美の。自分がされて嬉しかったから、よかったと思ってるから、人にもしてあげたい。そういうことなんだ。木乃美みたいに上手くできないから、なんかおかしな感じになっちゃうんだけど……わけわかんないよね。

いきなりバイクで走ろうとかって、しかも箱根まで」

「いや。連れ出してくれて気分が晴れた」

「本当に？」

「ああ」

　姜の横顔の口角が持ち上がった。

「おれも、出会いには恵まれていると思う」

「そっか」

笑ったつもりだが、上手く笑えているかはわからない。たぶん駄目だ。頬が小刻みに痙攣している。

「木乃美さん、夢を叶えられるといいね」

「実はもう叶えかけてる。来月、茨城で全国白バイ安全運転競技大会っていう運転技術を競う大会があるんだけど、木乃美はそれに神奈川県警代表で出場するんだ。で、箱根駅伝の先導役は大会出場選手から選ばれる」

つまり、よほどのことがない限り、次回箱根駅伝の先導役は決定的だ。

「すごいじゃん」

「すごいでしょ。本当にすごいんだよ」

考えるだけで興奮する。

ぜったいに無理だと決めつけていた。努力するだけ無駄だと馬鹿にしていた。そんな自分だからこそ、木乃美のすごさがわかる。どれだけ頑張ったかがわかる。

「そうだ。大会、観に来なよ」

唐突な提案に、姜は意表を突かれたようだった。

「おれが？」

「全国大会は一般公開されるから。毎年すごい人が集まって盛り上がるんだ。もちろん私も行くから、一緒に行こう」

姜は悩んでいたが、やがて上げた顔は吹っ切れたようにさっぱりとしていた。

「わかった。行く」

「本当に？」

驚きのあまり反応に時間がかかった。

「自分で誘ったんだろう」

「そうなんだけど」

まさか誘いに応じてくれるとは考えてもいなかった。

潤は立てた小指を、姜のほうに突き出した。

「じゃあ、約束だ」

「マジか」

子供じみたことを、という感じに、姜が苦笑する。

「マジだよ」

早くしてよと顎をしゃくると、姜がおずおずと小指を立てる。

その小指に、自分の小指を絡め、『ゆびきりげんまん』を歌いながらリズムに合わせて手を振った。

「もう約束したぞ。ちゃんと守らないとね」

「わかった」

「ぜったいだぞ」

ふっ、と微笑んだ姜が、視線を水面に向ける。

「おれも頑張らないとな」

前向きな発言をしているのに、その横顔はなぜか寂しげだった。

4

成田《なりた》インターチェンジをおりて空港通りに入るや、「はえー」と坂巻が間抜けな声を上げた。「空港作るだけあって、めちゃくちゃ田舎やな」

「部長の田舎のほうがよっぽど田舎じゃないの」

木乃美は目もとを擦りながら言った。いましがた大きな欠伸《あくび》をしていたのだった。

「いやいや、おまえさん。九州馬鹿にしすぎやないか。福岡なんか見てみろ。横浜の外れのほうよりよほど都会やけんな」

「部長。福岡だっけ」

「違う」

「なら福岡と比べるのはおかしいじゃん」

「わかっとる」と面倒くさそうに声をかぶせられた。

「千葉って聞くとなんとなく栄えてるイメージやったけど、こんなのどかなところもあるとやなって感心しただけたい」

「横浜だって、都会っぽいのは横浜駅周辺とみなとみらいだけだけどね」

「まあな」

片側二車線の沿道には、建物よりも緑のほうが目立っている。

千葉県成田市。坂巻の運転する車は、成田インターでおりて、空港通りを成田市の中心街へと向かっていた。成田空港と成田市の中心街を結ぶだけの道なので、平日の朝でもそれほど交通量は多くない。

ふわあ、と坂巻が欠伸をしそうになったので、木乃美は肩を叩いた。

「ちょっと、欠伸しないで」

「おまえはいま大きな欠伸しとったやないか」

「私は運転してないからいいの。部長が欠伸したら前方不注意になる」

「じゃあ運転代わってくれんか」

「やだ。部長の名前で借りた車じゃん。私が運転して事故っても保険おりない」

両手を上げて拒絶を示すと、ちっ、と舌打ちを返された。

「たまの休みに成田くんだりまでレンタカーの運転させられて、これで空振りやったら、ただじゃおかんからな」

「そういうこと言う？　プロジェクターの話をしたら、それはぜったいに古手川だ、防犯カメラに捉えられていた市川大吾は、椿山組の刺客の古手川信治で間違いない、二人は同一人物だ……って言い出して、おれも成田に連れてけって、自分で言ったんじゃん」

正直なところ、坂巻がこんなにすんなり協力に応じてくれるとは思ってもいなかった。プロジェクターで猫の映像をヘルメットのシールドに投影するなんて、馬鹿げている。そんな反応を予想していた。

ところが予想に反し、坂巻は「そういうことか」と鼻息を荒くしたのだった。

捜査本部で古手川信治の経歴について調べたところ、十五年前までカメラやビデオなどを製造する大手精密機器メーカーに勤務していたことがわかったらしい。おもにデジタルカメラの光学設計などを手がけていたようだ。技術者としては優秀だったものの、ギャンブル好きがたたって借金を重ね、職場にまで督促の電話がかかってくるようになり、仕事を辞めたという。その後紆余曲折《うよきょくせつ》あって、椿山組に出入りするようになった。

「たしかにそうやけど、おれだってそんな暇じゃないんやぞ。休日ともなればデートのお誘いも——」

「はいはいはい」と手を振って遮る。

「キャバクラとか風俗嬢からの営業メールはデートのお誘いとは言いません。っていうか、捜一も手こずってるんでしょ。『竹下功二』の正体もわからずに、また勾留期限が切れそうになってるって聞いたよ」

坂巻が痛いところを突かれたという顔をする。

椿山組の刺客の一人である山脇俊尚と思って逮捕した男は、『竹下功二』という名前の運転免許証を所持していた。その後の取り調べでもあくまで自分は『竹下功二』であり、椿山組とは無関係だと主張し続けているという。このまま勾留期限が切れれば、『竹下功二』として裁かざるをえない。

坂巻が木乃美の誘いに応じた背景には、思うような成果が得られず、どんな小さな糸口にもすがりたいという苦しい捜査状況もあるのだろう。

根木名川《ねこながわ》を越えたあたりから、沿道の建物も増えてくる。成田市の中心街に近づいてきた。

「せっかくやけん、成田山にお参りにでも行っときたいな」

「遊びに来たんじゃないんだからね」

そんな会話をしながらカーナビの指示通りに進み、住宅街の中にある小さな公園に到着した。そこにはすでに三台のオートバイが停車している。咲良、容子、早苗の愛車だ。三人はバイクのそばで談笑しているようだった。自動車の接近に気づき、こちらを振り返る。

木乃美は手を振りながら車をおりた。

「おはよう」

「おはよう」と三人が口々に返してくる。

「あの方が？」

容子がレンタカーのほうを見ながら眼鏡の奥の目を細める。

「あれ？　木乃美ちゃんの同期って言ってなかったっけ」

咲良は不思議そうに目を瞬かせた。

「同期だよ。私は高卒で、部長は大卒だから年は違うけど」

「部長……」と小声で呟いたのは早苗だ。

「なるほど。同期と聞いていたからてっきり本田さんと同年代と思い込んでいましたが、民間企業で部長まで経験されて、神奈川県警に入られたんですね」

容子の解釈はだいぶ間違っている。

「なあんだ。ちょっと期待してたのに、おじさんかあ」

咲良は地面を蹴るしぐさで落胆を表す。

「いや。おじさん……」と言っていいものか。

「部長っていうのはただの渾名で、大学受験で浪人していないし民間も経験していないし、年も私の四つ上だけど」

一瞬の沈黙の後、「えーっ！」という三人の声が重なった。

坂巻が運転席からおりてきた。

「どうしたんな。そんな大声出してからに。あまりのイケメンぶりに驚いたか」

そんなふうに解釈できるポジティブさが心底羨ましい。

お互いに自己紹介と挨拶を済ませ、早速本題に入った。

「船橋さんの住まいは、この近くということですね」

坂巻が確認し、咲良が公園に面した住宅を指差す。

「この一本裏です」

「独身寮？」

木乃美は訊いた。

容子がかぶりを振る。

「一般のアパートです。そこの黄色い建物の前の駐輪場に、センカタナが止まっていたので間違いありません」

センカタナとは、遥の愛車であるスズキGSX1000Sカタナの通称だ。

「時間はまだ大丈夫……やな」

坂巻が腕時計に目をやる。

朝の七時半過ぎという時間だった。公園の向こう側を、これから出勤と思われるスーツ姿がちらほらと通過している。

「この前、合同訓練のときに大食堂でした話では、九時に酒々井パーキングエリアに集合して、十時に東京ドイツ村という予定なので、船橋さんが家を出るのは、早くても八時。のんびり出るなら八時半でも間に合うぐらいなので、まだ余裕があります」

容子の報告は仕事中を思わせるようなてきぱきとしたものだ。

「成田インターまでのルートは？」

その坂巻の質問には、咲良が答える。

「事前に船橋さんから聞いています。もっとも、このへんは区画が整然と整備されているので、ルートがいくつも存在するわけではありません。公園通りに出て北上し、〈土屋〉の交差点で右折、空港通りに入ります」

「空港通りに入ってしまえば、成田インターまでは一本道やな」

顎に手をあてる坂巻の斜め前で、うんうん、と早苗が頷く。

「古手川が犯行に及ぶとすれば、ちょっと市街地から離れたあたりかな」

木乃美の言葉に、容子が眉根を寄せる。

「確実に大きな事故を起こさせたいのなら、市街地から離れてスピードが乗ってくる成田空港寄りがいいでしょうが」

そこからは咲良が引き継ぐ。

「でも念のため、公園通りからチェックしておいたほうがいいよね。空港通りばかりに気をとられて、公園通りで待ち伏せする犯人を見落とした、なんてことになったらまずいし」

その場合は最悪、遥が事故を起こすこともありえる。

「もうこれ以上、怪我人は出て欲しくない」

早苗は悲壮な決意を感じさせる表情だ。

「そうだね。おとり役を買って出てくれた船橋さんのためにも、必ず私たちで犯人を捕まえよう」

木乃美も決意を新たにした。

「しかし、そんな方法で事故を起こさせるとはな。いったいなんの目的で……」

坂巻が腕組みをする。

「まだ私たちの推理が正しいかはわからないからね」

木乃美は念押しした。古手川がプロジェクターを利用して犯行に及ぶ技術や知識を持っていそうな経歴だとわかっても、動機が見えない。防犯カメラに捉えられた市岡大吾と古手川の人相が似ていても、犯人の目的が見えない以上、絶対的な確信も持てない。

「私たちの推理がはずれていたとして、今日なにごとも起こらなかったら、それはそれで良いことではないでしょうか」

容子が言い、咲良が頷く。

「それもそうね。茜さんと花織さんの事故が連続したのも偶然に過ぎなくて、交機隊員を狙って事故を起こさせようとする悪者は存在しなかった……ってことになるんだし」

「こんなところまで呼び出されて時間の無駄やけどな」

複雑そうな坂巻の肩を、木乃美はばしんと叩いた。

「そのときはそのときで、成田山でお参りでもして帰ろう」

「一緒に行くのが本田じゃな」

嫌そうな顔をされた。

レンタカー店に提出された運転免許証から、市岡大吾の人相は判明している。もしも市岡が、宮台の考えた方法で遥に事故を起こさせようとするのなら、場所の確保やプロジェクターの調整など、事前に沿道に車を止めて犯行の準備を行うと予想された。そこで遥より一足早く出発し、沿道で犯行準備中の市岡の身柄を抑えるというのが、木乃美たちの立てた計画だった。

「そろそろ行くか」

坂巻がレンタカーを振り返る。

「皆さん、アプリを起動しましたか」

容子がスマートフォンを手に、全員に確認する。事前にインストールしたオンライン会議アプリとワイヤレスイヤホンにより、リアルタイムで状況報告ができるように打ち合わせてあった。

「オッケー」咲良が弾んだ声でスマートフォンを操作し、早苗も隣で頷く。

木乃美もアプリを起動し、指定された会議室に入った。

小さく分割された液晶画面には、この場にいる四人のほか、遥の顔もあった。自宅にいるらしく、背景に洋服ダンスや液晶テレビが映っている。洋服ダンスの横に置いてある大きな熊のぬいぐるみが意外すぎるが、触れたら怒り出しそうなのでやめておく。

『あたしはまだ出ちゃいけないのか』

遥は不機嫌そうだった。寝起きでむくんでいるのか、若干目が腫れぼったい。

「船橋さんはまだ自宅にいてください。外を走り回っているところを見られでもしたら、犯人が異変を察知して逃げ出すかもしれません」

容子が指示を出す。

「逃げたら追いかければいい」

「今日、船橋さんが乗るのは、白バイではないのです。相手がスピードを出しても、こちらは法定速度を守らないといけません」

『わかってるけどさ……つまんないな。自分の手で犯人をとっ捕まえられると思ったから、合同訓練頑張ったのに』

遥は不服そうに鼻に皺を寄せた。

「おとり役でもじゅうぶんに危険です。くれぐれも気を抜かないようにお願いします」

『ああ』

「八時を過ぎたら家を出てください」

『はいはい。それまでにケリがついてんじゃないのか。お楽しみが残っているといいな』

容子、咲良、早苗が愛車に跨がり、一足先にスタートする。

木乃美と坂巻もレンタカーでその後を追った。

住宅街に入って遥の自宅アパート前を通過する。公園通りまでは道が細く、距離も短い。ここで犯行に及ぶのは不可能だろう。

公園通りに出た。先行する容子、咲良、早苗のバイクが、遠く前方の交差点を右折するのが見える。あれが〈土屋〉の交差点のようだ。

木乃美は左に顔を向け、助手席側の窓越しに沿道を観察した。典型的な郊外の地方都市といった風景が続く。ロードサイドに建ち並ぶ店舗の建物はどれも大きく、それぞれが広大な駐車場を有している。犯行にはおあつらえむきの地理的条件をそなえており、犯人捜しをする身としては気が抜けない。

〈土屋〉の交差点を右折し、空港通りに入ってからも同じような状況だった。

「あっ……！」

「どうした？」坂巻がブレーキを踏む。

「ごめん。似てると思ったけど違った」

「なんだ」アクセルを踏んで加速する。

しばらくしてから「あっ……！」とまた声を上げた。

「なんだなんだ」レンタカーが減速する。

「ごめん。見間違い」

そんなことを繰り返すものだから、しまいには後続車にクラクションを鳴らされた。

左耳に装着したワイヤレスイヤホンからは、断続的に仲間からの『異常なし』という報告が飛び込んでくる。市岡の姿はないようだ。

「ちょっと、部長。速すぎる」

「後ろがあおってくるとたい」

坂巻がルームミラーをちらちらと見上げる。

「警察官があおり運転にビビってどうすんのよ」

「ビビっとるわけやなくて、ぶつかりそうで危ないけん」

振り返ると、たしかに後続のＢＭＷがぴったりとくっついていた。ハンドルを握る運転席の男はサングラスをした強面で、車内でなにやら大声でわめいていて、助手席では明るい茶色に髪を染めた中年の女が煙草をふかしている。

勤務中なら問答無用で取り締まるのに。

「先に行かせてあげたら？」

「そうすっか」

坂巻が左ウィンカーを点滅させ、減速する。

ところがＢＭＷは木乃美たちを追い抜こうとせずに、同じように減速して歩道に乗り上げるように停車した。

「なんで抜かんとや」

坂巻が面倒くさそうにルームミラーを見つめる。

ＢＭＷの運転席が開き、男が降りてきた。手にスパナのようなものを持って、なにやらわめき散らしながら近づいてくる。

「やだ。こっち来てるよ。なんかめっちゃ怒鳴ってる」

小刻みに坂巻の肩を叩く。

「わかっとる。あいつ、どうするつもりやろうか」

「逃げたほうがいいんじゃない」

「そうやな。面倒くさくなりそうやし」

坂巻が右ウィンカーを出したそのとき、がんっ、と車の後部から音がした。手に持っていたスパナを投げつけてきたらしい。

舌打ちをしながら、坂巻が運転席の扉を開ける。

「降りたらまずくない？　凶器持ってるよ？」

「レンタカーに傷つけられて、このまま逃げるわけにもいかんやろうが。あおり運転のいかれた男がスパナを投げつけてきたなんて、レンタカー屋に説明しても信じてもらえんぞ。弁償せんといけなくなる」

ばたん、と運転席の扉が閉まる。後方を振り返ると、スパナを拾い上げた男が、坂巻になにやら大声でまくし立て始めた。

坂巻が両手の平を見せながらなだめる。

ふいに男がスパナを振り上げ、殴りかかった。

背は相手のほうが高いようだし武器も所持しているが、だからといって坂巻に殴りかかるのは自殺行為だ。

案の定、次の瞬間には男の身体が宙を舞っていた。

「ああ。もうっ。なんでこんなときに」

木乃美は助手席をおりて、車の後ろのほうにまわり込んだ。

坂巻が男を後ろ手に組み伏せている。勝敗は明らかなのに、男のほうもなかなかの根性だ。足をじたばたとさせて拘束から逃れようとしている。

「部長。どうする」

「どうもこうも、千葉県警のお世話になるしかないやろう」

坂巻が膝で男を押さえつけたまま、ジャケットの懐を探ってスマートフォンを取り出す。

そのとき、「人殺し！」と金切り声が飛んできて、木乃美は両肩を跳ね上げた。

ＢＭＷの助手席にいた女だった。

「人殺しって、どの口が言うか。スパナで殴りかかってきたのはこいつやろうが」

だが女は聞く耳を持たない。

「人殺し！　人殺し！」と繰り返しながら、両手を回転させて坂巻を叩く。

「おいおい。やめろや！　本田！　本田！」

坂巻は片手にスマートフォンを持ったまま、防戦いっぽうだ。

木乃美は後ろから女を羽交い締めにした。

「離せ！　人殺しめ！　助けて！　誰か助けて！　警察を呼んで！」

女がじたばたともがきながら、周囲に向かって叫ぶ。

「私たちが警察です」

「助けて！　誰か！」

幸か不幸か歩行者はいないので、女の叫びに反応もない。

それにしても、こんなことをしている場合じゃないのに。

ちょうどワイヤレスイヤホンからは咲良の声が聞こえてきた。

『異常なし。もう成田インターの手前』

『いませんでした。まだ到着してないのでしょうか』

これは容子の声だ。

『いったん引き返して、もう一回最初から調べてみよう』

咲良が言い、早苗が『了解』と応じる。

そのときだった。

木乃美たちの目の前を、一台の乗用車が通過した。ホンダのステップワゴン。ボディーの色は白。

そしてそのハンドルを握る男は、間違いなく市岡大吾だった。

木乃美は女を放し、車道に出てナンバーを確認する。

「横浜……」

ステップワゴンの後部に取り付けられたナンバーには、そう記されていた。そしてレンタカーであることを示す「わ」ナンバー。横浜から車で来たらしい。

ということは、やはり市岡大吾は古手川——?

こうしてはいられない。

「行ってくる！」

「おい！　本田！　どこ行く！」

坂巻たちを置き去りにして、ステップワゴンを追いかける。当然追いつくはずもない。

『そろそろ出るぞ』

遥の声が左耳に飛び込んでくる。

木乃美はスマートフォンを取り出した。

「市岡を発見！　白のホンダステップワゴンで空港通りを中心街のほうに向かってた！」

『ほんとに？』咲良が真っ先に反応する。

『どこかですれ違ったということですね』と容子。

『Uターンしないと』

ふだん感情を表に出さない早苗の声も、興奮でうわずっている。

だが遥からの反応はない。

「船橋さん？　聞こえてる？　市岡がそっちに向かってる」

木乃美の声は、自分の話し声が聞き取れないほどの排気音にかき消された。遥がセンカタナのエンジンを始動させたらしい。

『うるさいな。純正のマフラーじゃないよね、これ』

迷惑そうに歪めた顔が目に浮かぶような、咲良の声だった。

「聞こえてる？　船橋さん？」

『これでは聞こえな――』

容子の声も聞こえなくなった。左耳に届くのは、耳をつんざくような排気音だけだ。

木乃美は道路を横断し、反対車線側の歩道を走った。もはやステップワゴンの影もかたちも見えない。咲良、容子、早苗たちもまだ追いついてこない。考えてみれば全員がプライベートなので、急ぐとしても緊急走行ができない。法定速度を守るしかないのだ。懸命に駆ける。だがすぐに息が上がり、肺が喘《あえ》ぐ。足も前に出なくなってくる。

もう駄目。咲良たちはまだか。

そう思って振り向くと、タクシーが近づいてくるのが見えた。『空車』のランプを灯している。

迷わず手を上げ、タクシーに乗り込んだ。

「このまま、真っ直ぐ……」

息も絶え絶えな木乃美の様子に、五十がらみの運転手が心配そうに振り返る。

「大丈夫ですか」

答えようとしても咳しか出ない。とにかく早く出してくれと身振りで示した。

タクシーが発進する。

「どこに向かいます？」

「このまま真っ直ぐ」

胸に手をあてて息を整えながら、対向車線側を注視する。

「まだ真っ直ぐ?」

「はい」と答えた直後に、「止まって!」と声を上げた。

対向車線沿いの回転寿司店の駐車場に、ステップワゴンが停車していた。

「急に止まれって言われてもさ」

タクシーが停止したのは、それから五〇メートルほど進んだところだった。

「六百円」と料金を告げられ、ポケットを探ってみて初めて、「あっ」財布を持っていないことに気づく。

運転手はすぐに察したようだった。

「なに。無賃乗車?」

「いや。財布はあるんだけど」さっきまで乗っていたレンタカーの中に。

回転寿司店の駐車場を振り返る。運転席の扉を開いた市岡らしき男が、地面になにやら機材をセットしている。高さ一五センチほどの、筒状の物体だ。あれがプロジェクターだろうか。車道のほうを見ながら少しずつ筒状の物体を回転させて、角度を調整しているようだった。

「船橋さん!　聞こえる?　船橋さん!」

スマートフォンを口もとに近づけて呼びかける。

急に大声を出されて運転手がびくっと身を震わせたが、いまは気にする余裕もない。

そして遥からの応答もない。排気音で音声が聞き取れないのは計算外だった。いつも仕事で使う無線機の感覚でいた。

「船橋さん！　回転寿司の駐車場！　回転寿司！」

聞こえてくるのはやはり、カスタムされたと思しきマフラーから吐き出される爆音だけだ。

「運転手さん。必ず払うから、一回降りていい？」

後部座席左のドアに手をかけたが、ロックがかかっていて開かない。

「なに言ってるの。先にお金払ってもらわないと困るよ」

「わかってる。わかってるんだけど、いま非常事態だから」

「そんなの関係ない。こっちだって生活かかってやってるんだ」

対向車線側の駐車場では、市岡らしき男が運転席に乗り込んで扉を閉めた。筒状の物体は地面に置かれたままだ。調整が終わったのだろうか。

市岡らしき男の右手にはなにやら黒い物体が握られている。リモコンスイッチか。

時間がない。木乃美はこちらに顔をひねっている運転手の目を真っ直ぐに見つめた。

「私は神奈川県警の警察官です」

「あんたが？」

とても信じられないという口調だった。だが信じてもらうしかない。木乃美は真摯に語りかける。

「神奈川県警第一交通機動隊みなとみらい分駐所A分隊所属の、本田木乃美です。身分照会してもらってもかまいません」

いますぐは、と慌てて付け加える。

「困りますけど。とにかく急いでいるので」

話を聞く態勢になりかけていた運転手の顔が、胡散臭《うさんくさ》そうに歪む。

「あの、回転寿司の駐車場に止まっているステップワゴンの運転席に乗っている男が、いままさに、犯行に及ぼうとしています。ほら、あの運転席の下に設置された機械、見えますよね」

運転手が回転寿司店の駐車場を振り返る。

「見えないな。そんな機械、あるか?」

「あるんです。よく見てください」

しばらく目を凝らしていたが、やはり見えないようだった。しきりに首をひねっている。

「あの男は、対向車線を走ってくるバイクに事故を起こさせるつもりです。犯行を止めないといけません。目の前で人が亡くなるかもしれないんです」

「嘘だろ」

「この目が、嘘をついている目に見えますか」

視線に力をこめてみるが、鼻を鳴らされた。

「目を見て嘘をついているかどうかなんて、わかるわけない」

全身が脱力する。

「けど」と運転手は続けた。「もしもあんたの言うことが本当で、目の前で事故なんか起きたら寝覚めが悪い。必ず戻ってきて、料金払ってくれよ」

「ありがとうございます」

ロックのはずれた扉を開き、木乃美は外に飛び出した。

ところがそのとき、対向車線に遥のセンカタナを発見した。排気音を派手に響かせながら近づいてくる。

まずい！

「船橋さん！　聞こえる？　回転寿司！　回転寿司！」

両手を大きく振ってアピールするが、おそらく遥は左側の沿道に注意を払っている。反対車線側の木乃美に気づくかは疑問だ。

木乃美は来た道を引き返すかたちで歩道を駆け出した。

「船橋さん！」

みるみる近づいてきた遥が、あっという間に木乃美を追い抜く。やはり木乃美の存在に気づいた様子はない。

ステップワゴンの運転席を見る。市岡らしき男が、手の中に握り込んだリモコンのスイッチを押した。

センカタナが、回転寿司店の手前に差しかかる。

その瞬間、遥の肩がびくっと震えた。飛び出してくる猫の映像が見えたのだろうか。

転倒する……！

木乃美は呼吸が止まるような感覚を覚えた。脳裏には大きくステアリングを切って転倒するセンカタナの映像が浮かんでいる。

だが、そうはならなかった。

遥は肉体の反射を抑え込んだようだ。センカタナはききっ、と甲高い制動音とリアタイヤのスリップマークを残しながら、三〇メートルほど進んで停止した。

木乃美の全身に血流が戻った。

回転寿司店の駐車場に視線を戻すと、市岡らしき男が運転席の扉を開き、そそくさと機械を回収しようとしていた。

木乃美は車列の切れ目を見計らいながら車道を横断し、対向車線側の歩道に達した。そこからは歩道を走って回転寿司店に向かう。

ステップワゴンのマフラーが、うっすら白煙を吐き出している。犯行が失敗に終わったいま、すぐに現場を立ち去るつもりか。

「逃げるな！」と叫んではみたものの、急に足が速くなるわけでもない。とても間に合いそうになかった。

ところが――。

対向車線から右折で回転寿司店の駐車場に進入してきた三台のバイクが、ステップワゴンの進路を阻むように停車する。咲良、容子、早苗が追いついてきたのだ。わけがわからないという感じに動きを止めていたステップワゴンの運転席の扉が開き、市岡らしき男が降りてくる。

「なにやってんだ！　邪魔だ！　どけコラ！」

遠くまで怒鳴り声が聞こえてくる。

三人はバイクをおり、市岡らしき男に対峙《たいじ》した。おもに話しかけているのは、容子のようだ。

「んなもん、知るか！」

容子の声は聞こえないが、男のほうの声は聞こえる。犯行の事実確認をされて、否定しているのだろう。

「ふざけんじゃねえぞ！　証拠は！」

男にそう言われ、咲良が運転席のほうに歩み寄る。車内を見せてみろとでも言っているのだろう。

だが。

――危ない！

木乃美が警告を声にする前に、男が動いた。

運転席を覗き込もうとする咲良の服を引っ張り、バランスを崩した咲良の首に左腕を巻きつける。そして右手でズボンの腰の部分に隠していた拳銃を取り出し、咲良のこめかみに銃口をあてた。

「近づくな！　近づくとこいつを撃つ！」

驚いた容子と早苗が後ずさる。

「さっさとこのバイクをどけろ！」

男に指示された二人が、自分のバイクまで後退する。

「早くどけ！」

「どくから、その子を放してくれませんか」

容子の声もはっきり聞き取れるようになってきた。

男は背後にまったく注意を払っていない。

木乃美は猛然と駆け寄り、男の膝の裏側を思い切り蹴った。

「おわっ？」

予想外の方向からの攻撃に、がくん、とバランスを崩した男の身体が崩れ落ちる。銃口が咲良から逸れ、上を向いた。

木乃美は男の右腕に飛びついた。

「なんだこいつ！」

男が身体を左右にひねる。木乃美は必死で男の右腕にしがみついていたが、振り落とされて地面を転がった。

「てめえ、この野郎！」

上体を起こした木乃美が見たのは、こちらに向けられた銃口だった。

撃たれる――！

ぎゅっと目を閉じたが、銃声は聞こえない。

目を開けると、今度は咲良が男の腕にしがみついていた。

「離せコラ！」

だがすぐに振り落とされる。

今度こそ撃たれると思ったが、容子と早苗が立て続けに男に飛びかかった。二人で男の右腕をつかみ、拳銃を奪おうとする。

容子はすぐに払いのけられたが、早苗は健闘していた。男の右手を激しく振って拳銃を手放させようとする。

男の手が銃把から離れ、いけると思ったものの、次の瞬間、早苗は仰向けに転倒した。男に腹を蹴り飛ばされたのだ。

「てめえら全員、ぶっ殺す！」

拳銃を両手で構え直した男が、銃口を地面に横たわる四人に順に向けていく。

「かかってこい！　最初に死にてえのはどいつだ！」

四人の間で彷徨《さまよ》っていた銃口が狙いを定めたのは、咲良だった。

ひっ、と短い悲鳴を上げながら、咲良が胎児のように身体を丸める。

「待って！」

木乃美は立ち上がり、両手を広げた。

「おめえが最初か！」

銃口がこちらを向く。

「あなた、古手川信治でしょう」

「あ？」

銃口の向こうにある顔の眉が、威圧的に歪んだ。

「椿山組を偽装除名された刺客よね。『凶龍』襲撃のための」

「どうやら死にたいみたいだな」

低く押し殺した声に怯みかけるが、木乃美は自らを叱咤した。

「そんなあなたが、どうして白バイ隊員を狙うの」

「なに言ってんだ！　わけのわからん言いがかりつけんな！」

「とぼけないで。あなたの車の中にあるの、小型のプロジェクターよね。それを使って、走行中のライダーのヘルメットのシールドに、飛び出してくる猫の映像を投影し、事故を起こさせた」

答えはない。ただぎらぎらと殺意に満ちた眼差しが、木乃美を見つめている。

「なにが動機なの？　警察を恨んでいるとか？　それにしても全国白バイ安全運転競技大会の出場予定選手を狙うのは変よね。横浜のヤクザが、東京はともかく、群馬にまで足を運んで犯行に及んでいる。そして今回は千葉の成田。どうして？」

「殺すぞ！」

「あなたが殺せと命じられたのは、警察官じゃなくて『凶龍』のボスじゃないの」

男が顔を歪める。

「うるせえ！　おめえも殺す！」

「殺す前に教えて。どうして警察官を、しかもそれぞれ所属の違う交機隊員を狙うのか」

答える気はないようだ。

「殺す！」

男の目にはっきりと殺意が宿り、木乃美はぎゅっと目を閉じた。

だが聞こえてきたのは銃声ではなく、「いっ……」と痛みに呻く声だった。

目を開けると、男が股間を押さえてのたうち回っている。

その向こうに立っているのは、遥だった。木乃美が回答の期待できない質問を投げかけ続けていたのは、男の背後から遥が忍び寄っているのに気づいたからだった。

「狙うならここだっての！」

遥が得意げにこぶしで自分の股間のあたりを叩く。男の股間を蹴り上げたらしい。

そして男に駆け寄り、その勢いのまま男の腹を蹴った。

「おら！　おら！　これは茜！　これは館林！　これはあたし！」

立て続けに男の腹に叩き込まれる蹴りは、狙われたほかの選手のぶんらしい。

劣勢に立たされたかに見えた男だったが、拳銃はまだ手放していない。地面に横たわってされるがままになっている男の目が一瞬、ぎろりと光ったのを、木乃美は見逃さなかった。

「危ない！」

木乃美は立ち上がり、身体ごとぶつかって遥を突き飛ばした。

同時に銃声が響く。

「いってーな！　なにする……」

起き上がった遥は、言葉を失ったようだった。

拳銃をかまえた男も、目の前の光景が信じられないという顔をしている。

その場にいる全員の視線が、木乃美に集中していた。木乃美の顔に、ではない。脇腹を見ているようだ。

木乃美は膝立ちになったまま、視線を落として自分の腹を見た。左脇腹のあたりが、真っ赤に染まっている。

これって、血……？

撃たれた？

状況を理解するにつれて、呼吸が浅くなる。全身は冷えていくのに、左脇腹だけが焼けるように熱い。

「痛い……」

木乃美は後ろ向きに倒れた。

「てめえ！　許さねえ！」

遥の叫び声が聞こえる。

揉み合うような物音に続いて、「銃！　銃！　早く拾って！」という容子の指示と「拾った！」という早苗の返事が聞こえた。男から拳銃を奪い取ったようだ。

「そんなことより早く救急車！　呼ばなきゃ！」

咲良は一一九番に通報してくれているようだ。

「ごめん。ごめん。私のせいで」

太陽を背にして逆光の中、覆いかぶさってくる人影は、遥だった。自分の上着を脱いで木乃美の傷口を止血してくれる。

男の身柄は確保できたのだろうか。そんなことを考えていたら、坂巻の声が聞こえてきた。

「こらいったい、どうなっとるとな！」

「市岡が拳銃を持ってて」と説明しているのは容子だ。

「離せオラァッ！」

男が叫んでいる。無事確保したようだ。

「おとなしくしろ！」と早苗の声がする。

「市岡は本当に古手川やったとか……って、本田？」

坂巻の足音が近づいてきて、覗き込まれた。

「おい、どうした！　これはどういうことな！」

「あいつが銃をぶっ放して、あたしをかばおうとして……」

遥はその後も涙声で「ごめん。本当にごめん」と繰り返した。

「警察と救急には？」

坂巻が振り返り、咲良が応じる。

「いま電話してます！」

坂巻のシルエットが視界に入り込んでくる。

「おい、本田。大丈夫か」

答える気力もない。木乃美はゆるゆると顔を左右に振った。

「痛い……い、痛い……」

それしか言葉が出てこない。

「気をしっかり持て。すぐに救急車が来る。大丈夫。傷は浅い……どんな感じだ」

言いながら、坂巻の視線が木乃美の腹部に移動する。

「うわっ！」と坂巻が自分の口を手で覆った。

そういう反応やめて。不安になるから。

思うのだが、言葉にできない。流れた汗が入り、目が染みる。ぎゅっ、と目を閉じてからまぶたを開けてみても、まだ視界はぼやけていた。

「大丈夫。たいしたことはない」

部長。いまさらその台詞、説得力ないから。

「本当にごめん。本田さん。死なないで」

遥が肩を震わせて嗚咽している。そのまま止血しているので、傷口が刺激されて痛いんですけど。

だが抗議もできない。意識が遠くなる。視界を動き回るシルエットもぼやけてくる。

やがて一面白い光に覆われた。

Top GEAR

1

階段で三階にのぼり、廊下を進んで三つ目。三〇五号室の扉の前で、坂巻透は足を止めた。

その部屋に表札は出ていない。だが住人の名前は確認済みだ。広重《ひろしげ》真奈美《まなみ》。この近所にある有名な名門女子大の三年生だという。このデザイナーズマンションに足を踏み入れる前、コンクリートのキューブを積み重ねたような外観を見上げながら、先輩刑事の峯は「田舎の親御さんだって、ヤクザかくまうためにこんな良いマンションに住まわせているわけじゃないだろうに」とため息をついていた。

横浜市山手《やまて》は、神奈川県でも指折りの高級住宅街だ。坂巻たちはその一角に建つマンションを訪れていた。かなりの高級物件のため、管理人も常駐、エントランスはオートロックで、普通なら部外者が出入りすることはできない。だが、今回は捜査のために不動産管理会社にかけ合い、オートロックを通してもらったのだった。

扉の上の電気メーターが、勢いよく回転している。奥からは生活の気配がしていた。住人だけでなく、その交際相手も在宅しているのはすでに確認済みだ。

がちゃり、と音がして、隣の部屋の扉が開いた。

部屋から出てきた水商売ふうの若い女が、つけまつげを重ねた目を大きく見開く。

驚くのも当然だ。三〇五号室の前には、四人のむさ苦しい男が集まっていた。坂巻、峯、そして組対課の刑事二人。全員が安物のスーツに身を包み、踵《かかと》のすり減った革靴を履いている。この高級住宅街にも、この瀟洒《しょうしゃ》な建物にも似つかわしくない自覚はある。

坂巻は唇の前に人差し指を立て、懐から警察手帳を取り出した。

女は警察手帳と坂巻を見比べ、そして組対課の二人の顔を見た。とても堅気には見えない風貌なので、本当に警察官なのか疑ったのだろう。

「この部屋に、男が出入りしているのを見たことは？」

女は声を出さずに頷いた。

「こいつですか」

パンチパーマに薄い眉、左のこめかみあたりにある痣。坂巻が見せたのは、日下部通雄の写真だった。二人の市民を巻き添えにした、福富町での発砲事件にかかわったと見られる、椿山組の元構成員だ。

「さあ……」と女は首をかしげた。マンションを張り込んでいた捜査員からは、日下部は髪型を変えて坊主頭になっていたという報告を受けている。とくに男の場合、印象形成に髪型が大きく影響するので、髪型が違えばすれ違った程度の接触では人物の特定が難しくなる。それにこの写真では、おそらく日下部の顔立ちよりも両腕を覆う刺青に意識が向くだろう。日下部が刺青を隠して生活していれば、この写真の人物と結びつけるのは難しいかもしれない。

もっとも、この場で写真を見せたのは人物の特定が目的ではなかった。この扉の奥に日下部がいるのは間違いない。女を安心させるための形式的なやりとりに過ぎなかった。

「そうですか。ありがとうございます」

捜査員たちが壁際に寄り、通り道を作る。

女は人相の悪い男たちから必要以上に距離を取りながら通過し、エレベーターホールに消えた。

坂巻は自分のシャツの左襟をつかみ、イヤホンマイクに小声で語りかける。

「こちら坂巻。そちらの案配はどうですか。どうぞ」

左耳に装着したイヤホンから、男の声で応答があった。

『オッケーです。いつでも大丈夫』

万が一バルコニーから逃げられた場合にそなえ、建物の裏側にも四人の捜査員を配置している。

「了解。ではこれからインターフォン鳴らします。よろしくお願いします」

『了解』

坂巻は同行の仲間に視線で合図を送った。峯を始めとした三人がドアスコープの視界から外れるよう、扉の横に身を潜める。

インターフォンの呼び出しボタンを押した。反応はない。

峯とアイコンタクトを交わし、もう一度鳴らす。

しばらくして、『はい？』と怪訝そうな女の声が応じた。このマンションはエントランスのインターフォンにはカメラがついているが、各部屋のインターフォンにはスピーカーしかない。いきなり部屋のインターフォンを鳴らされ、不審に思ったようだ。

坂巻は余所《よそ》行《ゆ》きの声で語りかけた。

「こんにちは。下の階の者なんですけど、こちらの部屋あての郵便物が、間違ってうちに届いてしもうたみたいなんです」

『ありがとうございます。ドアポストに入れておいてください』

「ちょっと大きいから、ドアポストには入らんかもしれんです」

やや躊躇うような沈黙の後で『わかりました』と面倒くささそうな声がした。こういう場合、地方出身者丸出しの坂巻の訛りは、相手の警戒を解くのに有効だ。坂巻もそれを自覚して、意図的に訛りを強くしていた。

鍵のはずれる音がして、扉が開く。

坂巻はわずかに開いた隙間に素早く革靴の爪先を滑り込ませた。

「なんだおめえ！」

女だと思ったら、扉を開けたのは男だった。坊主頭に黒いタンクトップ、タトゥーに覆われた両腕。間違いない。こいつが日下部だ。

「日下部通雄だな」

坂巻は警察手帳を突き出した。

「ち、違《ちげ》えよ。誰だそいつ」

否定しながら、視線が激しく泳いでいる。見え透いた嘘だ。

「おれは……岡部《おかべ》だよ。岡部」

「岡部。下の名前は」

「おか、岡部……岡部、準規《じゅんき》」

明らかに言い慣れていない、探るような口ぶりだった。

「自分の思い出すのに時間かかるやつがおるか。このスカポンタンが」

「本当に岡部準規なんだよ！　なあ、真奈美」

部屋の奥に呼びかける。

奥の部屋から様子を見に出てきていた、Tシャツにホットパンツ姿の女が、思い出したように頷いた。この女が広重真奈美か。

全国的に名の知れたお嬢さま学校に通わせてもらって、なんでヤクザ者と付き合うかねえ。

「ほら。免許証だってある」

「不正に入手したものやろうが。だいたい、真っ先に免許証を出そうとする行動そのものが不自然やないか」

上がるぞ、と靴を脱ごうとすると、肩を押し返された。

「なに勝手なことしようとしてるんだ。令状《フダ》あんのかよ」

「これは失礼」

懐から捜索令状を取り出し、広げてみせる。

坊主頭がぎょろりと目を見開いて、捜索令状を凝視する。

「古手川がゲロったったい。おまえさんの潜伏先と、俠桜連合から支給された銃持っとるっちゅうことを。おまえさん、あれやろ。出所後、俠桜連合に面倒見てもらうのを条件に、鉄砲玉引き受けたとやろ」

「違……」

「そんな約束、本当に守ってもらえると思うとるとか。おまえみたいな三下をいきなり幹部待遇で取り立てるわけないやろうが。いいように利用されとることに気づけ」

坊主頭は呆然と立ち尽くしている。

「上がるぞ」

靴を脱いで玄関を上がったものの、坂巻はそこで動きを止めた。後ろから続いてきた捜査員たちがぶつかってくる。

女が拳銃をかまえていた。

「真奈美……」

坊主頭が血相を変える。

「やめとけ。こんな男のために、あんたまで犯罪者になることはない」

女は大きくかぶりを振る。

「通雄くんは私のすべてなの！　通雄くんが捕まったら、私、生きていけない！」

やれやれ、と坂巻は思う。恋は盲目とはよく言ったものだ。

「そんなことない。お嬢ちゃんみたいな見た目も良くて、良い学校通ってて、たぶん家柄だって良いとやろう？　こんな唐変木、さっさと見切りをつけて新しい男を探したほうが身のためたい。そうだ。おれなんかどうね？　公務員で収入は安定してるし――」

「ありえない！　生理的に無理！」

そんな金切り声で否定しなくても。

「おい。さすがにちょっと傷ついたぞ」

「うるさい！　出てって！　ここは私の部屋！」

「出ていってもいいけど、こいつはすぐに捕まるぞ。ついでにおれらに拳銃向けたあんたもな。この建物は包囲されとるけん、時間の問題たい」

さあ、拳銃を寄越せという感じに、手招きをする。

すると、壁に背をもたせかけるようにしていた坊主頭が、すとんと肩を落とした。

「真奈美……もういい」

包囲されているという情報に、観念したらしい。立っていられなくなったという感じで、床に尻餅をつく。

「おまえは日下部だな」

開いた扉から半分だけ身体を玄関に入れていた峯が確認する。

男は素直に頷いた。

「そうです。日下部通雄です」

だが女のほうは往生際が悪い。

「違う！」

「違わないよ。真奈美。もう無理だ」

「嫌だ！」

目から涙を流しながらわなわなと全身を震わせているが、まだ銃口は坂巻に向けたままだ。

「もういい加減、諦めたらどうな。男のほうは認めとるとぞ」

「私は認めない！　その人は岡部準規なの！」

「さっき通雄くんて呼んどったやないか。しっかり聞いとったぞ」

女がへなへなと崩れ落ちる。

坂巻は右手を差し出し、そろそろと廊下を進んだ。

「さあ。そんな物騒なもんは、あんたみたいな育ちのいいお嬢さんには似合わん」

女の右手が握る拳銃に触れようとしたその瞬間、女がはっと我に返ったように顔を上げた。

「やっぱり嫌だ！」

「えっ？」

銃口がこちらを向いたかと思うや、破裂音が響く。

視界も思考も真っ白に染まった。

撃たれたかと思ったが、天井に穴が開いている。弾が逸れたらしい。坂巻はすかさず飛びつき、女の手から拳銃を奪い取った。

女がおうおうと子供のように号泣し始める。

玄関口では、組対課の捜査員が日下部に手錠をかけていた。

峯に肩を叩かれた。

「お疲れさん。肝冷やしたな」

「ええ。本田の二の舞になるところでした」

「不謹慎なことを」

頭を軽く叩かれる。

「そういや明後日だっけ。本田さんの復帰」

「そうです」

「経過報告がてら、みなとみらい分駐所に足をのばしてみるか。こうやって日下部を逮捕できたのも、彼女のおかげだしな」

「古手川逮捕の現場には、おれもおったとですが」

「おまえはあおり運転のドライバーと喧嘩してただけらしいじゃないか。すべて終わってから駆けつけたと聞いているが」

横目を向けられ、後頭部をかく。

「いや参りましたわ。ああいったたちの悪いドライバーがおるのなら、交機も大変ですな」

「明後日までに快気祝い、買っといてくれるか」

「わかりました。なんにしましょう」

「そんなの、聞かなくてもわかるだろう」

峯はにんまりとしながら目尻に皺を寄せた。

2

みなとみらい分駐所の引き戸を開くと同時に無数の破裂音がして、木乃美はへなへなとその場に座り込んだ。

「あれ。どうした?」

円錐形《えんすいけい》のパーティーハットをかぶった元口が、目を瞬かせる。

「大丈夫ですか」

心配そうに歩み寄ってくる鈴木も、パーティーハットをかぶっていた。

二人だけではない。分隊長の吉村《よしむら》と山羽、そして不本意そうであるが、潤まで。全員がパーティーハットをかぶっている。そして皆、パーティーハットを小さくしたような円錐形の物体を手にしている。そこからは幾筋もの紙テープが垂れていた。

パーティークラッカー……？

状況を理解したとたん、ハラハラと涙があふれてきた。

「おいおい。そんなに職場復帰が嬉しいか。おれなんか週休日が待ち遠しくてしょうがないってのに」

「なに言ってるんですか、元口さん。本田先輩は職場復帰が嬉しいんじゃなくて、おれたちのサプライズに感激してるんですよ」

見当違いの解釈を披露し合う元口と鈴木に「違う！」と怒鳴った。

「だから言ったのに。拳銃で撃たれた木乃美に、クラッカーでサプライズはやめたほうがいいって」

デスクから立ち上がり、歩み寄ってくる潤のクラッカーは紐《ひも》が引かれていない。

「おかえり。木乃美」

潤が右手を差し出してくる。

「……ただいま」

木乃美は潤の手を握り、立ち上がろうとした。

が、腰から下に力が入らない。生まれたての子鹿のように、くたくたとバランスを崩してしまう。

「完全に腰が抜けてるじゃないか。鈴木。助けてやれ」

山羽が笑いながら指示を出す。

鈴木と潤に両脇を抱えられるようにして、自分のデスクに向かった。

そのとき、背後からふたたび破裂音がして「ひゃっ！」と飛び上がった。

「おめでとう！　本田！」

パーティーハットをかぶった坂巻が分駐所に入ってきた。その手には紙テープを垂らしたパーティークラッカーが握られていた。

坂巻に続いて分駐所に入ってくる峯だけは、パーティーハットもかぶらず、パーティークラッカーも持っていない。やれやれという感じで坂巻を見つめている。

「あれ？　ひと足遅かったですか」

坂巻は微妙な空気に戸惑ったように、きょろきょろと隊員たちを見回す。

「もうっ！　なんなの、いったい！」

木乃美は自分の席につき、二つのこぶしをぶんぶんと振った。

「すっかり元気そうやな。安心したぞ」

とぼけたことを言いながら、坂巻が木乃美のデスクに『ありあけハーバー』の紙袋を置く。

「ほれ。快気祝いだ」

「なんでもかんでも『ハーバー』じゃん」

「そら横浜市民としちゃ当然やろう。『ハーバー』か『崎陽軒《きようけん》』の二択たい」

「九州訛りのにわか浜っ子のくせに」

「いらんなら持って帰るぞ」

「いる！」

木乃美は両手で紙袋を抱きしめ、一同に笑いが起こる。

「しっかし、おまえもなんだかんだで悪運が強いな。撃たれたときには死んだかと思ったぞ」

自分でもそう思った。だが銃弾は左脇腹の肉を少し抉《えぐ》っただけだったらしく、二日入院しただけで退院を許された。その後数日は自宅療養し、一週間も経たずに医師から職場復帰の許可がおりたのだった。いまでは縫合した傷の痛みもほとんどなく、順調にいけば再来週に抜糸することになっている。

「本当にそうだ。報せを聞いたときには、死にはしないにしても、全国大会出場は絶望的だと思ったが」

山羽の言葉には、少しだけ責めるような調子が含まれていた。結果的に日下部逮捕に至ったからよかったものの、上司に報告せずに他県警の管轄で勝手に捜査したのだ。木乃美は肩を狭めて小さくなった。

「勝手な行動をとったことについては、私からも謝らせてくれないか。成田には坂巻も同行していたわけだし、私の監督が行き届いていなかった。すまなかった」

峯に頭を下げられ、山羽は恐縮した様子だった。

「古手川を逮捕できたことで勾留期限切れ直前だった山脇も落とせたわけやし、それが日下部逮捕にもつながって結果オーライですよ」

「バカ野郎」と峯が坂巻の頭を叩く。

「結果オーライなんて、本来はあっちゃならないんだ」

「すんません」

坂巻はしょんぼりと眉を下げる。

古手川逮捕の報で山脇に揺さぶりをかけ、山脇の自供をほのめかすことで古手川を揺さぶるという手法で、峯は二人から情報を引き出したという。まずは二人に身分詐称を認めさせ、さらには、日下部通雄が中区山手の交際相手のマンションに匿《かくま》われていることまで突き止めた。

「でも」と峯が穏やかな顔つきになる。

「本田さんたち、各県警の女性白バイ乗務員たちの行動が、凶悪犯の逮捕につながったのはまぎれもない事実だ。一課、組対課を代表して、礼を言わせてくれ。ありがとう」

「いえ。そんな。私はただ、交通安全を願う白バイ乗務員の中に、故意に交通事故を起こそうとする人間がいて欲しくないって、その一心で動いただけで……」

木乃美は紙袋を抱きしめたままかぶりを振る。

「まさかそれが、椿山組と『凶龍《クレイジードラゴン》』の戦争に終止符を打つことにつながるなんてな」

山羽の口調には、これだけの成果を出されては部下の独断専行を叱るに叱れないといった、複雑な心境が滲んでいた。

「結局のところ、使い捨てのコマに選ばれるのはそういうやつだってことだな」

元口がやれやれという感じで腕組みをする。

「ヤクザのくせに野球賭博でカモられてるようなやつですからね」

坂巻もあきれ顔だ。

「それについては、私、不満なんですけど。古手川は、私が実力では到底勝てないと思っていたってことですよね」

木乃美は頬を膨らませる。

「だってオッズ、何倍でしたっけ。警視庁が一・三とか四とかだったのに、神奈川県警が六〇以上でしたよね」

鈴木が口を手で押さえて笑いを堪える。

「そこまでの実力差はぜーったいにないと思うんだけど」

木乃美は顔のパーツを中心に集めて怒りを表した。

古手川が全国白バイ安全運転競技大会に出場する有力選手を狙って事故を起こさせていた理由は、ギャンブルだった。野球賭博を開帳している胴元が、不謹慎にも全国白バイ安全運転競技大会の優勝チームを予想するという賭博も行っていたのだ。大会の結果は誰でも知ることができるし、打ち手がイカサマを働く余地もない。考えてみれば、賭けの対象としてはおあつらえむきかもしれない。

ところが、果敢にも大会の結果を操作しようとする打ち手が現れた。それが古手川だった。

野球賭博で多額の借金を背負っていた古手川はそれまでの負けをいっきに挽回《ばんかい》すべく、女子の部では一番人気の警視庁を避けて五番人気の神奈川県警に賭けた。神奈川県警代表はもちろん、木乃美だ。五番人気とはいえ、警視庁の豊島茜、群馬県警の館林花織以外はドングリの背比べということか、三番人気の栃木県警・宇都宮容子以下は一〇倍を超える配当になっていた。

そして古手川は木乃美を優勝させるために、ライバル選手の排除を画策した。七都県警合同訓練の日に大食堂のテーブル裏に盗聴器を仕掛けて有力選手の情報を収集し、その選手に事故を起こさせて出場不可能に追い込むというのが、その作戦内容だった。時を同じくして椿山組の若頭・真壁から、『凶龍』襲撃のための刺客に指名されたのも、古手川にとっては好都合だった。『凶龍』は組織の全貌が明らかになっておらず、ボスの正体すらわからない。そのため、刺客たちは『凶龍』のボスを探る諜報《ちょうほう》活動を行わなければならなかった。下っ端の部屋住みヤクザだった古手川が、兄貴分の呼び出しを気にすることなく動き回る自由を得たのだ。いったんは除名するが、『凶龍』のボスを仕留めた暁には、一次団体俠桜連合傘下の団体に幹部待遇で迎えてやるという条件だったようだが、古手川にとってはギャンブルの負けを取り戻すことのほうが重要だったらしい。刺客の身体に彫られた桜の花びらの刺青は、俠桜連合で身柄を引き受けるという約束手形だったようだ。

「ほんと、納得いかない」

木乃美は憤懣《ふんまん》やるかたないといった感じで、顔を真っ赤にしている。

「でも、古手川は本田先輩に賭けてくれたわけだし」

鈴木のフォローはフォローになっていない。古手川が木乃美に賭けたのは倍率が高かったからで、勝利を信じていたからではない。実際に、大食堂での会話を盗聴して不安になり、なんとかしなければと思ったと供述しているらしい。余計なお世話だ。

「ともかく助かったよ。刺客から供述を引き出せたおかげで、真壁の逮捕状も取れそうだし、真壁さえ逮捕できれば、椿山組と『凶龍』の抗争も幕引きに向かうだろう」

峯が苦笑しながら言う。

「そうだぞ。おまえはすごいことを成し遂げたんだ。オッズは六〇倍超えだけど」

坂巻が言い、鈴木がぷっと噴き出した。

「いいんだけど。賭博は犯罪だし。そんなところに認められたくないし」

木乃美は『ありあけハーバー』の箱から一つ取り出し、個装を開いてぱくりと食べた。

「しかしまだ完全決着には、時間がかかりそうですね」

山羽が峯を見る。

峯はうんざりしたような息を吐いた。

「そうだな。全体で見れば抗争終結に向かうだろうが、一つひとつの事件ではまだ被疑者すら挙がっていないものもある」

「長者町の事件か」と鈴木が例を挙げる。

椿山組の構成員・中村竜聖が暴行・殺害された事件だ。結局犯人は捕まっていない。

「それもあるし、あとはあれだ、福富町の……」

坂巻がやや言いにくそうにする。

「福富町？　福富町で未解決事件なんてあったか？」

元口が首をひねる。

「だってあれは、日下部……」

潤は怪訝そうに眉根を寄せた。

「ああ。おそらくそうだと思う。なんせ目撃者が日下部の写真を見て、こいつが犯人だと断言しとるわけやからな」

「だがまだ自供が引き出せていない」と峯が引き継ぐ。

なんだ、犯行を否認しているだけか、という感じに空気が弛緩しかけたが、どうもそうではないらしい。

「それと、日下部の所持しとった拳銃に、発砲の痕跡がない」

沈黙が広がった。

「どういうことですか」と潤が詰め寄る。

「どういうことって、いま話した通りたい。福富町の発砲事件は日下部の仕業やと思っとったが、本人が否認しとる上に、押収した拳銃には使用された痕跡がない。ほかにも拳銃を隠し持っとるのか、調べていくつもりやが――」

「痣」と潤が遮った。

「痣？」鈴木と元口が不可解そうに互いの顔を見合う。

「日下部の顔の左のこめかみのあたりに、赤黒い痣はありましたか」

そのとき、坂巻は「ああ」と思い出したようだった。

「そういえばなかったな。おかしいな」

「どうしたの。潤」

木乃美は問いかけた。

潤はなにやら衝撃を受けた様子で、呆然と立ち尽くしている。

それから我に返ったようにスマートフォンを取り出し、「電話してきます」と外に出ていった。

3

『はい』意外にも電話はすぐにつながり、姜の声が応じた。

「もしもし、姜くん」

『おはよう。奇遇だな。おれも川崎さんに連絡しようと思ってた』

「なら、いまから会ってくれない」

『それは無理。後でならいいけど、いますぐは忙しい』

「どうして忙しいの。ガソリンスタンドの仕事だって辞めたでしょう」

『おれにだっていろいろと用事がある』

「どんな用事？　人殺しとか？」

姜が押し黙り、潤は目を閉じた。当たっていて欲しくなかったが、当たったらしい。

「日下部通雄が逮捕された。名前で言ってもピンと来ないかもしれないね。あなたのお祖母さんが亡くなったとき、何枚か写真を見せられて、この中に犯人はいますかって訊かれたよね。その中の一人。姜くんが犯人だと断言した、椿山組の刺客」

『そう』無感情な声だった。

「なんとも思わないの？　お祖母さんを殺した犯人が捕まったのよ」

『ハルモニは戻らない』

「姜くん、日下部の顔の左のこめかみのあたりに、赤黒い痣があるって言ったよね。いや、ちょっと違うか。自分から言ったんじゃなくて、坂巻さんに確認されて、痣はあった、と答えたよね。でも、実際に逮捕された日下部に痣はなかった」

写真で痣に見えたのは、影か、写真の傷かなにかだったのだろう。

「あと、日下部が所持していた拳銃に、使用された痕跡はなかった。お祖母さんを撃った犯人は、日下部じゃなかった」

言葉はない。あるのは、息を吐く気配だけだった。

「驚かないの。なんとか言ったらどうなの」

冷静に話すつもりだった。でも感情が抑えられない。どうしても声が震えてしまう。声だけでなく、全身が震えていた。

『もう、わかっているんだろ』

想像はついている。だが想像がはずれて欲しいと、いまだに願う自分もいる。

『凶龍のボスは、アボジは、ハルモニだ』

予想通りだった。覚悟はしていたが、いざ告白されると視界が狭くなるような衝撃だった。

金秀蓮はマフィアの抗争に巻きこまれた一般市民ではない。福富町発砲事件の犯人は、『凶龍』のボスである金秀蓮《キムスヨン》を狙っていた。

そしてその犯人は、日下部ではなかった。にもかかわらず、椿山組の刺客たちの写真を見せられた姜は、この中に発砲事件の犯人がいると言った。日下部の顔に痣があったかと問われれば、あったと答えた。痣があるかどうかなんて、姜が知るわけがない。日下部の顔を見たことすらないのだから。

なぜそんな嘘をつく必要があるのか。

警察の捜査をかく乱し、犯人を捕らえさせないためだ。

自分の手で制裁を加えるため。

法の裁きを受けさせないため。

自分の手で、殺すため——。

「お祖母さんを撃ったのは、前にきみが話していた急進派ね」

福富町の銃撃犯は椿山組ではない。椿山組の刺客がボスを殺害したのなら、その時点で抗争も終結する。刺客たちが逃げ回る意味もなくなる。だがそうはならず、古手川も日下部も潜伏を続けていた。椿山組側には『凶龍』のボスが死んだという情報が届いていなかったのだ。

ということは、犯人は『凶龍』内部にいる。

——横浜を戦場にするのは『凶龍』の総意じゃない。アボジはそんな人じゃない。日本のヤクザに報復しているのは、あくまで一部の急進派の仕業だ。アボジはいまも急進派を説得し、事態を沈静化しようと動いている。

かつて姜はそう言った。発言の内容が事実ならば、急進派にとって、リーダーは邪魔な存在だったはずだ。

　そして『凶龍』のメンバーではないはずの姜が、なぜアボジの意向を代弁することができたのか。「あの街に住む人間ならみんな知ってる」などと言って誤魔化していたが、事実は違った。アボジと――『凶龍』のリーダーとともに生活していたからだ。

『これがおれのやるべきことだ』

　その声音からは、もはやなんの感情も伝わってこなかった。

「違う。お祖母さんはそんなこと望んでいない」

『あんたになにがわかる』

「わかる。きみは『凶龍』のメンバーじゃなかった。それはたぶん、お祖母さんが拒んだから。違う？」

　姜が黙り込む。図星のようだ。あれほど祖母を慕っていた姜が『凶龍』に加入したがらないはずがない。にもかかわらず『凶龍』のメンバーでなかったのは、入らなかったのではなく、入りたくても拒まれたからだ。秀蓮は自分の孫に真っ当な道を歩ませたかったのかもしれない。

『ハルモニを襲った連中が凶龍なのはわかっていた。でも、おれには誰が凶龍のメンバーなのか、それすらわからない。そんな状態だから、この福富町の中の、誰がハルモニを撃ったのか、すぐには特定できなかった』

　だから復讐《ふくしゅう》までに時間がかかった、ということらしい。

「犯人の顔は見ていないの」

『面で顔を隠していたから』

潤は息を呑んだ。朴婆さんの焼き肉屋の近くで襲ってきた三人組。あの男たちも、仮面で顔を隠していた。

「もしかしてそのお面って、お爺《じい》さんみたいな顔の、眉とか目が垂れ下がって笑っているみたいな?」

『そうだ。河回仮面《ハフェタル》。韓国の民芸品だ』

「私もそいつらに襲われたことがある」

『そう』あまり関心がなさそうな返事だった。

ふと思う。あの仮面の男たちを追いかけようとしているときに、秀蓮に出会った。男たちに突き飛ばされたと言っていたが、違うのかもしれない。あの男たちを逃がすために、ひと芝居打ったのかもしれない。

ありうる。いまさら騙《だま》されていたと怒る気にはならない。だがもしもそうだったら、秀蓮は自分が助けた男たちに、命を奪われたことになる。

あのとき仮面の三人組を捕まえることができていれば、結果は違ったのだろうか。

「警察に任せてくれない? 復讐なんて馬鹿なことは考えないで、犯人の名前を教えて」

『無理だ』

「無理じゃない。きみには生きる義務がある。お祖母さんのぶんまで」

『そんなものはない。ハルモニの無念を晴らすことが、おれの生きた意味になる』

死ぬ気だ――と思った。

秀蓮を殺した犯人に復讐して、自らも命を絶つつもりなのか。

「どうしてそんなことを言うの！　お祖母さんがどう考えていたのか、なにを望んでいたのか、わかってるはずだよね！」

無性に腹が立った。姜は見るべきものからあえて目を逸らしている。

『わかっていないのはそっちだ。ハルモニがいなくなったら、おれの生きる意味もなくなる』

「わからない。ぜんぜんわからない」

『わからなくていい。わかってもらおうとも思わない』

そのとき、電話口にバイクの排気音が聞こえた。排気音は三台ぶん。やはりあの仮面の三人組か。

排気音に耳を澄ます。

潤と同じニンジャ250R、ヤマハFZ1フェザー、スズキDR250R。

「ん？」潤は眉をひそめた。

ヤマハFZ1フェザー……どこかで見た。

そして通話が切れない。姜が居場所を知らせてくれようとしているのだろうか。

近づいていた排気音が途切れた。

姜が相手に歩み寄る足音が聞こえる。

『なんすか、姜さん』

姜と待ち合わせていたと思しき相手の声を聞いた瞬間、潤は総毛立った。

『用件はわかってるだろう』

これは姜の声だ。

『いや、ぜんぜんわかんないっすよ』

なあ、と仲間に語りかけている。

やはりそうだ。潤はこの声を聞いたことがある。

スマートフォンをスピーカーホンにし、送話口を手で覆う。

わずかな音も聞き漏らさないように気をつけながら、早足で分駐所に戻り、引き戸を開けた。

急に分駐所を飛び出した潤を心配していたらしく、同僚たちがいっせいにこちらを見る。

「みんな、手伝って!」

潤は仲間たちに救いを求めた。

4

送話口を手で覆ったまま、スマートフォンから聞こえてくる音声に耳を澄ます。

潤の周囲には、木乃美、元口、鈴木が立っていた。それぞれの手には自身のスマートフォンが握られており、液晶画面には地図が開いてある。

三人組と合流した姜は、どこかに向かって歩いているようだった。

『こっちです』と姜ではない声が告げているので、三人組のほうが場所を指定したのだろう。

「かすかに子供の声が聞こえる……」

潤の呟きに「聞こえるか？」と元口が首をかしげ、しっ、と人差し指を立てた木乃美に注意される。

近くに小学校がある？

いや、違う。聞こえてくる声はもっと幼い。

「保育園か幼稚園」

木乃美と鈴木が自分のスマートフォンを操作し、横浜市内の保育園と幼稚園を検索する。

「車が通った。この排気音は……バス」

バスが停止し、発進する。

「バス停が近い」

潤の与えた情報を受けて、仲間たちがいっせいに動き出す。

姜はスマートフォンの通話を切らないでくれた。殺人を止めるチャンスをくれたのだ。

いくら耳の良い潤とはいえ、電話の音声だけで所在地を突き止めるのは至難の業だ。これまで挑戦したこともないので、できるかもわからない。だがそれが姜を救う唯一の道ならば、やるしかない。

聞こえてくる足音が変わった。

「階段」のぼっている？

いや――。

反響が大きくなっている。くだっている。

「階段をくだっている」

「いきなり階段をくだるということは、地下か」

元口が言い、潤は「おそらく」と早口で答えた。周囲に音を反射する壁があるから、足音の反響が大きくなったのだ。

「あれ」と潤は動きを止めた。

四人ぶんの足音が遠ざかる。

扉を開け閉めする音がして、足音が消えた。

これは……。

「なに？　なにがあったの？」

木乃美が不安そうな顔をする。

「姜くんはおそらく、地下におりる階段の途中にスマートフォンを置いていった。建物に入ると電波が途切れるかもしれないし、居場所を知らせていることを三人組に気づかれるかもしれないからだと思う」

「なるほどな。じゃあ、これまでの情報から、居場所を特定するしかないってことか」

元口が渋面で顔をかく。

「いくらなんでも無茶でしょ。情報少なすぎですよ。保育園か幼稚園の近く、バス停の近く、地下のある建物。これだけじゃ特定できません」

鈴木はお手上げという感じに両手を広げた。

そこに坂巻が歩み寄ってくる。

「どうな。場所はわかったか」

「いえ。まだ」

小さくかぶりを振りながらも、潤はスピーカーの音声に聴覚を集中している。

「姜さんの勤務しとったガソリンスタンドに問い合わせてみた。同僚の遠藤道之《えんどうみちゆき》は通名らしい。本名は崔道鎮《チェドジン》。福富町在住の在日韓国人だ」

やはりそうだったか。

電話から聞こえてきた三台ぶんの排気音のうちの一つは、ヤマハFZ1フェザーのものだった。ガソリンスタンドの隅に駐車していたのと同じ車種だ。そして電話から漏れ聞こえてくる肉声も、『えんどう』のものだった。

『えんどう』こと崔道鎮が、『凶龍』内の急進派であり、金秀蓮を射殺した犯人グループの一員だったらしい。

そう考えると腑に落ちることがあった。仮面の三人組に襲撃されたときだ。あのとき、潤と坂巻が自らの素性を明かす前に、警察だと気づかれた。リーダーらしき男に耳打ちしていたゴルフクラブの男が、遠藤道之こと崔道鎮だったのだろう。

「崔の自宅の住所も教えてもろうたが」

坂巻の言葉に、鈴木が「教えてください」と反応する。だが、坂巻から聞いた住所をスマートフォンに打ち込み、無念そうにかぶりを振った。

「違います。近くには保育園も幼稚園もバス停もない」

「そうか」

坂巻が無念そうに唇を引き結ぶ。

「音だけじゃさすがに厳しいですよ。だいたい、横浜市内かどうかもわからないんだ。東京とかに呼び出してるかもしれませんよ」

鈴木はもはや諦めモードだ。

だが潤は諦めなかった。ここで諦めたら、おそらく誰かが死ぬ。

しかし手がかりが少なすぎた。

もっとヒントを……お願いだから。

祈るような気持ちでぎゅっと目を閉じたそのとき、遠くにサイレンの音が聞こえた。

それは直接ではなく、スマートフォンのスピーカー越しに聞こえてくる。

「救急車！」

弾かれたように顔を上げた。

さらに聴覚を研ぎ澄ます。全身を耳にする。

サイレンの音が移動し、停止した。

「一〇〇メートル圏内に救急車が停止」

自らのデスクで事態を見守っていた山羽が、素早く固定電話の受話器を取る。

「神奈川県警第一交通機動隊の山羽です。たったいま、救急出場されましたよね。その場所をうかがいたいのですが」

消防局に問い合わせているらしい。はい、はい、とメモ用紙にペンを走らせていた山羽が、やがて受話器を置いた。

「中区山下町二九一の八」

木乃美、鈴木、元口がいっせいに住所をスマートフォンに入力する。幼稚園か保育園、バス停、地下、と条件を呟きながら、周辺を検索した。

「ライブハウス！」と声を上げたのは、元口だった。

拡大した地図を全員に見せながら、興奮気味にまくし立てる。

「近くに幼稚園もあるし、バス停もある。そしてこのライブハウスの住所は、雑居ビルの地下一階になっている。ここじゃないか。いいや、ぜったいここだ」

ライブハウスの場所を地図で確認し、木乃美と鈴木も頷く。

「たしかに！」

「間違いない！」

部下の視線を受けて、山羽が指示を出す。

「急いで向かうぞ。中区山下町二九三の五、ライブハウス『メテオ』――」

そのとき、潤は手で口を覆った。

「どうした？」元口は焦れた様子だ。

「どうしたの。潤」

木乃美に肩に手を置かれても、すぐには言葉が出てこなかった。

だが時間がない。懸命に声を絞り出す。

「いま、かすかに銃声のような音が……」

分駐所の時間が止まった。

5

救急車のサイレンから導き出したライブハウス『メテオ』は、中華街のはずれに位置している。緊急走行なら、みなとみらい分駐所から十分もかからない場所だ。

潤、山羽、元口、鈴木は白バイで、復帰したばかりの木乃美は坂巻の覆面パトカーに同乗して、『メテオ』に急いだ。

目的地が近づいてくる。

店の前にバス停、少し離れた場所に保育園。条件にはぴったり合致している。間違いない。

と、そのときだった。

『神奈川二五からA分隊――』木乃美の声が聞こえてきた。覆面パトカーの無線機を利用しているようだ。

『いま、前のほうで三台のバイクが左折で山下長津田《ながつた》線に入るのが見えました。そのうち一台は潤のと同じニンジャ250Rだったから、おそらく崔道鎮たちじゃないかと』

覆面パトカーは最後方から白バイを追いかけてきているのに、さすがの動体視力だ。

だが、崔たちがライブハウスから立ち去ったということは……。

『こちら交機七一――』これは山羽のコールサインだ。

『おれと元口、鈴木で崔道鎮を追う。川崎と本田はライブハウスの様子を見てきてくれ』

山羽、元口、鈴木の三台が加速し、崔たちが去った方向に走り去る。

潤の白バイと覆面パトカーは、ライブハウスの入った雑居ビル前の路上に停車した。

つい最近閉業した店らしい。地下へのおり口には、立ち入り禁止のチェーンを壊した後があった。そして階段の途中には、スマートフォン。

潤は駆けおりてスマートフォンを拾い上げた。

崔一味が立ち去る際に破壊していったのか、液晶画面には蜘蛛《くも》の巣状のひび割れが広がっていた。

追いかけてきた木乃美が息を呑む気配がする。

「行くよ」

潤は気を取り直して階段をおり、扉を開けた。

入ってすぐのチケットカウンターあたりまでは太陽光も届いているが、そこから防音扉で隔てられたホールに足を踏み入れると、完全な暗闇だ。

潤はスマートフォンのライトを点灯させ、光を奥のほうに向けた。

その瞬間、足もとに人間の手の平が見えてぎょっとする。

ライトを向けると、姜がうつ伏せに倒れていた。這った跡を示すように、ホールの中央付近から血の筋を引いている。防音扉のそばまで這ってきたものの、力尽きたといった雰囲気だった。

「姜くん！」

潤はしゃがみ込み、姜の身体を仰向けにした。膝の上に頭を載せながら、口もとに手をあてる。「まだ息がある！」

「救急車呼んでくる！」

木乃美がスマートフォンを手にライブハウスを飛び出していった。

坂巻が姜のシャツをめくり、傷口を探す。へその横あたりにおびただしい出血が見られた。

「撃たれとる」

坂巻は着ていたジャケットを脱ぎ、傷口にあてた。

「姜くん！　しっかり！　姜くん！」

潤の懸命の呼びかけに応じるように、姜がうっすらとまぶたを開く。

「大丈夫や！　すぐに救急車が来るけん！」

「か、川崎さん……」

姜の目は虚《うつ》ろだったが、それでも真っ直ぐに潤を見つめていた。

「やっぱ、おれ、駄目だ……復讐でき、なかっ、た」

「それでいいんだよ！　お祖母さんだってそんなの望んでないから！」

「ちが、違う。おれ……」

そこで姜は激しく咳き込んだ。

「もういい。しゃべるな」

坂巻が傷口を押さえながら語りかける。

だが震える唇が、懸命に言葉を押し出そうとする。

潤は姜の唇に耳を近づけ、メッセージを受け取ろうとした。

雑音混じりの息の狭間から、かすかに声が聞こえる。

——ありがとう。

音にならないほどの大きさでそう発した瞬間、耳に感じていた息吹《いぶき》が止まった。

「駄目！　姜くん！　戻ってきて！」

潤は姜の胸に両手をあて、心臓マッサージを始める。ひと押し、ひと押し、体重とともに願いをこめた。

「戻ってこい！　戻ってこい！」

「パトカーにＡＥＤがあるけん、持ってくる」

坂巻が慌ただしく飛び出していく。

その後も潤は心臓マッサージを続けた。全体重をかけているので、すぐに全身が汗だくになる。顔に汗をかかないのがひそかな自慢だったはずなのに、こめかみや頬を伝い落ちた汗が、顎からぼとぼとと滴っていた。

「戻ってこいよ！　一緒に木乃美の応援に行くって言っただろ！」

目を閉じた姜の顔が滲んで見えなくなる。汗なのか涙なのかわからない液体が、重ねた手の甲に丸い跡をいくつも作った。

「持ってきたぞ！」

ＡＥＤを持って坂巻が戻ってくる。

潤は姜の胸に置いていた両手を離した。

坂巻が姜のシャツを破って胸をはだけさせ、電極パッドを装着する。そしてショックボタンを押した。

姜の身体が小さく跳ねる。だがそれだけだ、鼓動は戻らない。何度か繰り返すうちに、救急車のサイレンが近づいてきた。ヘルメットに水色の感染防止衣を着た救急隊員が駆け込んでくる。

「おお、来た来た」

坂巻が額の汗を拭いながら、救急隊員に状況を説明する。

「心停止してからは、五分……ぐらいかな。心停止してからすぐに心臓マッサージを開始して、ＡＥＤも車に積んどったから。なあ、川崎。何分ぐらいか覚えとるか」

確認されても、答えることができなかった。横たわる姜をじっと見つめていた。

「おい。川崎っ」

坂巻も余裕がないらしい。怒鳴られてようやく我に返った。

「心停止してからは何分ぐらいいて訊いてるとぞ」

「すみません」

潤はスマートフォンで時刻を確認した。

「六分ぐらいです」

ほどなくパトカーのサイレンも近づいてくる。おそらく機動捜査隊だ。現場周辺を立ち入り規制して、初動捜査を開始する。

そうなると、潤は事情説明のために足止めされる。

崔一味の追跡に加われない。

「行かなきゃ……」

「あ?」坂巻が怪訝そうに顔を上げた。

次の瞬間、潤は床を蹴って駆け出していた。

「おい！　川崎！　どこに行くとな！」

坂巻が言い終えるころには、階段をのぼり切って地上に出ていた。

案の定、店の前の路上には、救急車、消防車のほか、白黒パトカーも駐車していた。

野次馬も集まり始めている。

潤は自分の白バイに跨がり、エンジンを始動させた。

すぐそばで制服警官に事情を説明していた木乃美が、振り返る。

「どこ行くの」

「やつらを捕まえる」

「え。ちょっと待って！　私も行く！」

「なら追いかけてきて！」

言い終わらぬうちに発進し、木乃美を置き去りにした。

6

「待って！　潤！」

潤の白バイは集まり始めた野次馬の人垣を切り裂くようにして消えた。

すぐに坂巻が階段をのぼってくる。

潤の走り去った方角を見つめ、顔をしかめた。

「まったく、なにやっとるんだ。あいつは」

ぜえぜえと息を切らす坂巻の腕を、木乃美はつかんだ。

「私たちも！」

「あ？」

「早く！　犯人を捕まえないと！」

「いや。でも……」

坂巻は戸惑ったように周囲を見回した。

「姜くんは救急に引き継いだ。それ以外の引き継ぎなんて、後からいくらでもできる。

でも犯人は、いま逃したら捕まえられるかわからない！」

木乃美が真っ直ぐに坂巻を見つめた。

「わかった！　乗れ！」

坂巻が覆面パトカーを顎でしゃくった。木乃美は助手席に乗り込む。

「坂巻！　どういうことか説明しろ！」

坂巻の車の後ろに止まった機動捜査隊の覆面パトカーから、角刈りに白いワイシャツの男が駆け寄ってくる。

「うわ。まずっ。あの人か」

坂巻の顔が歪む。

「誰？」

「新人時代に同じ交番に勤務しとった先輩たい。当時はめちゃくちゃいびられた」

「なんだ。関係ないじゃん」

早く行こう、と目顔で伝えた。

だが坂巻はちらちらと後ろを気にしている。相当苦手にしている存在のようだ。

「行こう」

「しかし……」

「平気だって」

「だがな」

「部長！」と木乃美は坂巻の頬を両手で挟んだ。

「部長にとって大切なのはなに？　上下関係？　嫌な先輩の機嫌を損ねないこと？　組織で上手く立ち回ること？　そんなことのために警察官になったの？　そんなことで、子供たちに胸を張って正義の味方だって言えるの？」

「開けろ！　坂巻！」

坂巻の先輩が運転席側の窓を叩く。

振り返りそうになる坂巻の顔を、「見るな！」と両手でがっちり固定した。

「気合い入れろよ！　坂巻透！　犯罪者をとっ捕まえに行こう！」

坂巻の目に力が漲ってくるのを確認し、木乃美は両手を離した。

「こら！　坂巻！　おまえ、こんなことしてただで済むと思うなよ！」

坂巻は先輩の呼びかけを無視し、ハンドルを握って正面を向く。

「よし！　行くぞ！　ファイト！」

木乃美が前方を指差すと同時に、

「いっぱぁつ！」

坂巻はアクセルを踏み込んだ。

サイレンを鳴らして人垣を払いながら、速度を上げていく。

「やればできるじゃん！」

木乃美は坂巻の肩を叩いた。

「やっちまったなあ」

坂巻がルームミラーで後方を確認しながら、いまさら後悔したように顔をしかめる。

「大丈夫大丈夫。いまは部署だって違うんだし、気にすることないよ」

「まあな」

自らを納得させるように、何度か頷いた。

そのとき、無線機から山羽の声が聞こえた。

『交機七一からA分隊。追跡中だったニンジャ250Rのライダーを確保』

さすがに仕事が早い。

ほどなく、元口からも報告が入る。

『交機七三からA分隊。DR250Rのライダーもとっ捕まえたぞ。オフロードバイクだけに歩道走ったり階段おりたりされて、ちょっと手こずったけどな』

「ってことは残り一台か」

木乃美はふむふむと顎を触る。

報告を聞く限り、どうやら三台はバラバラに逃走しているらしい。

残る一台はどこにいる？

木乃美はマイクを手にした。

「神奈川二五からA分隊。FZ1フェザーを追跡中の車両はいますか。どうぞ」

『交機七四から神奈川二五。現在FZ1フェザーを追跡中。当該車両は東神奈川からみなとみらい大橋を渡ってみなとみらい方面に逃走中』

潤だ。逃走車両の進行方向を考えると、いったんは川崎方面に逃走をこころみたものの、引き返してきているのか。

「あれ。鈴木くんは……?」

と思ったら、鈴木の声が聞こえてきた。

『交機七九から神奈川二五。よかった。フェザーを見失ったかと思って、ひやっとしてたんです。これから向かいます』

逃走車両に撒かれていたらしい。

「しょうもないやつやな」と坂巻もあきれている。

「私たちもみなとみらい方面に向かおう」

「はいよ」

坂巻はハンドルを切って覆面パトカーをみなとみらい方面に向けた。

7

逃走車両はみなとみらい大通りからすずかけ通りに入り、国際大通りを右折した。

潤はサイレンを吹鳴《すいめい》させながらそれを追う。逃走車両は黒のＦＺ１フェザー。ということは、ライダーは崔道鎮なのだろう。

ガソリンスタンドで愛想良く話しかけてきた『えんどう』くんの顔を思い出し、唇を噛む。まったく本性を見抜けなかった。もっと早くにあの男の正体に気づいていれば、こんなことにはならなかった。

『交機七一から交機七四』山羽から無線が入る。

『これまで確保した二人は、拳銃を所持していなかった。ということは、おまえが追っているＦＺ１フェザーのライダーが武装している可能性が高い。くれぐれも留意してことにあたるよう』

『了解』最初からそう思っていた。だからこそ逃走車両の後ろにぴったりつけて離れていない。

ぜったいに逃がさない。

パシフィコ横浜前を通過し、国際橋を渡る。右手にはみなとみらい地区のランドマークでもある、巨大観覧車がそびえている。コスモワールドの前を通ってシネマコンプレックスの入った大型商業施設へと続く歩道は、いつも賑わっている。

歩行者は猛スピードで走り抜ける二台のバイクを、まるでアトラクションのように興味深そうに眺めていた。

コスモワールドの前を通過したとき、ふいに逃走車両が右折した。

そんなフェイントは通用しない。潤は難なくついていく。

ところが――。

Uターンして反対車線に入るかと思われた逃走車両が、歩道に向けて突っ込んでいく。その先にあるのは、大型商業施設『横浜ワールドパイレーツ』の出入り口だ。いくつかある出入り口のうちの、交差点に面した観覧車側ゲート。見物を決め込んでいた通行人が逃げ惑い、左右に割れる。そこにはガラス張りの扉がある。

「嘘……？」

さすがに潤は追いかけることができない。ブレーキをかけて停止する。

だがFZ1フェザーは速度を緩めることなく、ガラス張りの扉を突き破った。

店の内外で無数の悲鳴が上がる。

「交機七四からA分隊。逃走車両は観覧車側ゲートから扉を突き破って『横浜ワールドパイレーツ』内に侵入」

手早く報告をして、バイクを降りた。

「マジっすか！」

追いついてきた鈴木があまりの惨状にドン引きしている。

「正面ゲート側にまわって。そっちから出てくるかも」

「わかりました」

鈴木の白バイが正面ゲートに向けて走り出す。

潤は散乱するガラスを踏み越え、建物内に入った。

従業員や客はあまりの驚きと恐怖に呆然としている。腰が抜けたのかへたり込んでいる者もいれば、すすり泣く者もいる。それなのに楽しげな店内BGMは流れ続けているから、かなり異様な雰囲気だ。

排気音は聞こえない。バイクは乗り捨てたか。

崖がどっちに向かったかを誰かに訊ねようとしたが、ときおり悲鳴が上がるので、どの方角に進めばいいのかわかる。潤は悲鳴を辿って駆けた。

崖は一階の中央部分を占めるフードコートにいた。よく見ると、額から血を流している。バイクはアイスクリーム店のショーケースに突っ込んで止まっていた。

かなり興奮しているようだ。ぎらついた目で周囲を見回しながら徘徊《はいかい》している。右手には拳銃。やはり武装していた。

潤は姿勢を低くし、忍び足で近づいていく。

そして気づいた。フードコートの向こう側から、木乃美と坂巻が様子をうかがっている。

私が気を引くから、背後から忍び寄った坂巻さんと木乃美で取り押さえて。オッケー、わかった。

手で合図を送り合いながら、打ち合わせする。

そしていざ作戦を決行しようとした、そのときだった。

正面ゲートから、鈴木が駆け込んできた。

冗談だろ？　バカかよ。

思わず声を出しそうになり、自分の口を手で塞ぐ。木乃美も潤と同じしぐさをしていた。

「動くな！　警察だ！」

崖に向けて威勢良く拳銃をかまえた鈴木だったが、発砲のハードルは崖のほうが限りなく低い。

ぱんっ！

破裂音がして、鈴木が仰向けに倒れた。

撃たれた？

全身から血の気が引いた。だが鈴木が肩を押さえてのたうちまわっているのを見て、少しだけ安心する。肩なら死なない。

崖が鈴木に駆け寄った。

鈴木に拳銃を向けながら、なにやら腰のあたりを探っている。

「やめろ！　触るな！」

「おとなしくしろ！　殺すぞ！」

じたばたと暴れる鈴木を、崖が怒鳴りつける。

まずい。とどめを刺すつもりか。

「待ちなさい！」

潤はとっさに飛び出し、拳銃をかまえた。

だが崔はこちらを振り返ることもなく、鈴木からなにかを奪い、正面ゲートから飛び出していった。

急いで鈴木に駆け寄る。

そのとき、正面ゲートから見える外の景色に愕然《がくぜん》となった。

崔が鈴木の白バイに跨がっていたのだ。鈴木の腰のあたりを探っていたのは、キーを奪おうとしていたのか。

「おいおいおいおい！」

坂巻が崔を追って外に出ようとする。

が、崔に銃口を向けられて死角に飛び退いた。

崔が白バイを発進させる。

「おれの白バイが！」

鈴木が肩を押さえながら泣きそうになっている。

「たしか鈴木くん。前にも拳銃を奪われたことあったよね」

木乃美はあきれている。

「とにかく急いで追いかけんと。警官から奪った白バイで事故なんて、鈴木のクビ一つじゃ済まされんぞ」

坂巻の言葉に、鈴木が真っ青になる。

潤が自分の白バイに戻ろうとすると、

「潤。私も行く」

木乃美が言った。「鈴木くん。メット貸して」と、鈴木からヘルメットを受け取った。

「大丈夫か、木乃美。抜糸もまだだろ」

「平気。そんなことより、崔を捕まえないと」

木乃美がヘルメットを装着する。

急いで観覧車側ゲートに駆け戻り、ＣＢ１３００Ｐに跨がった。後ろに乗った木乃美が、潤の腰に腕を巻きつける。

タンデムの白バイは勢いよく走り出した。

8

横浜税関前を通過してみなと大通りに入ったころ、前方にＣＢ１３００Ｐのお尻が見えてきた。交機隊員の制服でない普段着のライダーが運転しているのは、遠目に見てもかなり違和感がある。たまたま目にした通行人はさぞ驚いているだろう。

「意外と早く追いついたね！」

木乃美は声を張った。

「普通のバイクと白バイじゃ、乗り方が違うからな！　思ったようにかっとばせなくて、いらついてるだろうよ！」

潤がこちらに軽く顔をひねる。

普通のオートバイならば車体を大きくかたむけても問題ないが、エンジンガードのついた白バイではそうはいかない。身体全体を使ったライディングが求められるため、一般のライダーがすぐに乗りこなせるものではない。

横浜スタジアムの横を通り、右折で新横浜通りに入って関内方面へ。

プロ野球選手の天田《あまだ》さんは元気にしてるかなと、場違いの感傷に耽《ふけ》ることができるのも、潤の運転が安定しているからだろう。横浜スタジアムで計画されていたテロを未然に防げたのも、天田のおかげだった。

崔の白バイは、ＪＲ桜木町駅前からふたたびみなとみらい地区に入った。上手く操作できないのでゴミゴミした場所を避けたのだろう。新横浜通りを直進した先のＪＲ横浜駅方面よりも、みなとみらい地区のほうが格段に道幅が広く走りやすい。

ということは、二台の白バイが並走しても問題ない。

潤は速度を上げて、崔の白バイの真横につけた。

崔は隣に並んだタンデムの白バイを二度見した。

「なんか、懐かしくない？」

木乃美が言うと、潤が軽くこちらに顔をひねる。

「木乃美も思ってた？」

潤も同じことを思い出していたようだ。

まだ木乃美がA分隊に配属になって間もないころ、こうしてタンデムで犯人を追跡したことがあった。あれから二人で協力して、A分隊の仲間の助けも借りて、多くの事件を解決してきた。木乃美も潤も、成長してきた。

あのころは箱根駅伝の先導役なんて、蜃気楼《しんきろう》のような遠い夢だった。むしろ遠すぎて距離感がつかめないせいで、信じることができたのかもしれない。自分が成長するにつれ、力をつけるにつれ、それがどれほど高い目標なのかを思い知らされた。身の程知らずだったと気づかされた。

それでも諦めずに努力してこられたのは、仲間がいたからだ。山羽、元口、梶、鈴木、坂巻、峯、宮台、そして潤。

中でもやはり、潤の存在は大きかった。木乃美の指針となって導いてくれた。必死に潤を追いかけるうちに、気づけば遠い夢が実現可能な目標になっていた。

「潤！」

「あ？」

「ありがとう！」

「なんだよ、いきなり」ふふっと笑い、潤は言う。

「私こそだよ！　私こそ、ありがとう！」

二人で笑い合った。

まるでツーリングのように余裕たっぷりに走る隣で、崔が慣れない白バイの操縦に悪戦苦闘している。並走しているはずなのに、走りから受ける印象は対照的だった。

「潤！」

「なに？」

「私、まだ飛べるかな！」

しばらく考えるような間を置いて、潤が答える。

「本当にやるの？」

「やる！」

「覚えてるか？　前回は全治三か月だぞ！　むしろよく生きてたよ！　今回も同じような怪我をしたら……」

全国大会には出場できない。当然ながら、箱根駅伝の先導役という夢も遠ざかる。

「わかってる！」木乃美に迷いはない。

「私！　警察官だから！　市民の安全を守るのが仕事だから！　大会に優勝するために警察官をやっているわけじゃないから！」

最初からこういう考え方だったわけじゃない。次第に変わってきた。箱根駅伝の先導役への憧れしかなかった少女に、いつの間にか使命感が芽生えていた。

「私！　この仕事が！　好き！」

いまは胸を張って言える。胸を張って言い続けられる自分でいたい。

「やっぱり！」と潤が言う。

「やっぱり木乃美はすごいよ！　あんたのそういうところ、好きだぜ！　尊敬する！」

「私も潤のこと、尊敬してる！」

最後に潤の身体をぎゅっと抱きしめてから、その肩に手を載せた。

潤が絶妙のハンドル操作で、崖の白バイに幅寄せを開始する。サイドボックス同士が触れ合うか触れ合わないかという、ギリギリの距離を保って並走する。

木乃美は潤の肩をつかんだまま足を持ち上げ、リアボックスの上に体育座りする。そして腰を上げ、立ち上がった。

ゆっくりと右手を、潤の右肩から左肩に移動させる。左手は左肩から離し、身体をひねって、左を走るＣＢ１３００Ｐに正対するかたちになる。

目の前を、みなとみらいの街並みが流れていく。

私の街。

私の大好きな、横浜。

私はこの街を、守っていく。

大きく深呼吸をして、目を閉じる。

私はできる。私は諦めない。私はできる。私は諦めない。

諦めない。諦めない。諦めない。諦めない。

諦めない――――！

目を見開き、目的地をしっかり見据えた。

「行くよっ！」

「行けぇぇぇぇっ！」

潤の掛け声に背中を押された。

アイ、キャン……。

「フライッ！」

ぜったいに行ける！

どこまでも……！

木乃美はシートを蹴り、大きく宙を舞った。

9

「そういえば」と助手席から声がしてぎくりとなる。

「起きましたか」

潤は左に顔を向けた。

倒したシートに寝そべっていた山羽が、むくりと上体を起こす。

「起きたんじゃない。起きてたんだ」

本当だろうか。さっきまですやすや寝息を立てていたのだが。

当直勤務の深夜パトロール中だった。白バイが街を走り回れるのは昼間だけだ。日が落ちてからは、覆面パトカーでの取り締まりがおもな仕事になる。

深夜二時過ぎ。

潤の運転する覆面パトカーが止まっているのは、川崎市内の交差点だった。歩行者用の歩道橋が四隅に設置されているのだが、この歩道橋が死角となって左折時の巻き込み事故が多発する、重点警戒地点に指定されている。

「なんですか」

潤は訊いた。

「崔の所持していた拳銃。中村竜聖から奪ったものだったらしい。坂巻から連絡があった」

「そうですか。ということは、長者町の殺人事件も崔たちの犯行と……？」

「自供したそうだ。中村を襲ったのは、金秀蓮銃撃のための武器を調達するためだった。椿山組の真壁もしょっ引いたそうだし、これですべての事件が解決し、椿山組と『凶龍』の抗争も収まって一件落着だ。めでたしめでたし」

山羽のように素直に喜ぶ気にはなれない。

あれから一週間が過ぎても、いまだに姜の最期の姿が脳裏に焼き付いて離れない。姜だけではない。その祖母である金秀蓮も、椿山組の中村竜聖も、ここ二か月ほどの間に多くの命が失われた。一人でも多く救う術《すべ》はなかったのか、どこかで対応を誤ったのではないかと、つねに考える。

でも——。

「よかったです」

そう考えるしかないのかもしれない。失われた命は戻らない。ならばその死を意味のあるものにするためにも、教訓としていく。同じ轍《てつ》は踏まない。それが正しい考え方なのだろう。

ふいに、目の前に封筒が差し出された。

「なんですか、これ」

「知らない。おまえ宛ての手紙なんだから」

「私宛ての?」

「今日、分駐所に届いてた」

封筒に記された宛先には、たしかにみなとみらい分駐所の住所と、潤の名前が書き添えてある。職場に手紙を送ってくる人物など心当たりがない。

封筒を裏返して差出人を確認して、息が詰まる。

そこには『姜鐘泰』という名前が記されていた。

「なんか喉渇くな。コーヒーでも買ってくるわ」

かったるそうにのびをして、山羽が車から出ていく。

潤は封を切り、中身をあらためた。折り畳まれた便箋が入っており、右肩上がりの特徴的な文字で文章が綴《つづ》られていた。

川崎潤様

この手紙が届いているということは、おれはこの世にはいないのでしょう。

おれにもしものことがあったらポストに投函《とうかん》してくれと、信頼できる友人に頼んでおきました。

まずは謝ります。すみませんでした。

川崎さんにたいする失礼な態度もそうですが、なによりおれは、あなたに嘘をついていた。

すでにご存じだと思いますが、祖母は凶龍のボスです。凶龍は悪いマフィアだと思われているかもしれませんが、そうではありません。小さな街で肩を寄せ合って生きる、同胞を守るために結成された組織です。もともとは祖父がトップをつとめていたのが、祖父が他界したために祖母がその座を引き継いだと聞いています。祖母は守るために戦っても、奪うために戦ったりはしなかった。おれはそんな祖母の信念を、誇りに思っています。

ところが、そんな祖母の方針に反発するグループが現れました。祖母は急進派の暴走を抑えきれず、その結果、椿山組との抗争が始まってしまったのです。それでも祖母は穏便に解決する方法を模索していました。

　そんな折り、急進派の襲撃で祖母が亡くなってしまったのです。復讐に燃えるおれは、警察に嘘の証言をしました。急進派の連中を逮捕させるだけでは済ませたくない。この手で殺してやりたいと考えたからでした。

　おれは凶龍の正式メンバーにしてもらえなかったので、少し手間取りましたが、祖母を襲った急進派のメンバーを特定しました。おれが殺されたときのために書いておきますが、犯人は遠藤道之こと、崔道鎮です。おれのバイト仲間です。なにも知らずにかわいがってきたのを激しく後悔し、人を見る目のない自分の愚かさを呪いました。

　明日、おれは崔と会うことになっています。たぶんどちらかが死ぬでしょう。おれは人を殺したことがないので、おれのほうが死ぬ確率は高いと思いますが。

　さて、ここまではおそらく、警察の捜査でも明らかになっていることと思います。ここからは、たぶん川崎さんにとって初めて知るであろう事実を書きます。

　おれにとって最大の嘘であり、罪です。

　おれは、姜鐘泰ではありません。本当の名前は捨てたので名乗りませんが、韓国人と日本人のハーフでもなく、純粋な日本人です。

　おれは関東のある地方都市で生まれました。両親はおれが産まれてすぐに離婚し、物心ついたときには継父と母という家庭でした。おれは継父に虐待され続けました。母は気づいていたのに、見て見ぬふりをしていました。おれは早く大人になりたい。大人になって家を出たいと、それだけを願いながら成長しました。

　だから中学を出てすぐに家を出ました。ただ、中卒の家出少年にまともな仕事はありません。おれは渋谷の路上で知り合った友達とつるむようになって、友達の家を泊まり歩くような生活を送っていました。

　姜鐘泰と知り合ったのは、そんなときでした。姜もおれと同じように、家出していました。なぜ家出していたのか、詳しくは知りません。おれが話した姜のプロフィールは、おれが姜から聞いた話そのままですから、ハーフであることでアイデンティティーの曖昧さを感じていたのかもしれません。

　姜とは年齢も近く、お互い単車が好きということで、すぐに親しくなりました。おれには兄弟がいないけど、いたらこんな感じだろうと想像するほどでした。

　けれど、楽しい時間は長くは続きませんでした。川崎さんに話した通り、姜の両親が事故死したのです。家出していたせいで、そのことを半年近くも知らずにいたというのも、事実です。

　でもその後が違います。姜は家族と一緒に過ごさなかったことを、後悔したようでした。両親の事故死も、自分がいたら違う結果になったかもしれないと考えたみたいです。自分を責め続け日に日に暗くなっていきました。

　そしてある日、忽然《こつぜん》と消えました。おれには一通の封筒が残されました。封筒の中には手紙と、姜の自動二輪運転免許証が入っていました。手紙には、おまえとおれは顔が似ているから、おれになりすまして免許を更新しろ、そして横浜の福富町にいるおれの祖父母を頼れと書いてありました。姜はおれに自分の人生を差し出し、去ったのです。姜は死ぬつもりだと思い、おれはほうぼうを探しました。でも見つかりませんでした。

おれは姜の指示通りに免許を更新して姜鐘泰になりすまし、福富町の祖父母の家を訪ねました。祖父はすでに亡くなっていましたが、祖母は驚きながらもあたたかく迎えてくれました。おれは姜に感謝しました。祖母と暮らして、初めて家族のあたたかさを知ることができました。

おれは出会いに恵まれているって、川崎さんに話したことがありますよね。もちろん、川崎さんに出会えたこともだけど、それ以上に祖母に、そして祖母に引き合わせてくれた姜との出会いに感謝しているんです。

この人のためならなんでもしようと思いました。祖母は初めて愛情というものの意味を、教えてくれた人です。

川崎さんに夢を聞かれたとき、おれは、もう叶っていると答えました。あのとき、若いのに欲がないと笑われましたが、そんなことはありません。新しい人生を手に入れるなんて、普通の人にはできないでしょう？　姜のおかげで手に入れた幸福を守っていくことが、おれにとっていちばんの夢でした。

でも、おれは偽者です。祖母を騙しています。川崎さんから、一緒にいるところがすごく自然だとか、たった三年の付き合いに見えないと言われたときには、すごくドキッとしました。川崎さんを遠ざけたのは、川崎さんが警察官だからというのもありますが、この人が近くにいたらいずれ自分の嘘を見抜かれてしまうという恐怖を感じたからでもありました。

川崎さんからいつからバイクに乗っているのかと質問されて、六年前と答えてしまったことがありましたよね。あれは言い間違いでもなんでもなくて本当のことです。おれは本物の姜よりも、一つ年上だったから。そんなふうにボロが出てしまうのが怖くて、わざと壁を作ってまわりを遠ざけていたんです。

ずっと悩んでいました。いつか打ち明けるべきだろうか。だが打ち明けてしまえば、当然ながら祖母との関係に終止符を打たなければなりません。

ふんぎりがつけられないまま、祖母との別れは突然やってきました。

ところが、まさに事切れる寸前、祖母は思いがけないことを告げたのです。

――知ってたから。家族になってくれて、ありがとう。

祖母はそう言って、息を引き取ったのでした。おれを偽者と知りつつ受け入れ、無償の愛を注いでくれたのです。

だからおれは、どうしても復讐をはたさないといけない。もらうばかりで与えることのできなかったおれにとって、自分にできる唯一の恩返しです。復讐をはたすことで、偽者同士が本当の家族になれるかもしれない。本当の家族になりたい。そう考えています。

全国白バイ安全運転競技大会、一緒に行けなくてすみません。誘ってもらって嬉しかったし、木乃美さんの活躍をこの目で見たかったです。

最後に、姜のことは、兄弟がいたらこんな感じだろうかと想像したと書きましたが、川崎さんのことは、姉貴がいたらこんな感じだろうかと想像しました。

家族が選べたらいいのに。

本当に、いろいろとお世話になりました。

川崎さんには感謝しています。

これからもお身体に気をつけて、お仕事がんばってください。

姜鐘泰

「なんでだよ」

潤はハンドルを殴った。

「なんでだよ……こんなの言い逃げしやがって。ずるいじゃないか」

読み終えた後の便箋には、いくつもの雫《しずく》が落ちてインクを滲ませていた。無性に腹が立つ。腹が立って腹が立ってしょうがない。

騙されていたことにではない。
そのことに怒りはない。
潤が怒っているのは、怒りをぶつける相手がいないことにだった。卑劣だ。卑怯《ひきょう》だ。
許せない。せめて嫌いになれるまで、生きていて欲しかった。

エピローグ

クラクションを鳴らされて振り返ると、背後に8トントラックが止まっていた。運転席から手を振っているのは、白髪交じりの角刈りで、不健康そうなスモーカーズフェイスの壮年男性だ。

「相川《あいかわ》さん」

木乃美は自然と笑顔になった。

すっかり友達のような関係になってしまったが、相川と知り合ったきっかけは交通取り締まりだった。信号無視を頑として認めようとせず、あまりの剣幕に泣きそうになったものだ。その後、いろんなところで顔を合わせて親しくなった。いまでは木乃美の言うことなら素直に聞いてくれる、模範的ドライバーだ。

木乃美はバイクからおり、トラックの運転席に歩み寄る。

「木乃美ちゃん。いつも頑張ってるね」

「相川さんも。今日はどこまでですか」

「どこまでっていうか、いま戻ってきたところ。鹿児島からね」

相川が下手くそなウインクをする。

「鹿児島！」木乃美は自分の口を手で覆う。「行ってみたい！」

相川がずっこけた。

「そういう反応かい。お疲れさまって労ってくれるのかと思ったら」

「忘れてた。お疲れさまです」

「はいはい。ありがとさん」

相川がにかっと歯を見せる。「それにしても、このところ朝晩冷えるよね」

「ほんと、昼間は半袖でいいぐらいなのに」

木乃美は制服の襟をパタパタとさせる。

ちょうどいまが、半袖になりたいぐらいの気候だ。分駐所を出るときにはちょうどいいと思っていたのに、こんなに暑くなるとは。

「大丈夫？　風邪とか引いてない？」

「おかげさまで。丈夫なだけが取り柄ですから」

「なにを言ってるの。かわいいし明るいしバイクの操縦は上手いし、取り柄だらけじゃないの」

「ありがとう。そんなこと言ってくれるの、相川さんぐらいだよ」

「本当に？　意外だな」

相川が信じられないという感じで首をひねる。

「でも本当に、体調だけは気をつけてな。もう今週末だろ？　あの、大会。茨城でやるやつ」

「全国白バイ安全運転競技大会ね」

「おう。そうそう。それ。万全の体調で臨まないと。なんせ神奈川県警を代表して出場するんだから。おれも孫連れて見に行くからよ」

「本当？」

「ったりめえじゃないか。木乃美ちゃんの晴れ舞台なんだから。たとえ火の中水の中、全国どこへでも駆けつけちゃうよ」

「頼もしいな」

「だから頑張ってくれよ」

「うん。頑張る」

「今年こそ優勝だ！」

「おう！」

相川と一緒にこぶしを振り上げた。

「そんな甘いものじゃないと思うけど」

そう言ってつんと顎を突き出してきたのは、千葉県警代表の船橋遥だった。

「別にいいじゃないですか。本田さんにだって、じゅうぶんにチャンスはあると思います」

栃木県警代表の宇都宮容子が、木乃美に敵意剝き出しの遥にあきれたような顔をする。

「私も頑張る。一緒に頑張ろう」

そう言ってガッツポーズで励ましてくれたのは、水戸早苗。茨城県警代表だ。

「そんなことより、昨日の晩ご飯、なんだった？」

埼玉県警の川口咲良は、こんなときでも緊張感がない。

「昨日は焼き魚と里芋の煮付け、あとはひじき、ご飯に梅干し」

木乃美は記憶を辿り、宿で出された夕飯を思い出す。

「うっそ！」と咲良は目を丸くした。「やっぱりおんなじ！」

容子さんも？　早苗ちゃんも？　遥さんも？　と順に確認する。

「本当に同じなんだ。別の宿に泊まってるのに」

「当然のことじゃないかしら」と、群馬県警代表の館林花織が、髪の毛を指に巻きつけながら歩み寄ってきた。「イコールコンディション。なにもかも条件を同じにしないと、不公平じゃない」

「それにしても選手全員の食事まで一緒にするって、徹底してるよね」

咲良はほかの選手たちの顔を見回す。

そして少し離れた場所にいる、警視庁代表の豊島茜に声をかけた。

「茜さんは知ってた？　全国大会の出場選手、前日の宿で出される食事まで同じだなんて。チームごとに別々の宿に泊まるのに、ぜーんぶ同じなんだよ」

「知らなかった。私は去年、出場してないから」

「そうよ。昨年は豊島さんと本田さんが怪我で欠場。私は本番には間に合ったけれど、ほとんどぶっつけ本番の練習不足という条件が揃っていたから、船橋さんが優勝できたの。今年はそうはいかない」

花織が自分の胸に手をあてながら言う。

「茜の欠場はそうかもしれないけど、あんたは出場してるし、本田の場合は出ても出なくても眼中にない」

この憎まれ口を聞くと、久しぶりに遥に会ったと実感する。

「でもよかったよ、今年はみんなが集まれて」

咲良は木乃美と茜を見ながら、感慨深げだ。

「本当によかった。事故から快復して」

早苗はこころなしか涙ぐんでいる。

「っていうか、自業自得だろうよ。走行中のバイクからバイクに飛び移るとか、アホじゃないの」

遥が笑っている。

鈴木が奪われた暴走白バイに潤の白バイから飛び移ったのは、もう一年以上前のことだ。飛び移り自体は上手くいったのに、驚いた崔がハンドル操作を誤り、転倒した。木乃美はくるぶしを骨折し、全国白バイ安全運転競技大会を欠場する羽目になったのだった。

拳銃で撃たれた怪我から復帰してせっかく大会に間に合いそうだったのに、また無茶な真似をして大怪我をしてと、同僚からも友人からも家族からもあきれられた。

だが後悔はしていない。崔にあれ以上発砲を許すことなく、逮捕できたのだ。

そして、進歩もあると、ひそかに思っている。

新人時代に同じことをやったときには、全治三か月だった。

それが今回は全治二か月で収まった。

ともかく木乃美は全国大会を欠場し、翌年の箱根駅伝の先導役をまたしても逃すことになった。だが遠回りには慣れている。

ふたたび県警内の競技会で好成績を収め、こうして全国大会に駒を進めたのだ。

そして今回はアクシデントもなく、大会当日を迎えた。

昨年一緒に合同訓練に取り組んだ各都県警の代表選手たちも無事に予選を突破し、一人も欠けることなく集まることができた。

選手たちはいま、会場である茨城県ひたちなか市、自動車安全運転センター安全運転中央研修所の車庫の前にいる。

全国白バイ安全運転競技大会は徹底的に公正を期して行われる。前泊した選手たちの夕食もすべて同じメニューが提供されるし、車両にかんしても、当日にくじ引きで決められる。車庫に保管された多くの白バイのうち、どのバイクが割り振られるかは直前までわからない。

シャッターが開く。

選手たちは一人ずつくじを引いて車庫に入っていく。

木乃美が引いたくじには七十八という番号が記されていた。思わずガッツポーズをして、運営委員から怪訝な顔をされる。たしかに喜ぶ意味が理解できないだろう。

七十八はA分隊での木乃美のコールサイン『交機七八』と同じ数字だ。

七十八番のシールが貼られたバイクを探す。

あった。

「今日はよろしくね」

入念に点検を行い、今日一日の無事を祈る。

すると隣でバイクを点検していた選手から、「あなたは神奈川県警の?」と声をかけられた。

「そうです」

「私は石川県警の柊木《ひいらぎ》といいます。よろしく」

握手を求められた。

「よろしくお願いします」

「神奈川県警といえば、川崎さん。もう四年前だっけ、優勝したの。レベル高いよね」

「潤を知ってるんですか」

「もちろん。たまに連絡取り合ってる。ちなみに川崎さんが優勝したときの二位が、私」

そうだったんだ。

関東だけではない。すごいライダーが全国から集まってきている。そう考えると興奮してきた。

各選手、エンジンを始動させ、待機する。

車庫の中に緊張感が満ちてくる。

大会開始時刻の午前九時半になった。

音楽隊の演奏するファンファーレが鳴り響く。十月の澄んだ青空に、花火が上がる。

出場選手たちのバイクが整然と隊列を組み、車庫から走り出した。

シリーズ完結によせて

あとがきを書くにあたり、二〇一五年に月刊ジェイ・ノベルに書き下ろした短編を読み返してみました。文庫書き下ろしのシリーズとしてスタートする『白バイガール』のもとになった短編です。主要登場人物は木乃美《このみ》と山羽《やまは》の二人だけでした。そこに長編文庫化で潤《じゅん》、元口《もとぐち》、梶《かじ》、坂巻《さかまき》といったお馴染みの仲間たちが加わり、巻を重ねるごとにキャラクターも増えていきました。

そうやってシリーズが賑やかになるにつれ、応援してくださる方も増えていくのを肌で感じました。とくに第二回神奈川本大賞受賞で弾みがついたのは、シリーズにとって大きな出来事でした。あのとき一次投票で作品を推薦してくださった方、どなたか存じ上げませんが、あなたのおかげで賞をいただき、六作も続けることができたと思っています。本当にありがとうございました。神奈川本大賞も、いつか復活して欲しいです。

そして著者が二輪免許すら持たないのを逆手にとって開き直り、毎作恒例になっていた木乃美のバイクからのジャンプを始め、けっこう無茶な描写を重ねてきた本シリーズですが、いちおう専門家にお話しをうかがったりもしています。

元白バイ隊員の『脱公務員親父』さんには、シリーズ一作目の執筆開始前にお話をうかがいました。いきなり不躾なメールを送りつけたにもかかわらず、快く取材に応じてくださいました。『脱公務員の部屋・元白バイ乗りの親父の話』というブログがとてもおもしろいので、警察好き・白バイ好きの方はぜひ読んでみてください。

ドラマ『サイレント・ヴォイス　行動心理捜査官・楯岡絵麻《たておかえま》』がご縁で知り合った映画・ドラマ監督の根本和政《ねもとかずまさ》さんには前作『爆走！　五輪大作戦』と今作でオートバイ描写の監修をお願いしたほか、取材のコーディネート、取材先への送迎まで買って出てくださいました。『白バイガール』映像化の際には、ぜひ根本さんのメガホンでお願いしたいです。

埼玉県深谷市のバイクショップ『ＢＥ　ＣＯＯＬ』の飯島広光《いいじまひろみつ》さんには、取材協力をいただいたほか、美味しい焼き肉までご馳走になってしまいました。また遊びに行かせてください。

そのほか、固有名詞を出すのは避けますが、現役・ＯＢ警察関係者の方にもお話をうかがう機会がありました。その節はありがとうございました。

そんな感じでたくさんの方に協力いただいたにもかかわらず、作中には警察やバイクの描写で現実と異なる点が多々あります。意図的に現実を無視した部分もあれば、たんに著者の無知をさらけ出しただけの部分もあります。いずれにせよ、すべての責任は著者にあります。

そしてここまで並走してくださった実業之日本社担当編集さんにも、この場を借りて感謝、というより、謝らせてください。いつもギリギリの綱渡りになってハラハラさせてしまい、すみませんでした。そして原稿の完成を信じて待ってくださり、ありがとうございました。

装画を担当してくださったげみさん、装丁を担当してくださったnext door designさんも六作にわたるお付き合い、ありがとうございました。作品が多くの読者に受け入れられたのは、素敵なカバーの力も大きかったと思います。

そしてこの物語を楽しんでくださった読者の皆さまに、心から感謝を申し上げます。ご愛読ありがとうございました。誰かが楽しみに待っていてくれるという事実が、いままで執筆を続ける原動力になりました。

『白バイガール』シリーズは今作でいったん幕を下ろします。もっと続けることはできたけれど、木乃美の成長物語という作品の性格を考えると、そろそろひたむきな努力を実らせてあげる頃合いかと判断しました。打ち切りも引き延ばしもなく、物語の要求するタイミングで完結できるのは、とても幸運なことだと思います。

次の年末年始は恒例の「すでに発売日の決まった『白バイガール』シリーズ新作の原稿を完成させられるか」という神経戦が待っていないなんて不思議だし、ホッとするし、少しだけ寂しいです。そのときになったら、別の作品の〆切に追われて案外、感慨に耽る余裕もないのかもしれませんが。

最後に。

今作を四年前に交通事故で亡くなった高校の同級生・土橋くんに捧げます。僕が小説家になったことをとても喜んでくれた彼は、よき夫よき父であり、僕にとってはユーモアセンスにあふれた愉快な友人であり、愛車のトライアンフT100で岡山から田舎の長崎まで帰省するような、オートバイを愛するライダーでした。

今シリーズの印税の一部は、公益財団法人交通遺児育英会に寄付します。

誰かから笑顔や大切な存在を奪う交通事故が、少しでも減りますように。

二〇二一年二月

佐藤青南

本作品は書き下ろしです。フィクションであり、実在する個人および団体とは一切関係ありません。（編集部）

実業之日本社文庫　最新刊

実業之日本社文庫　好評既刊

佐藤青南
白バイガール
泣き虫でも負けない！　新米女性白バイ隊員が暴走事故の謎を追う、笑いと涙の警察青春ミステリー！　迫力満点の追走劇とライバルとの友情の行方は――？
さ41

佐藤青南
白バイガール　幽霊ライダーを追え！
神出鬼没のライダーと、みなとみらいで起きた殺人事件。謎多きふたつの事件の接点は白バイ隊員――？　読めば胸が熱くなる、大好評青春お仕事ミステリー！
さ42

佐藤青南
白バイガール　駅伝クライシス
白バイガールが先導する箱根駅伝の裏で、選手の妹が誘拐された!?　白熱の追走劇と胸熱の人間ドラマで一気読み間違いなしの大好評青春お仕事ミステリー。
さ43

佐藤青南
白バイガール　最高速アタックの罠
SNSで拡散された過激な速度違反動画を捜査するなか、謎のひき逃げ事件が発生。生意気な新人白バイ隊員・鈴木は容疑者家族に妙に肩入れするが――。
さ44

佐藤青南
白バイガール　爆走！五輪大作戦
東京オリンピック開幕中に事件発生！　謎の暴走事故の捜査のカギはスタジアムに!?　スピード感100パーセントのぶっ飛び青春ミステリー！
さ45

実業之日本社文庫　好評既刊

知念実希人
仮面病棟
拳銃で撃たれた女を連れて、ピエロ男が病院に籠城。怒濤のドンデン返しの連続。一気読み必至の医療サスペンス、文庫書き下ろし！（解説・法月綸太郎）
ち11

知念実希人
時限病棟
目覚めると、ベッドで点滴を受けていた。なぜこんな場所にいるのか？　ピエロからのミッション、ふたつの死の謎…。『仮面病棟』を凌ぐ衝撃、書き下ろし！
ち12

知念実希人
リアルフェイス
天才美容外科医・柊貴之。金さえ積めばどんな要望にも応える彼の元に、奇妙な依頼が舞い込む。さらに整形美女連続殺人事件の謎が…。予測不能サスペンス。
ち13

知念実希人
レゾンデートル
末期癌を宣告された医師・岬雄貴は、不良から暴行を受け、復讐を果たすが、現場には一枚のトランプが……。最注目作家、幻のデビュー作。骨太サスペンス‼
ち14

知念実希人
誘拐遊戯
女子高生が誘拐された。犯人を名乗るのは「ゲームマスター」。交渉役の元刑事が東京中を駆け回るが…。衝撃の結末が待つ犯罪ミステリー×サスペンス！
ち15

文日実
庫本業 さ46
社之

白《しろ》バイガール　フルスロットル

2021年4月15日　初版第1刷発行

著　者　佐藤青南《さとうせいなん》

発行者　岩野裕一
発行所　株式会社実業之日本社
〒107-0062　東京都港区南青山5-4-30
CoSTUME NATIONAL Aoyama Complex 2F
電話［編集］03(6809)0473［販売］03(6809)0495
ホームページ　https://www.j-n.co.jp/
DTP　ラッシュ
印刷所　大日本印刷株式会社
製本所　大日本印刷株式会社

フォーマットデザイン　鈴木正道（Suzuki Design）

ISBN978-4-408-55657-4（第二文芸）